Jacky Coulet

BELLE ET BONNE

© Jacky Coulet, 2025

Édition : BoD · Books on Demand, 31 avenue Saint-Rémy, 57600 Forbach, bod@bod.fr
Impression : Libri Plureos GmbH, Friedensallee 273, 22763 Hamburg (Allemagne)
ISBN : 978-2-3225-7410-0
Dépôt légal : Avril 2025

1

— Voici plus de quinze ans que tu as claqué la porte en emmenant notre gamine sans me laisser d'adresse, et tu oses venir aujourd'hui me réclamer une pension alimentaire !

— Mais notre fille grandit et ce serait bien si…

— C'est non !

Antoine coupa la communication d'un geste brusque.

Assis derrière son bureau, il frotta ses lèvres comme pour s'essuyer la bouche, une manie lorsqu'il réfléchissait. Il fixait un point invisible devant lui. « Quinze ans. Quinze années de silence, et voilà que mon ex, Jalila, refait surface, non pas pour parler de Noriane, mais pour me réclamer de l'argent. »

Il soupira, pianota sur son portable.

— Maman, c'est moi. Tu as besoin d'argent ?

— Oh merci, Antoine ! Oui, juste un peu, enfin… ce que tu peux…

— Je vais te faire un virement de deux mille euros. Essaie de faire avec.

— Tu es un ange, Antoine.

— Ça va… ça va, on n'en parle plus.

Antoine raccrocha. Autant il refusait tout compromis avec son ex-femme, autant il s'inclinait devant sa maman.

Devant lui, une grande fenêtre. Derrière les vitres, il ne vit pas le couple de merles qui se bécotait sur une branche de merisier encore vierge de feuilles, de fleurs et de cerises sauvages, juste quelques premiers bourgeons. Il adorait chasser les oiseaux, mais avec un appareil photo, et là, il n'imaginait pas que le couple aux plumes sombres était amoureux, lui qui plongeait à l'instant même dans son passé obscur.

Perdu dans ses pensées, Antoine laissa son regard s'égarer derrière la fenêtre. Un flot de souvenirs le submergea, ramenant avec lui ses trois années de bonheur passées avec Jalila. Il se prit la tête à deux mains, les coudes sur son bureau, se remémorant ce temps où il vécut avec elle. Mais elle était partie un matin, sans un mot, emmenant leur fille Noriane âgée de deux ans, le laissant seul avec Adel qui marchait encore à quatre pattes. Pas de lettre, pas d'explications. Juste un vide immense et une question qui le hantait encore quinze ans plus tard. Pourquoi ?

Un soupir le ramena au présent. La cour de l'entreprise s'étendait devant lui, pleine de vie. Les mastodontes mécaniques attendaient dans le hangar, les piles de bois formaient des murs imposants, et les rires de ses employés résonnaient déjà. Quinze ans, et il était toujours là, à jongler entre son passé et son présent. Il poussa sa chaise qui grinça sur le parquet, les fesses sur coussin d'air, et il se leva pour rejoindre le hangar forestier à l'autre bout de la cour.

Alors qu'il sortait, tronçonneuse à la main, l'écho de la voix de Jalila résonnait encore dans son esprit. Pourquoi se manifestait-elle maintenant ? Il pénétra dans le hangar par l'entrée principale, une ouverture large de six mètres, prévue pour les engins forestiers. À gauche, l'entrée du personnel paraissait presque insignifiante. Antoine passa par la grande porte pas souvent fermée et caressa le chien de garde. C'était un impressionnant berger belge, gentil avec son maitre et le personnel, méchant lorsque le hangar était fermé et que le toutou restait seul à l'intérieur. Malheur à l'étranger qui entrerait, et si un jour Jalila rappliquait ici par hasard, sûr, il ne ferait qu'une bouchée de la taille fine franco-marocaine. C'était à quoi pensait Antoine mi-ironique mi-amer, en caressant le chien Macron.

Antoine, un grand gaillard d'un mètre quatre-vingt-quinze pour cent kilos, s'enfonça à l'intérieur du hangar, empoigna une tronçonneuse sur l'établi, un jerricane de mélange et un bidon d'huile de chaine. Il sortit dans la cour et monta dans son 4X4. Avant de refermer la porte du véhicule, il interpella le berger belge :

— Macron, va te coucher à ta place et ne bouge pas jusqu'à ce soir.

Macron, la queue basse, fila sur sa paillasse.

Après un long après-midi frais, mais ensoleillé, Antoine, patron de l'entreprise EFJ, rangea sa tronçonneuse à l'arrière de la grosse Toyota. Il semblait satisfait de son dur labeur, espérant que son client particulièrement exigeant ne trouverait rien à redire. Antoine avait dû couper de gros arbres le long d'un chemin privé qui avait besoin d'être élargi. La semaine suivante, un de ses employés viendrait élaguer les arbustes, un autre s'occuperait de passer la broyeuse.

Il s'essuya le front puis monta dans son 4X4.

4

Dix-sept heures, le véhicule du patron se gara devant les bureaux de l'entreprise. Antoine en sortit, traversa la cour pour rejoindre le hangar, vêtu d'un simple tee-shirt malgré la fraîcheur, dévoilant son tatouage sur le biceps droit : un coq de bruyère, l'emblème des forestiers, et pour équilibrer son allure, une boucle argentée se noyait dans le lobe de l'oreille gauche. Les têtes de ses employés se levèrent lorsque l'ombre géante se profila dans l'ouverture du hangar. Antoine ne dit rien, sourit simplement, se dirigea dans le grand vestiaire du personnel, chopa une bière dans le réfrigérateur et vint s'installer autour de la grande table improvisée : un long plateau posé sur deux tréteaux. Les gars étaient déjà devant leurs bières.

— Comme d'hab, toujours le patron qui bosse le plus tard ! dit-il en souriant.

— Normal, osa un jeune homme fraîchement employé, c'est vous le mieux payé.

La remarque qui se voulait une plaisanterie ne plut pas à tout le monde, la plupart des employés ayant un profond respect pour ce patron affable. Le sourire d'Antoine fut sa seule réponse, un peu jaune, mais suffisant. Avec le temps, ce jeune audacieux comprendrait l'ambiance et les règles de l'exploitation forestière EFJ.

Il s'envoya une gorgée de 1664 en glissant le goulot de la bouteille sur ses lèvres bien dessinées.

— Tu n'es pas allé chercher ton gosse à Châteaufarine ? demanda Arsène, l'adjoint d'Antoine, assis en face de lui.

— Non, Gavinet le ramène en même temps que son fils.

— Dans un an, il passe son diplôme, tu penses qu'il voudra travailler avec toi ? demanda un autre collègue.

Antoine but une autre gorgée de bière.

— Je veux, oui, qu'il vienne travailler avec moi ! Manquerait plus que ça, former Adel dans l'exploitation forestière et le voir travailler chez un concurrent, ce serait un comble !

On parlait de tout et de rien : travail, foot, chasse, des gens de Pontarlier... Le temps fila jusqu'à l'apéro. On but du Pont bien sûr, avec de l'eau et des glaçons, alors maintenant, ça causait virées, sorties en boite, ça causait des filles.

— Tu viens avec nous à La Grange demain soir, c'est une soirée déguisée ?

— Qu'est-ce que tu veux que je fasse à une soirée déguisée ? Tu vois à quoi je ressemble ? Déguisé toute l'année avec ma sciure sur le paletot... Si je devais me déguiser, ce serait en costume trois-pièces.

— Chiche ! Tu ferais sensation, tu imiterais Sylvester Stallone dans « Les Sacrifiés », mais comme c'est un film d'action, faudra prévoir de la castagne à La Grange, OK ?

— J'aime pas me battre, sauf si on me fait chier.

Dans sa réplique, Antoine tourna un regard ironique vers son jeune et nouvel employé un brin rebelle.

Dans l'intervalle, Gavinet déposa le fils du patron devant le hangar. Adel, seize ans, s'approcha de son père, lui tapa la bise, s'installa à ses côtés, Antoine poussant ses fesses sur le banc. Grand, Adel dépasserait peut-être son père dans un an ou deux. Le visage basané, les cheveux noirs, ce métis semblait plus proche du monde arabe que du type européen. Il regardait de ses yeux presque noirs tour à tour les employés de son père, notant la manière dont ils riaient à ses blagues ou baissaient la tête face à ses remarques. Un jour, ce serait lui à cette table, à leur tête. Était-il prêt pour ça ?

— Et toi, Adel, tu viens à La Grange demain soir ?

Ce fut Antoine qui répondit à sa place.

— Ça va pas ! il n'a pas l'âge, et puis…

— Quoiqu'il en soit, l'interrompit son fils, je n'ai pas envie de sortir, on restera entre potes à la maison.

Puis il lui lança en riant :

— Comme ça, papa, toi le patron le mieux payé de la région… mais qui travaille un peu, tu seras fier de ton enfant bien sage.

Antoine lui ébouriffa les cheveux :

— Toi, tu vas encore bosser plus dur sur les chantiers, et on verra bien qui rira le dernier.

— Et le père, est-ce qu'il est décidé à venir avec nous demain soir à La Grange ? intervint un autre employé.

— Non, je préfère rester à la maison, je suis crevé de ma semaine, je bosse, moi. Je fais pas quarante petites heures par semaine quand il fait beau et trente quand il pleut.

Antoine aimait bien charrier ses employés, et ils le savaient. Par contre il n'appréciait pas sortir en boite, on aurait dit qu'il craignait les rencontres depuis sa déception amoureuse, pourtant si lointaine.

— Faut te bouger, Antoine, tu ne vas pas rester célibataire jusqu'à la fin de tes jours, déclara un vieil ouvrier.

— Laisse faire, plaisanta Arsène, tu le vois nous ramener une nana qui va tout diriger à sa place, on pourra plus rire au hangar. Finis les bières, les apéros et les petites fêtes du vendredi soir.

Puis, il se tourna vers Antoine.

— Hein, qu'c'est vrai, patron, qu'on est bien comme ça ?

Alors que les rires remplissaient le hangar, Antoine sentit une pointe d'agacement. Pourquoi revenaient-ils toujours à son célibat ? Demain soir, à La Grange, peut-être qu'il briserait enfin cette image qu'ils avaient de lui.

2

La voiture du dimanche d'Antoine, une Mégane Sport, stationna sur le parking enneigé de La Grange. Il claqua la porte et rejoignit l'entrée de la boite de nuit en marchant sur la fine couche de neige.

— Hé… patron ! Tu pourrais m'attendre.

Arsène courait derrière Antoine en rouspétant qu'il aurait dû mettre des bottes pour venir en discothèque, ainsi il aurait fait fureur auprès des jeunes filles avides de surprises et d'insolite, mais ses petites baskets suffisaient à ce Don Juan pour laisser les gamines de La Grange savourer ses pas sautés n'importe comment sur la piste de danse.

On promettait une entrée à prix réduit pour les déguisés. Mais Arsène, avec son simple bandeau d'apache mal noué, ne convainquit pas le vigile. Antoine, tout sourire devant la sentinelle, montra fièrement son habit de pompier, casque inclus, godasses appropriées, tant pour la neige que pour le déguisement. Arsène souleva sa longue chevelure de ses deux mains derrière la nuque tout en relevant la tête, signe d'une gentille arrogance pour montrer son indifférence. Il se pencha devant la caissière peu souriante, s'approcha de son oreille :

— Ce soir, je vais mettre le feu à la boite, mais ce n'est pas grave, mon pote qui est capitaine des pompiers sera sur place pour éteindre l'incendie.

Il se recula, et son clin d'œil complice laissa passer un rapide sourire sur le visage de la caissière et récolta un bel éclat de rire de la part d'Antoine.

Sitôt à l'intérieur, Arsène s'avança vers le bar, se pencha vers le barman :

— Une bouteille de whisky et une bouteille de coca, deux verres… non quatre, s'il te plait.

Il défila entre les tables basses, les fauteuils et les banquettes de couleur indéfinissable sous les halos d'une lumière sombre. Il s'affala sur une banquette où deux jeunes blondes se poussèrent légèrement, pas très enchantées de cette promiscuité. Il posa les quatre verres et les deux bouteilles sur la table, se pencha vers la plus proche des deux filles :

— La bouteille de whisky, c'est pour moi, la bouteille de coca aussi.

La jeune fille se recula sans sourire.

— Non, j'déconne, la bouteille de whisky, c'est aussi pour mon pote Antoine, le coca aussi. Non, j'déconne, vous pouvez boire un peu de coca, le whisky, c'est pas bon pour les gamines.

— C'est comme ça que tu approches les filles ? s'insurgea l'une d'elles.

— Mais je ne vous approche pas, au contraire, je vous demande juste de vous pousser un peu pour laisser de la place à mon pote Antoine.

— J'espère qu'il est moins con que toi. Quoi qu'il en soit, on ne peut pas se pousser, il faut laisser la place à une copine qui va nous rejoindre.

— On verra lorsqu'elle sera là, sinon elle s'assiéra sur la table, entre le coca et le whisky… si elle n'a pas de trop grosses fesses, bien sûr.

— Je prendrai sa place, puisqu'il parait que j'ai un petit cul, rétorqua une des deux jeunes filles un peu coquine.

Arsène ne sembla pas relever la remarque, chercha des yeux son pote dans la pénombre des lumières tamisées, le trouva enfin, repérable entre mille avec son casque qui brillait sous les lumières blanches de la piste de danse. Il versa du whisky dans son verre, ajouta un peu de coca, sourit aux deux blondes, se décida à remplir les trois autres verres.

— Un peu de coca avec ?

— Nous n'avons rien demandé, d'abord, je ne bois pas d'alcool.

— Moi, si, insista la seconde blonde qui s'appelait Barbara, mais avec beaucoup de coca.

— C'est comment ton prénom ? demanda-t-il à la blonde qui refusait l'alcool.

— Jasmine.

— Il me semblait bien que tu sentais bon le jasmin, j'adore. Donc pas d'alcool, allez ! Juste un verre, un verre pour que tu puisses passer une bonne soirée.

— Je n'ai pas besoin de me bourrer la gueule pour passer une bonne soirée.

Arsène ouvrit les bras.

— Eh bien, si c'est un beau mec qu'il te faut pour t'amuser, je suis là !

Une jeune fille, type magrébin, s'approcha de la table. Ses longs cheveux frisés frôlaient les joues d'Arsène, elle s'installa à côté de lui.

— C'est la place de mon copain, pour l'instant il danse, déclara tranquillement Arsène, mais comme tu as un beau petit cul, je t'autorise à t'assoir sur la table, et si tu veux te cuiter à la place de Jasmine, prends son verre.

Sans gêne, la jeune magrébine s'exécuta, ainsi elle faisait face à ses deux amies et à Arsène. Ses jambes couvertes d'un jean touchaient tout à la fois les mollets de Jasmine et ceux d'Arsène.

Presque aussitôt, le pompier rejoignit le groupe. Il se repérait parmi la nombreuse clientèle de La Grange parce que les déguisements étaient plutôt rares. Les jeunes clients, surtout les très jeunes, ne semblaient pas enclins au ridicule. Le grotesque ne s'achète pas, songeaient-ils. Antoine se présenta et s'inclina :

— Capitaine des pompiers de Pontarlier, pour vous servir, mesdames.

— Mesdames, si vous avez tendance à vous enflammer, il est prêt à éteindre l'incendie, ironisa aussitôt Arsène.

Ce qui ne fit pas rire les deux blondes, seule la magrébine pouffa.

— Comment t'appelles-tu ? demanda Antoine en s'asseyant à côté de son pote et tournant son regard vers la jeune magrébine.

— Noor, et toi ?

— Antoine.

— Et moi, Arsène, lança ce dernier en étirant un sourire charmeur, espérant capter l'attention de Noor.

Noor tourna à peine la tête vers lui, le coin des lèvres relevé d'un demi-sourire narquois :

— Je ne t'ai rien demandé, je parlais à Antoine. J'aime bien les mecs en uniforme.

— Bien fait ! sourit Jasmine.

— J'aime bien les filles qui me narguent, c'est un faux-semblant, se rengorgea Arsène, soulevant une nouvelle fois sa longue chevelure indienne.

Perpétuel déconneur, il ne put s'empêcher d'ajouter :

— D'habitude, je fais une queue de cheval à mes tifs, mais quand je sors en boite, je me contente d'une seule.

Cela fit rire moyennement les filles.

Antoine se releva, lâcha un clin d'œil à peine visible à Noor, puis il lui tendit la main.

— Tu viens, on va sur la piste, c'est Gims, je suis sûr que tu aimes.

Il observait les longs cheveux frisés de la jeune magrébine qui semblaient danser sous les lumières mouvantes. Elle avait un air à la fois insolent et doux qui le désarmait un peu.

Elle se leva de la table, la bouteille de coca tomba, Arsène plaisanta :

— Heureusement que ce n'était pas le whisky.

Il se servit un deuxième verre et ajouta :

— M'en fous, c'est pas moi qui conduis, puis il entraina à son tour Jasmine et Barbara sur la piste de danse.

Deux heures du matin, l'ambiance était à son comble. Deux autres employés d'Antoine avaient rejoint la discothèque, et la petite équipe passait son temps entre le bar et la piste de danse, puisque la bouteille de whisky était vide. Après avoir avalé son verre de coca, Antoine entraina une énième fois Noor sur le parquet. Sous les lumières qui se coloraient au gré des rythmes rap ou rock, les corps se déhanchaient. La longue stature d'Antoine bougeait à peine, contrastant avec la fougue de la magrébine toujours proche de lui. De temps à autre, Antoine s'approchait de son oreille pour chuchoter des banalités, la musique assourdissante couvrant la moitié de ses phrases. Noor répondait toujours oui en hochant de la tête et en souriant. Là, Antoine cria presque :

— Tu me rappelles mon ex qui est marocaine, tu lui ressembles beaucoup.

— Viens, on retourne au bar, on s'entendra mieux.

Ils se faufilèrent dans la cohue devant le zinc, butèrent sur Arsène entouré de Jasmine et Barbara, ainsi que de deux de ses collègues de travail. Déjà bien entamé par l'alcool, Arsène s'affaissa sur l'épaule de son patron.

— J'crois bien que j'vais tenter ma chance avec Barbara, elle est moins belle que Jasmine, mais elle est bourrée, ça s'ra, hic… plus facile.

Antoine repoussa doucement son employé et s'écarta à l'autre bout du bar pour échanger plus facilement avec Noor.

— Tu me parais bien jeune, as-tu au moins le droit d'entrer dans cette boite ?

— Je vais avoir dix-neuf ans.

Antoine souleva le menton de la jeune fille pour mieux sonder son visage. Les yeux ébène de Noor lui rappelaient son ex, un souvenir tout à la fois doux et amer. Jalila avait été son premier amour, mais aussi celle qui l'avait brisé. Devant Noor, il sentit ce mélange étrange d'attirance et de méfiance, comme si le passé revenait à la charge.

— Tu penses à quoi, en me dévisageant ainsi ?

— À rien… en fait, à Jalila, mon ex.

— Elle te manque ?

14

— Elle est partie un beau matin après à peine trois ans de vie commune, sans rien dire, sans explications.

— Vous vous étiez disputés ?

— Non, même pas, j'ai rien compris, on s'aimait, du moins je croyais qu'elle m'aimait, on a fait deux beaux enfants, Noriane est née la première, Jalila est partie en me laissant seul avec Adel, il n'avait que douze mois, il ne marchait même pas.

— Et tu as élevé seul ton enfant ?

— Oui, mais heureusement que j'avais mes parents à mes côtés ! Ils n'étaient pas sur place, ils habitaient à Besançon, mais ils s'occupaient beaucoup d'Adel et venaient souvent à Pontarlier.

Noor caressa la joue d'Antoine.

— Viens donc danser et ne pense pas à elle, tu te fais du mal. En plus, c'est une musique presque langoureuse, genre cool gitan, Kenji… on dirait, tu aimes ?

Noor souriait en tirant par le bras le pompier, ce grand gaillard qu'elle trouvait beau et agréable.

— J'ai bu un peu, mais pas trop. Je pourrais presque conduire ta voiture pour rentrer, dit-elle.

— Tu as ton permis de conduire ?

— Non, je ne suis pas assez riche, je bosse comme employée de maison chez le directeur d'une grande usine de Pontarlier, avec une chambre de bonne sous les toits. Pas de garçons autorisés.

Elle éclata de rire.

— J'm'en balance, je m'arrange toujours pour aller coucher chez le mec ou dans la bagnole. Au fait, c'est confortable une Mégane Sport ?

Dans une danse mélodieuse, il entoura les reins de la belle magrébine et la colla à son corps.

— Petite coquine, tu ne sembles pas avoir froid aux yeux.

— C'est vrai, mais je choisis toujours mes proies. Il faut qu'elles soient grandes, fortes, viriles, ton genre quoi !

— C'est bien ce que je dis, t'es une coquine.

— Et toi, que fais-tu de ta vie à part ton travail et tes lamentations sur ton passé ?

Antoine entraina Noor vers la sortie.

— Tu m'emmènes déjà dans ta voiture ?

— Non, pour deux raisons : d'abord, il fait trop froid, ensuite, je n'ai pas envie de sortir avec toi.

Elle passa sa langue sur ses lèvres, tout autour comme toujours, une drôle d'habitude chez elle, on dirait qu'elle demandait toujours de l'amour.

— Pourquoi ? Je ne te plais pas ? Pourtant, tu dis que je ressemble à ta belle Jalila.

Il la prit par la main.

— Viens.

Il l'entraina dans le hall des toilettes, seul coin à peine discret et suffisamment chaud. Dehors la température affichait moins deux degrés. Des jeunes passaient des toilettes au bar, du bar aux toilettes sans s'occuper de ce couple qui se cachait mal derrière la porte d'entrée toujours entrouverte.

Noor s'appuya négligemment contre le mur, ses cheveux frôlant la peinture froide. Antoine tendit la main, mais s'arrêta, hésitant à briser la distance. Noor, elle, se pencha doucement contre lui, laissant ses longues nattes frôler sa veste. Ce fut elle qui réduisit l'écart, une audace qui le prit au dépourvu.

— Je suis marocaine, comme Jalila, mais je ne sais pas si je suis aussi belle, dit-elle.

16

Il haussa légèrement les sourcils, un sourire presque nerveux sur les lèvres.

— Vous êtes toutes les deux très belles.

Noor éclata d'un rire discret, mais ses yeux restaient fixés sur lui. Sans réfléchir, Antoine l'attira lentement vers lui, puis caressa une de ses longues nattes. Ce n'était pas une caresse tendre, juste un geste rapide, maladroit, comme si le désir l'avait pris de court. Noor, elle, s'accrocha à son cou, cherchant à prolonger le moment. Leurs lèvres se rencontrèrent. Antoine recula légèrement, mais Noor insista, sa langue touchant la sienne, puis le baiser dura un long instant.

Un groupe de jeunes passait derrière eux, la voix d'Arsène ricana :

— Eh, les amoureux, la chambre nuptiale, hic… c'est pas là !

Antoine se détacha rapidement, le souffle court. Noor sourit, presque triomphante.

Il regagna l'angle du bar, commanda deux cocas, resta silencieux face à cette turbulente gamine qui respecta la quiétude du moment. Elle voulut lui prendre la main, il refusa.

— Quatre heures, faut que je me casse. Je ramène Arsène, il est bien atteint. Demain, je me lève tôt pour emmener Adel au foot.

Elle leva les yeux vers ce grand garçon.

— On se reverra ? Tu veux mon 06 ?

Antoine la fixa un instant, comme s'il hésitait, puis détourna le regard.

— Non, ce n'est pas la peine.

Il passa une main nerveuse sur sa nuque, puis sur ses lèvres.

— On… on n'aurait pas dû. Je suis désolé.

Noor fronça légèrement les sourcils, cherchant une explication dans son silence, mais Antoine s'était déjà détourné.

Il quitta la boite en entrainant son pote Arsène. Dans le froid du parking, Arsène sortit quelque peu de sa torpeur :

— On part déjà, patron ? C'est con, juste au moment où j'allais… hic… m'taper Barbara.

— Mon pauvre, dans ton état, tu n'allais pas lui faire grand-chose.

— Pis toi, t'as pas pu faire grand-chose avec la belle métisse que t'as mâtée, hic ! toute la nuit, hein… c'est raté, j'l'ai vue, heu ! vers les chiottes en train de rou... rouler une galoche à un mec… hic !

Antoine haussa les épaules en souriant, puis grimpa dans sa voiture, après avoir poussé Arsène sur le siège passager.

Le long du trajet, il ne pouvait chasser de sa tête l'image de Noor, ses grands yeux noirs, son sourire confiant. Elle était différente… mais trop jeune. Trop imprévisible. Il n'avait pas le droit de recommencer, pas après Jalila. Pourtant, une petite voix en lui riait doucement : Et pourquoi pas ?

3

En ce mois d'avril 2020, la pandémie empêchait tout rassemblement, mais l'entreprise EFJ avait l'autorisation de travailler. Les employés partaient au bois le matin, rentraient le soir, évitaient de se serrer la main, puis retournaient rapidement dans leur foyer pour se confiner. Après vingt trop longues journées sans boire un pot ensemble, Antoine et ses employés ne purent s'empêcher de braver les interdictions, et ce vendredi soir, le patron décréta que tout le personnel pouvait se réunir pour un apéro entre collègues. On dressa une grande table au centre de l'immense hangar, évitant ainsi de se cloitrer dans la trop petite salle du personnel.

Antoine ferma les larges portes pour mieux se cacher de la maréchaussée, tourna la clé, et sous la lumière des néons, on fêta un semblant de retour à une vie normale autour des verres de Pontarlier-Anis. Les conversations d'un bout à l'autre de la table tournaient principalement autour du virus, de cette liberté enchainée, de ces sorties ratées. Le patron orienta néanmoins les débats sur le travail, puis se tourna vers son fils Adel revenu de son stage chez un collègue du bourg de Levier.

— Tu fais quoi ce week-end ? J'espère que tu n'as pas décidé de retrouver tes potes, tu sais, avec ce sacré virus, faut faire gaffe.

— Qu'est-ce qu'on fait en ce moment, genre… ne triche-t-on pas ?

— Ce n'est pas pareil, on ne va rester ensemble qu'une petite heure, et puis les gars en ont marre : travail, maison, dodo, ras-le-bol. OK, tu sors retrouver tes potes demain soir, mais fais gaffe aux contrôles et tâche de rentrer à la maison pour minuit, OK ?

— OK, papa, merci.

Antoine ébouriffa les cheveux de son fils, se leva, but son verre de Pont devant tout le personnel :

— Bon ! Les gars, je vous verse à boire une dernière fois. Dans un quart d'heure, tout le monde dehors, faut pas abuser des bonnes choses ni des vilains gendarmes.

À peine achevait-il sa recommandation que l'on frappa à la porte. Tout le monde se regarda, sûr que les flics venaient verbaliser tout ce petit monde pris en flagrant délit. Certes, l'intérieur du hangar restait sombre avec l'avancée de la nuit, et les néons n'avaient pas été allumés par précaution. Antoine se leva sans hésiter et ouvrit la porte. Surprise ! pas de gendarmes, mais la belle et jeune Noor, radieuse dans sa robe émeraude qui tombait à hauteur des genoux et ses nattes noires qui glissaient dans son dos lorsqu'elle se pencha pour embrasser Antoine. Il se recula d'un pas.

— Et le virus, qu'est-ce que tu en fais ? Et ton masque, tu n'as pas de masque ? Et que fais-tu là ? Comment sais-tu que je travaille ici ?

— Eh bien ! ça fait beaucoup de questions pour des retrouvailles, ne trouves-tu pas ?

Antoine s'effaça pour la laisser entrer. Noor lui sourit en passant devant lui. Ses yeux noirs brillaient comme sous les lumières de La Grange.

— Je suis venue voir un pote, Quentin.

Elle donna un coup de menton dans la direction de Quentin assis en bout de table.

— Ah ! le syndicaliste de la maison, ironisa Antoine.

Il suivit Noor jusqu'à la table, elle s'installa près de Quentin. Il reprit sa place près de son fils Adel qu'il présenta à Noor.

— Salut Adel, mais dis donc, tu ressembles étrangement à…

— À un Marocain, oui, je suis marocain, en fait franco-marocain. Mon père est français, hein, papa, qu'c'est vrai ? Et ma mère marocaine.

— Ben, dis donc, tu ne ressembles pas du tout à ton père, tu as tout reçu de ta mère.

Adel n'avait en effet rien de son père, ni ses yeux clairs, ni ses cheveux courts châtains, plutôt des yeux noirs et une tignasse ténébreuse. Seules leurs grandes tailles correspondaient à peu près, il fallait juste qu'Adel s'étoffe encore.

Antoine héla Noor assise à l'autre bout de la table :

— Alors Quentin, comme ça, c'est ton ami ?

Noor joua de sa langue sur ses lèvres.

— Ben oui, il habite Pontarlier et moi aussi, on est du même quartier, près de l'Hyper-U.

— J'imagine que c'est lui qui t'a indiqué l'adresse du hangar, n'est-ce pas ?

Ce fut Quentin qui répondit :

— Je lui ai dit que je travaillais ici et que vous étiez mon patron, c'est comme ça qu'elle a su.

— Et mon adresse privée, elle sait ?

— Non, je ne sais pas, intervint Noor, peut-être me le diras-tu ?

— Certainement pas, je n'ai pas besoin d'une gamine à ma porte.

— Pourtant, tu sais bien me trouver à la porte des chiottes de La Grange !

Quentin éclata d'un rire nerveux, levant les mains comme pour calmer le jeu :

— Allez, Noor, tu sais bien que mon patron est un mec sérieux !

Noor haussa les épaules, un sourire narquois accroché aux lèvres.

— C'est marrant, il n'était pas si sérieux l'autre soir à La Grange.

Tout le personnel zieuta le patron qui montrait un sourire coincé aux lèvres.

Antoine frappa dans ses mains :

— On finit nos verres et on rentre tous à la maison, et toi Noor, comment es-tu venue jusqu'ici ?

— À pied.

— Mais ça fait une trotte.

— Quand on aime, on ne compte pas, s'exclama-t-elle devant tout le monde, afin de narguer Antoine.

Les employés vidèrent leur verre et sortirent du hangar l'un après l'autre, restèrent bientôt à l'intérieur juste Antoine, Adel, Noor et Quentin.

— Alors, le syndicaliste ! Je suppose que tu ne peux pas monter ton amie sur ta trottinette. Va falloir que je la remmène au risque de croiser les flics en plein couvre-feu.

— J'aurais pu rentrer à pied, comme je suis venue, mais puisque tu me le proposes si gentiment, j'accepte, sourit la jolie marocaine.

Antoine dévisagea Noor, se disant que, décidément, cette fille ne lâcherait pas le morceau si facilement. Alors que Quentin montait sur sa trottinette électrique pour rejoindre l'autre bout de la ville, Antoine demanda à son fils de l'attendre au hangar.

— J'en ai pour un quart d'heure et je repasse te chercher pour rentrer à la maison.

Sitôt Noor installée sur le siège passager du 4X4, elle se pencha pour embrasser Antoine qui avait déjà posé la main sur la clé de contact.

— Ça va pas ! Et le virus ?

— Le virus ? répéta Noor en éclatant de rire. Ah oui, c'est vrai. Il n'existait pas l'autre soir, pas vrai ? Ou peut-être que tu ne l'avais pas remarqué…

Elle se pencha légèrement vers lui, traçant un cercle invisible sur sa joue avec son doigt.

— T'avais l'air tellement concentré sur autre chose.

Antoine se raidit, les mains sur le volant.

— C'était une erreur, Noor.

— Et si je veux bien qu'on recommence nos erreurs ?

Ses lèvres étaient là, si proches, et pourtant si interdites. Il savait qu'il ne devrait pas céder, mais la tentation avait un goût amer, celui d'un souvenir d'autrefois. Jalila lui avait appris à aimer. Noor, elle, semblait prête à lui apprendre à succomber.

Antoine tourna la clé dans le Neiman, accrocha la première.

— C'est une drôle d'excuse pour ne pas m'embrasser, mais je sais que je te plais, d'ailleurs tu ne m'aurais pas embarquée dans les toilettes pour me rouler une pelle si je ne te plaisais pas. Et tu n'as même pas proposé de baiser avec moi, preuve que tu me respectes.

T'es un mec bien, Antoine. J'ai envie de toi, j'ai envie de t'apporter plein de petits bonheurs.

Il se demandait pourquoi cette fille s'accrochait autant. Elle était jeune, imprévisible, tout ce qu'il ne voulait plus dans sa vie. Et pourtant… il ne pouvait nier qu'elle avait réveillé quelque chose en lui, quelque chose qu'il croyait éteint depuis longtemps.

Alors qu'ils roulaient près du centre commercial, les gyrophares bleus d'une patrouille de gendarmerie apparurent à un carrefour. Noor retint son souffle, se tassant légèrement sur son siège. Antoine, lui, ne ralentit même pas, gardant les yeux rivés sur la route.

— T'as pas peur de te faire choper ? murmura-t-elle.

— Pas si on reste discret.

Mais Antoine accéléra légèrement, et Noor ne put s'empêcher de sourire : il aimait peut-être prendre des risques, finalement.

La voiture atteignait déjà le centre commercial Hyper-U.

— Laisse-moi sur le parking, j'habite dans une maison bourgeoise, là, juste de l'autre côté de l'avenue, je ne veux pas que mon patron nous voie ensemble.

— Pourquoi ?

— Parce que.

Une fois la voiture garée, elle ouvrit la portière, mais pas avant d'avoir lancé un dernier regard à Antoine. Un sourire effleura ses lèvres, comme si elle était satisfaite d'une victoire silencieuse.

— On se reverra, Antoine. C'est une promesse, pas une question.

Antoine remarqua le bout de papier sur le siège. En y lisant le numéro de portable, il fronça les sourcils. Pourquoi insistait-elle tant pour le revoir ?

4

Le vendredi soir suivant, Noor frappait à la porte du hangar ? L'ensemble du personnel était convaincu que le patron sortait avec la jeune magrébine, mais que celui-ci ne voulait pas l'avouer, qu'il voulait garder cette relation secrète. Seul Quentin, le rebelle de l'entreprise EFJ savait qu'il n'en était rien puisqu'il côtoyait régulièrement Noor, laquelle lui racontait tout.

— Alors, t'as le béguin pour ton pote Quentin ? interpella Antoine à l'adresse de Noor.

La belle Marocaine haussa les épaules :

— Pourquoi dis-tu cela ? Tu sais bien que c'est toi qui me plais.

Comme la coquine ne se gênait pas pour montrer ses sentiments, le personnel ne put s'empêcher un nouveau sourire général. Antoine éclata carrément de rire, un rire forcé.

— On ne raconte pas sa vie devant tout le monde, encore moins ses sentiments. Un peu de respect pour moi devant mon personnel, bon sang ! Même si j'apprécie mes employés, ça ne les regarde pas.

— Ce n'est pas parce que tu as une carrure de rugbyman qu'il faut en imposer. Je sais bien que ça te dérange, je t'aime, il en est ainsi, et toi, tu m'aimes aussi.

Affalé sur sa chaise en bout de table, Quentin se souleva légèrement, appuya ses avant-bras sur la table et fixa son regard vert dans les yeux de son patron.

— Moi, je sais tout.

Puis il balaya du regard toute l'assemblée :

— Je sais bien que vous croyez tous qu'il se passe un truc entre eux, mais croyez-moi, c'est pas du tout ça. Noor m'a confié qu'elle était tombée sous le charme, mais que le patron se fichait éperdument d'elle.

La jeune magrébine rougit, mais ne répondit pas. Quant à Antoine, l'ombre de sa stature s'approcha dangereusement de Quentin.

— Toi, tu es encore à l'essai ici et j'ai bien envie de te foutre à la porte dès ce soir.

— Pourquoi, je fais bien mon travail, n'est-ce pas, les gars ?

Les employés baissèrent la tête, sauf Arsène. En qualité d'adjoint d'Antoine, il abonda dans le sens de Quentin tout en fixant son patron.

— C'est vrai que Quentin travaille bien, c'est un bosseur, toujours à l'heure, disponible et…

Antoine l'interrompit :

— Si je décide de le mettre à la porte, c'est parce qu'il casse systématiquement l'ambiance dans l'entreprise, et l'ambiance, c'est primordial pour que tout fonctionne bien ici. D'ailleurs, dès sa période d'essai achevée, je suis sûr qu'il va nous jouer un sale tour.

— Ce n'est pas vrai, j'aime ce métier et je vais m'y donner à fond. Un jour, je serai patron comme vous, je créerai mon exploitation forestière.

— C'est bien ce que je dis, tu veux me jouer un sale coup, tu veux me concurrencer plus tard. Mais bon, d'ici là, il va couler beaucoup d'eau sous les ponts, ça ne m'inquiète pas.

Antoine se rassit auprès de son adjoint, Noor vint s'installer entre les deux, poussant Arsène plus loin sur le banc.

— Ben, y a qu'à faire comme chez soi ! Tu ne vois pas que je restais à côté d'Arsène pour parler boulot.

— On ne parle pas de boulot après dix-sept heures le vendredi soir.

Avec un large sourire, Noor acheva sa phrase en caressant la joue d'Antoine. Il eut un mouvement de recul :

— Ça va pas ! Et le virus ?

— Il a bon dos, le virus.

Et tout le monde éclata de rire, sauf peut-être Adel qui toussait beaucoup depuis deux jours, qui gardait un masque sur le visage et se tenait un peu à l'écart, tandis qu'Antoine paraissait soucieux.

— Tu sembles inquiet pour ton fils. Tu veux que je passe demain voir s'il a besoin de quelque chose ? demanda Noor.

Adel toussait encore ce matin. Antoine n'avait pas voulu inquiéter Noor en montrant ses propres craintes, mais il se demandait combien de temps cela allait durer. Pourtant, face à Noor, il semblait oublier tout le reste. Et ça, il se le reprochait presque autant qu'il en profitait.

— Non, c'est gentil, mais reste chez toi… à cause du confinement.

Après une bonne heure à discuter de tout et de rien, à boire de la bière et du Pont, Antoine frappa dans ses mains pour signifier l'heure du départ, tout ça à cause des flics toujours tatillons. Comme le vendredi précédent, restaient seuls Noor, Quentin, Adel et Antoine, debout au milieu du hangar.

— Bon ! Si je comprends bien, faut que je te remmène à nouveau chez toi ?

— Oh, ne t'inquiète pas, Arsène m'a proposé de me ramener. Mais si ça te dérange que je sois seule avec lui…

— Non, non… pas de problème, je te ramène, répondit aussitôt Antoine.

Parvenu devant le parking de l'Hyper-U, moteur arrêté, Antoine ne se pressait pas pour demander à Noor de quitter le véhicule.

— Que cherches-tu vraiment, Noor ?

— Toi.

— Je t'ai dit que je ne voulais pas d'une liaison entre nous. Il faut que cesse ton manège. Et Quentin, ne te plait-il pas ? C'est un beau gosse, et de ton âge.

Noor tira un masque de sa poche, le tendant à Antoine avec un sourire mutin.

— Tiens, mets-le, pour qu'on soit bien sages.

Antoine fronça les sourcils, tendu.

— Arrête, ce n'est pas un jeu. Adel est malade, tu pourrais être porteuse sans le savoir.

Noor se penchant vers lui, chuchota :

— Peut-être que je suis déjà contaminée. Tu veux savoir ? Embrasse-moi, et on verra bien.

Elle prit le temps de défaire ses nattes, secoua sa chevelure. L'abondance des cheveux entoura l'ovale de son visage bronzé. Ses yeux noirs fixèrent ceux d'Antoine.

— Tu viens à mon anniversaire vendredi prochain ?

— Je ne crois pas.

Elle caressa ses lèvres avec sa langue.

— Ben si ! Tu viendras puisque je fête mon anniv au hangar d'EFJ.

— Ça va pas, t'aurais au moins pu demander mon autorisation, allez, sors de cette voiture.

Macron, pas le chien, le président, Macron donc n'avait toujours pas décidé de la date de fin de confinement, car en ce 24 avril 2020, l'épidémie battait son plein. Adel restait enfermé à la maison à Houtaud et se débattait avec sa fièvre et sa toux. Cela n'empêcha pas Noor de fêter son anniversaire. Un anniversaire assez simple toutefois, juste quelques petits fours d'un traiteur de Pontarlier, accompagnés de six bouteilles de crémant du Jura.

Contre mauvaise fortune, on fait bon cœur, alors Antoine avait accepté, contraint et forcé, d'installer la grande table au centre du hangar afin d'accueillir Noor et son anniv.

Pétillante de fraîcheur par ces belles journées ensoleillées, Noor posa une fois de plus son petit cul à côté du patron, poussant de ses fesses Arsène, qui, tout compte fait, appréciait de plus en plus la présence de la jolie Marocaine à ses côtés.

— Mon fils est bien malade, je ne resterai pas longtemps à ton anniversaire, Noor. Et tâchez tous de ne pas rester trop longtemps au hangar et de rentrer sagement chez vous.

Il se tourna vers son adjoint :

— Arsène, tu me mettras tout ce monde dehors pour vingt heures au plus tard.

— Je pourrai t'accompagner chez toi ? osa Noor.

— Non, il ne faut pas approcher Adel, il est contagieux.

— S'il te plait, juste un tour avec toi en voiture et tu en profiteras pour me ramener chez moi.

— Mais c'est ton anniv, tu dois rester avec les autres.

Tout à coup, Quentin en bout de table se mit debout, souleva son verre de pétillant :

— Joyeux anniversaire, Noor, à tes dix-sept ans ! Et vive la plus belle fille du Maroc... et la seule qui arrive à faire rougir notre patron.

Le silence tomba lourdement autour de la table. Noor rougit légèrement, puis haussa les épaules avec désinvolture, mais Antoine, lui, sentit son estomac se nouer. Elle avait donc menti.

— T'es une gamine, grogna-t-il en se levant brusquement. J'ai pas besoin de toi dans ma vie.

Noor baissa les yeux, mais un sourire effleura ses lèvres. Elle savait qu'il reviendrait.

Autour de la table, après le silence, les employés lançaient des blagues, parfois lourdes, sur les dix-sept ans de Noor, tandis qu'elle riait bruyamment pour cacher un certain malaise. Mais ses yeux revenaient sans cesse vers Antoine, à la recherche d'un signe, d'une attention. Antoine, lui, semblait soucieux.

Noor tenta de poser sa tête sur l'épaule d'Antoine qui la repoussa.

— Pardonne-moi. Si j'ai menti, c'est parce que je te voulais plus que tout.

— Eh bien, tu as tout perdu. Allez ! je te ramène chez toi, c'est la dernière fois, puis je rentre vite voir mon fils.

Noor ne se fit pas prier. Quelques minutes, seule avec lui dans le 4X4, cela valait tout l'or du monde.

Une fois de plus, Antoine coupa le moteur sur le parking de l'Hyper-U, afin de faire comprendre à sa passagère qu'il fallait parler. Mais ne voulait-il pas simplement prolonger ce moment en si agréable compagnie ? Il voyait Noor comme une très jolie fille, expansive, joyeuse et pleine de vie, de surcroit, très amoureuse ! Quelle folie de ne pas profiter de ses brefs instants de bien-être ! Il soupira :

— Tu es une fille charmante, Noor, mais je me répète, tu n'es pas une fille pour moi. D'ailleurs, il faut que tu saches que je n'ai pas envie de refaire ma vie. Depuis ma séparation, je ne sors qu'avec des filles pour une nuit ou deux, rien de plus. Je ne veux pas m'attacher, et avec toi, je ne veux pas d'une brève nuit d'amour, j'aurai l'impression d'abuser de toi. De plus, tu n'es même pas majeure, et notre différence d'âge est trop importante et…

Noor l'interrompit en rebondissant sur les seuls mots qui lui faisaient du bien : « *je ne veux pas d'une brève nuit d'amour, j'aurai l'impression d'abuser de toi.* » Elle osa poser sa fine main sur celle d'Antoine accrochée au volant.

— Tu dis que je triche, mais toi, à ta façon, tu triches aussi. Tu fais tout pour me repousser, et pourtant je sais que tu m'aimes.

Il retira sa main du volant, ce qui eut pour effet de sentir les doigts de Noor suivre le mouvement et finir sur sa cuisse. Il n'osa pas la repousser. Il approcha son visage du sien, les yeux dans ses yeux.

— Noor… tu es belle, mais il y a trop de différence d'âge. Je suis… je suis trop vieux pour toi.

— Dix-sept ans d'écart, ce n'est rien quand on s'aime.

Antoine détourna les yeux, fixant un point invisible dans le lointain.

— Ce n'est pas qu'une question d'âge.

— Alors, c'est quoi ? Jalila ?

Ces mots résonnèrent en lui comme un coup porté au ventre. Il soupira et passa une main sur son visage, incapable de répondre.

— Je ne sais pas, Noor. Peut-être… peut-être que je n'ai pas tourné la page.

Antoine fixait Noor, les mots coincés dans sa gorge. Elle avait posé sa main sur sa cuisse, et il sentait une chaleur monter en lui, troublante, presque effrayante. Il voulut détourner les yeux, mais son regard se heurta à des yeux noirs, brillant d'un mélange d'audace et de vulnérabilité. C'est elle qui se pencha la première, et lui, incapable de bouger, la laissa faire. Leurs lèvres se touchèrent timidement d'abord, comme une question silencieuse. Puis, dans un élan irrésistible, il la prit dans ses bras. Ce baiser-là n'avait rien d'une erreur : intense, fiévreux, aussi bref qu'un éclair, mais aussi marquant qu'une brûlure. Quand leurs lèvres se séparèrent, Antoine senti le goût de Noor sur sa langue et le poids d'un regret immédiat.

— J'espère que je ne t'ai pas filé le virus de mon fils.

— Je crois que je suis déjà malade… mais c'est à cause de toi. Et tu sais quoi ? Ça ne me dérange pas.

— Tu es vraiment folle, je t'ai dit que je ne voulais pas d'une liaison entre nous.

— Et que fais-tu à l'instant ? Genre, tu m'allumes, c'est ça. Tu dis que tu ne veux pas d'une seule nuit d'amour avec moi, mais je vois bien que c'est ce que tu cherches.

— Allez ! Va-t'en, faut que je retourne vers mon fils.

— Je t'aime, Antoine. Je sais que c'est stupide, je sais que tu penses que je ne suis qu'une gamine, mais je t'aime quand même.

Elle se tut un instant, cherchant ses mots, puis ajouta, la voix tremblante :

— Tu dis que je ne suis pas faite pour toi… Mais pourquoi tu ne me laisses pas en décider ?

Elle claqua la portière et traversa le parking en courant.

Quelques minutes plus tard, le 4X4 ne ronflait toujours pas. Antoine, les deux mains en croix sur le volant, la tête sur ses bras, ruminait ses contradictions. « Oui elle est belle, oui j'ai envie d'elle, non je ne dois pas, oui on a trop de différence d'âge, oui elle ressemble trop à Jalila et jamais je ne ferai le deuil de mon ex, surtout si je sors avec Noor, oui elle embrasse admirablement bien, oui elle tortille mon corps de partout, non je n'ai pas le droit, je gâcherais ma vie durant tout le temps d'une liaison avec elle. Elle me rend fou par son amour pour moi, et puis, je suis sûr que Quentin est amoureux d'elle, il faut que je foute ce petit con à la porte avant d'avoir des problèmes avec lui. »

Les atomes qui glissent autour des êtres humains apportent non seulement du magnétisme, mais un fluide qui prouve que le hasard n'existe pas : en soulevant sa tête, Antoine remarqua sous le soleil déclinant, debout sur sa trottinette à l'arrêt, Quentin le rebelle, Noor la tête enfouie au creux de l'épaule du jeune garçon.

5

Le plus ancien employé chez EFJ, Norbert, assis sur le fauteuil de l'abatteuse, profitait de l'ombre des derniers sapins encore debout. Il arrêta sa machine, descendit dans la coupe, s'assit sur une souche fraichement coupée. Il avait vu son patron arriver d'un bon pas vers lui, un panier à la main. Il tendit une bière à Antoine.

— Tiens, on partage, c'est la dernière. Il fait chaud et la covid est loin, on peut boire dans la même bouteille.

— Antoine s'essuya le front, but une gorgée.

— Oui, j'espère bien qu'on en a fini avec cette saloperie. Maintenant, c'est la chaleur qui prend la relève, enfin… c'est pas plus mal, ça tue le virus, et nous, on boit une bonne bière, pas très fraiche, mais c'est pas grave.

Il balaya du regard les quelques arbres encore debout.

— Deux à trois heures de boulot et ce sera fini.

— Oui, c'est ça. D'ailleurs, je ne m'arrêterai pas pour manger à midi, il faut que j'achève ce boulot avant ce soir.

— D'autant qu'aujourd'hui, sourit Antoine, on arrête à seize heures, on fête mon anniversaire. Figure-toi que je suis né le jour de la Saint-Jean. Ce soir, on va mettre le feu.

— Tu as préparé un repas ?

— Non, ce sera un apéro géant, une mixture confectionnée par Adel, y en aura des soupières entières avec plein de chips. Je n'ai pas trouvé de femmes pour me préparer des amuse-bouches plus sophistiqués.

— On s'en fout de la bouffe, pourvu qu'on boive et qu'on rigole.

Antoine passa la main sur sa bouche, comme à chaque contrariété :

— J'ai décidé de cette réunion un peu tard. J'aurais dû prévoir un traiteur. C'est Adel qui m'a convaincu de ne pas me tracasser, il pense comme toi, une bonne dose d'alcool, beaucoup de déconnes, et l'anniv sera bien.

« Pourtant, sous cet air taquin, je me demande si mon fils ne me réserverait pas une surprise lorsqu'il m'a proposé ce simple lunch », grommela Antoine en regardant la cime des sapins en face de lui.

Le vieux Norbert montra brusquement un air sombre :

— Pourquoi as-tu renvoyé Quentin ? C'était un bosseur et un garçon toujours disponible.

Antoine regardait au loin, vers la lisière du bois.

— C'était un rebelle, il aurait foutu le bazar dans notre boite.

Norbert haussa les épaules sans contrarier davantage son patron.

— Je te laisse, Norbert, voilà quand même ce panier de pique-nique. Si tu ne manges pas, il y a au moins deux ou trois bières. Bon courage, à ce soir.

— OK, à toute.

En cette soirée de Saint-Jean, sur la grande place goudronnée devant le hangar, un feu de joie immense montrait à la terre entière que la covid 19, c'était du passé. Le personnel d'EFJ buvait une mixture à base de crémant du Jura, de macvin et de limonade. Doux, agréable et à boire sans modération, ce mélange reposait dans une soupière qui se dressait au milieu de la table. La maman d'Antoine était là également, élégante, vêtue d'une robe légère et d'un chapeau de paille, souliers vernis. Elle avait fait le déplacement depuis Besançon juste pour un apéritif, mais elle aimait tant son fils qu'elle n'en était pas à cent-vingt kilomètres près aller-retour. Et puis, il fallait bien apporter le cadeau pour son cher enfant, ce fut une magnifique encyclopédie sur les oiseaux, une de plus, mais celle-là, maman savait qu'elle ne figurait pas dans la bibliothèque de son fils. Quant aux employés d'EFJ, ils offrirent à Antoine une heure d'hélicoptère pour deux personnes au-dessus du Mont-Blanc.

— Soit tu emmènes ton fils, soit tu pars avec Noor.

— Arrêtez de dire n'importe quoi, les gars, je ne sors pas avec Noor, c'est une gamine. Laissez-la où elle est.

On continua de boire, de grignoter des chips, on but encore beaucoup de soupe, légère certes, bonne pour sûr, et du coup, fort enivrante. Seule madame Jacquet se tenait correctement, ne buvant que de la limonade.

Mais bientôt la maman souhaita rentrer chez elle. Elle fit une dernière fois le tour du feu, regardant les flammes s'élever dans le ciel étoilé, comme si celles-ci voulaient caresser Saint-Jean. Elle embrassa son petit-fils qui s'approchait d'elle.

— Passe par Houtaud, mamie, dit Adel, il faut que je te donne les dix kilos de miel qui sont à la maison, et j'y vais tout de suite avec Arsène.

— OK, je vous suis.

— Qu'est-ce que vous avez encore manigancé ? interpella Antoine qui avait tout entendu.

— Rien, rien, je vais juste donner le miel qu'a réservé mamie.

Madame Jacquet vint embrasser son fils, lui glissant à l'oreille qu'elle avait encore besoin d'un peu d'argent, qu'elle l'appellerait prochainement, que ce n'était pas l'heure et l'endroit pour parler de ça. Elle salua ensuite l'ensemble du personnel en agitant sa main en direction de la tablée.

Adel se tourna vers son chauffeur occasionnel :

— Tu viens Arsène, mamie nous suit.

Alors que la nuit étoilée couvrait la ville de Pontarlier, le bruit du moteur de l'Audi d'Arsène envahit le parking. La voiture recula jusqu'à vers la grande table. Deux employés pas trop cuités apportèrent un foyer gaz mobile à trois pattes accroché à une bouteille de butane. De l'Audi descendirent Arsène et Adel, puis la porte arrière s'ouvrit où l'on vit se courber Noor au sortir du véhicule. Elle se pencha, souleva difficilement un grand faitout. Adel s'empressa de contourner la voiture pour l'aider, et tous deux posèrent l'ustensile sur le foyer gaz qui venait d'être allumé par le vieux Norbert.

— C'est quoi ce complot ? demanda Antoine en éclatant de rire.

— Ce n'est pas un complot, répondit Noor, c'est un couscous, un couscous maison, j'adore préparer les couscous.

— Et combien ça va me coûter ce couscous ? ironisa-t-il. On avait dit qu'on ne mangeait pas ce soir, les chips et la soupe devaient suffire.

— Les employés plaisantaient :

— Avec tout ce qu'on boit, faut bien éponger.

— Rien de tel que de la semoule pour nous gaver.

— Tu pourrais au moins dire merci à Noor.

— Patron, la… bise, la… bise, la… bise !

Il s'exécuta.

Tout le monde reprit en chœur en séparant bien les syllabes :

— Sur la bou che, sur la bou che, sur la bou che…

Il s'exécuta encore.

— A vec la lan gue, a vec la lan gue, a vec la lan gue, a vec…

Antoine se tourna vers ses amis :

— Non, la langue, c'est pour le couscous. À table.

Noor ignora ensuite Antoine, alla s'installer vers son fils Adel, non loin cependant du patron.

Après quelques histoires de chasse, puis quelques histoires cochonnes, les doigts sur la langue pour sucer la sauce, les rots, les rires, Antoine passa sa main sur sa bouche.

Ce malaise qu'il sentait monter en lui, il aurait voulu l'ignorer. Il détourna les yeux, mais son esprit revenait sans cesse à cette scène : Noor, si proche d'Adel. Était-ce de la jalousie ? Ou bien un sentiment d'échec… celui d'avoir laissé la jeune femme s'éloigner de lui ? Il n'aurait pas su le dire, mais une chose était sûre : il n'aimait pas ce qu'il voyait.

— Au fait, Adel, comment se fait-il que Noor soit au courant de mon anniversaire ? Je ne lui ai jamais dit.

Noor se blottit contre l'épaule d'Adel, ce qui énerva encore un peu plus Antoine.

— Et tu reviens de la maison avec le couscous, était-elle là-bas ? Ajouta-t-il.

— Ben oui, quoi, genre, on n'a rien fait de mal, on voulait te faire une belle surprise avec ce couscous, c'est quoi ton délire ?

— Je l'ai préparé pour vous faire plaisir, monsieur Jacquet, et voilà comment je suis remerciée, dit Noor.

Le « Monsieur Jacquet » ainsi que ce vouvoiement ne plut pas vraiment à Antoine Jacquet. Cette gamine insolente le narguait. Rien à foutre de ses états d'âme, pensait-il, elle faisait ça pour le rendre jaloux, c'est lui qu'elle préférait, pas son fils. Pourtant, à y regarder de plus près, c'était vrai que Noor et Adel semblaient bien assortis, quasiment du même âge, tous deux typés magrébins. Cependant, Noor ne lui avait-elle pas dit qu'elle aimait les grands baraqués ? Adel est grand, certes, mais loin d'être costaud. De plus, Antoine ne trouvait pas son fils si beau que cela, il ne savait pas se tenir droit, cette posture d'ado au dos toujours courbé, comme si le poids de ses jeunes années était déjà trop lourd à supporter. Et puis cette chevelure épaisse sur le haut du crâne, rasée sur les côtés qu'on dirait une moumoute bolchévique vissée sur sa tête. Son fils ne cherchait pas à plaire, c'était sûr, et pourtant… c'était bien sur son épaule que se réfugiait Noor en ce moment.

Entre deux cuillères de semoule et un coup de fourchette dans le morceau d'agneau, Arsène se pencha vers son patron :

— On dirait qu'il y a de la concurrence dans la famille.

— Tu rigoles ! Rien à foutre de cette gamine, comment faut-il que je vous le dise, tous autant que vous êtes. Elle a l'âge de mon gosse, qu'il en profite donc, lui ! Mais c'est une allumeuse, il n'a aucune chance.

— Hum ! Je sens-là tout de même un brin de jalousie.

Antoine servit une louche de soupe de crémant dans le verre de son adjoint.

— Bois donc un coup plutôt que de dire des conneries.

En face d'Antoine et d'Arsène, légèrement décalés, Noor et Adel parlaient tout bas.

— Tu vois, on a bien fait de prévoir ce couscous. À part cette soupe d'alcool et ces quatre chips, il n'y avait rien à becqueter.

— Pourtant, d'après ce que tu m'as déjà raconté, ce n'est pas l'habitude de ton père de recevoir ses amis ainsi.

— C'est vrai, il avait largement les moyens de commander un traiteur, mais c'est moi qui l'en ai dissuadé puisqu'on voulait lui faire la surprise du couscous.

— Oui, c'est une super idée.

— Je crois que la surprise a foiré. Pour lui, la véritable surprise, c'était de nous voir ensemble.

Noor leva ses yeux noirs vers son jeune ami.

— Crois-tu qu'il serait jaloux ?

— Non, je ne crois pas. Il n'est pas attiré par toi, il me l'a dit l'autre soir à la maison. Il te trouve trop jeune, trop expansive, limite allumeuse. Je sais qu'il t'a quand même embrassée à La Grange, il me l'a avoué, une connerie, a-t-il reconnu. En plus, il m'a dit que tu embrassais mal.

— Quel enfoiré ! Il t'a dit ça ?

— Ben oui, c'est vrai.

Noor jeta un œil sombre vers Antoine et :

41

— Je vais te montrer, Adel, si c'est vrai que je ne sais pas embrasser.

Elle se pencha lentement vers lui, ses lèvres frôlant les siennes dans un mouvement à la fois délicat et assuré. La tension monta, son souffle chaud caressant son visage. Lorsqu'elle l'embrassa enfin, ce fut un mélange de douceur et d'audace, un baiser long et passionné, laissant Adel stupéfait et captivé.

En enlaçant Adel, Noor ne pouvait s'empêcher de lancer un regard en coin vers Antoine. Était-ce lui qu'elle voulait provoquer, ou était-elle sincèrement attirée par ce jeune garçon maladroit, mais charmant ?

Le baiser fut si long que l'ensemble de l'assemblée le remarqua. Heureusement que grand-mère Jacquet avait écourté sa soirée !

Arsène se pencha à nouveau vers son patron pour chuchoter à son oreille :

— Un à zéro pour le fils.

Antoine fixa Noor, son cœur se serrant malgré lui. Ce n'était pas de la jalousie, pas vraiment... quoique... Mais voir son fils dans les bras de cette fille, cette fille qui l'avait troublé plus qu'il ne voulait l'admettre... Cela réveillait en lui une colère sourde, irrationnelle.

6

Ce vendredi soir de mi-juillet, les employés d'EFJ s'attablaient devant leur rituel apéritif de fin de semaine. Il faisait chaud, même très chaud, du coup la grande table s'étalait devant le bâtiment prolongé par un auvent en toile. Les bavardages du personnel envahissaient la cour, d'autant que l'on parlait de vacances et que l'excitation était à son comble. Dans quinze jours, on fermerait l'établissement pour quatre semaines.

— T'as prévu quoi, toi ?

— Pas de vacances cette année, je suis fauché, je vais aider à la ferme.

— Moi, c'est une semaine à Argelès.

— Moi, je vais au bois, y a du boulot avec le père.

— T'en as pas marre du boulot dans la forêt ?

— Bof ! du moment que ça me plait.

Un toutou tout maigre, tout vieux, le dos courbé, s'approchait de la table pour quémander un peu de bonne nourriture. Il avait encore un bon flair malgré son âge.

— Ah ! Voilà encore Chipie, cette vieille chienne du père Gavinet. Donne-lui donc une couenne de jambon et qu'elle retourne d'où elle vient, dit Antoine en se penchant vers Arsène.

L'adjoint éclata de rire :

— Ce n'est pas du jambon qu'elle vient chercher, cette vieille chienne, tu ne vois pas qu'elle tourne autour de ton chien, elle cherche Macron. D'abord, elle ne s'appelle pas Chipie, on l'appelle Brigitte ? Ce sont sûrement ses dernières chaleurs, mais va savoir ? Avec ces vieilles chiennes de la haute société, y z'ont dû la piquer aux hormones pour qu'elle continue de se pavaner devant les chiens de talus.

Fou rire général, puis Antoine annonça à son tour l'endroit où il passera ses vacances :

— Je pars une semaine avec mon fils Adel en Bavière, puis on finira à Europa Park, et si on a le temps, on fera un tour à…

Antoine n'acheva pas sa phrase. La bouche ouverte, les yeux arrondis, il se leva de son banc pour mieux vérifier si c'était vrai. Noor avançait vers la table, bras dessus, bras dessous avec Adel, mais comme elle avait deux bras, elle avançait également bras dessus, bras dessous avec Quentin. Elle prit le temps de déposer un baiser sur la bouche d'Adel avant de le lâcher pour pouvoir taper la bise à l'ensemble du personnel. Elle acheva son tour de table vers Antoine, appuya plus fortement ses lèvres sur la joue du patron, lequel prit soin d'essuyer avec un mouchoir de papier un semblant de salive étalé sur son visage. Comble de l'indécence, elle s'installa en bout de banc, poussant un ou deux employés pour s'asseoir entre Adel et Quentin. Elle prit soin d'embrasser ce dernier sur les lèvres.

À quoi jouait-elle ? se demandait Antoine, ainsi que les autres aussi d'ailleurs.

Malgré son culot et son audace, elle était aimée par l'ensemble des employés grâce à sa pétulance, ses rires éclatants, sa disponibilité. Elle se levait souvent pour servir à boire, sachant faire fonctionner la machine à pression. Elle courait chercher les glaçons dans le congélateur des vestiaires pour verser le Pontarlier-Anis dans les verres. Même si Antoine trouvait qu'elle en faisait un peu trop, depuis quelque temps, il s'était rendu compte de son erreur et admettait que tout cela correspondait peut-être bien à la nature de cette fille. Gentille, courageuse, intelligente, disponible et de surcroit, jolie. Il admit lui-même qu'elle valait la peine de faire partie de l'équipe. Sans se l'avouer, sa présence lui faisait du bien.

De toute la durée de l'apéritif, Antoine ne cessa de regarder à la dérobée cette jeune et belle Marocaine. Noor ne semblait pas en reste et lui jetait régulièrement un coup d'œil, lorsque ce n'était pas un clin d'œil, mais cela ne l'empêchait pas d'embrasser sur la bouche tantôt Adel, tantôt Quentin.

« Quels deux pourceaux ! » se disait Antoine.

Alors que l'équipe des trois audacieux se trouvait à l'opposé de la table, Arsène héla Noor :

— Chez les musulmans, normalement, ce sont les hommes qui prennent plusieurs femmes, pas l'inverse.

Noor se leva et souleva son verre de bière en direction d'Arsène :

— Les musulmans ne boivent pas d'alcool, enfin habituellement, mais moi, j'en bois. Et pourquoi n'inverserions-nous pas les rôles, pourquoi toujours les hommes qui décident pour leurs femmes ? Pourquoi la polygamie dans ce sens et pas dans l'autre, hein… pourquoi ? Vive l'égalité homme-femme !

— Sais-tu pourquoi chez vous les hommes décident pour les femmes ? Parce que vous avez trois siècles de retard, rétorqua Arsène.

— Non, cinq, insista Antoine.

Quentin se mêla de la conversation :

— Moi, la polygamie dans l'autre sens, ça m'est égal, tant que je peux me taper une jolie Marocaine.

Noor se rassit en lançant une petite tape derrière la tête de Quentin. Quant à Antoine, il sentit un long frisson parcourir son dos. « Ce petit con de Quentin est venu me narguer. Je l'ai foutu à la porte de l'entreprise, c'est pas pour qu'il revienne y foutre le bordel. »

— Dis-voir, Quentin, t'as pas retrouvé de boulot ?

— Si, je suis chez ton concurrent du Muy.

— Alors va donc faire la fête avec eux et fiche-nous la paix. Si je t'ai mis à la porte d'EFJ c'est parce que tu foutais ton bazar ici.

— Je suis venu aujourd'hui parce que je sors avec Noor qui sort avec votre fils.

Antoine se leva brusquement, renversant presque son verre.

— Je t'ai dit de dégager, Quentin. Tu n'as rien à faire ici.

Quentin, loin de s'intimider, croisa les bras et soutint son regard.

— Je ne suis pas là pour toi, je suis là pour Noor.

Un silence glacé s'installa autour de la table, tous les regards rivés sur le patron et sur Quentin.

Antoine planta son regard dans celui du jeune homme, laissant planer un lourd silence.

Le grand gamin, fier de sa personne, préféra quitter la table et traversa la cour pour rejoindre sa trottinette électrique.

Noor chuchota :

— M'en fiche, y me reste Adel.

Elle s'amusait à provoquer Antoine, c'était vrai, mais au fond, pourquoi cela comptait-il autant pour elle qu'il cède ? Était-ce une simple revanche sur le pouvoir des hommes, ou cherchait-elle autre chose ? Quelque chose qu'elle ne pouvait pas encore nommer.

— Heureusement que tu es une femme, sinon je te prendrais aussi par le paletot et tu filerais vite rejoindre la trottinette.

— Pourquoi tu t'énerves ainsi, patron ? s'étonna le vieux Norbert, elle n'a rien fait de mal.

— T'as vu comme elle traite mon fils, comme de la marchandise.

— Non, papa, je ne suis pas de la marchandise pour elle, mais de la gourmandise.

— Petit con ! Fous-moi le camp aussi, immédiatement.

Adel, surpris par la colère de son père, quitta la table, Noor sur ses talons.

Dans cette ambiance pourrie, tout le monde se sépara bien avant l'heure habituelle.

Quinze jours plus tard, on fêtait la fermeture de l'entreprise EFJ pour quatre semaines de vacances, et tout le personnel était au rendez-vous pour, non seulement l'apéro traditionnel du vendredi soir, mais un repas en commun, barbecue et pommes de terre à la braise.

Durant les jours précédents, Noor et Adel échangèrent plusieurs fois par jour sur WhatsApp, non pas des mots d'amour, mais beaucoup de banalités d'ados, parler des potes, de Quentin, de l'humeur désastreuse d'Antoine, des vacances prochaines d'Adel avec son père en Allemagne, ce ne serait certainement pas une partie de plaisir, mais bon ! les vacances allaient peut-être arranger les relations entre le père et le fils.

— Parfois, j'ai l'impression de ne pas être à ma place ici. Tout le monde me regarde comme si je faisais exprès de troubler les choses, mais toi… toi, tu comprends, disait Noor en échangeant avec Adel sur les réseaux sociaux.

Vingt heures, la fête s'animait, les esprits en vacances. On buvait un peu, puis beaucoup, seul Antoine semblait ne pas trop abuser. Vers vingt-et-une heure, Noor se pointa. Elle avançait dans la cour, pieds nus sur une trottinette électrique. Elle portait un short blanc et un tee-shirt bleu ciel laissant imaginer l'absence de soutien-gorge. Sa chevelure noire et frisée dansait sous la brise, son sourire aussi.

— Qu'est-ce qu'elle fout avec la trottinette de Quentin ? Manquerait plus que l'autre con suive, marmonna Antoine.

Mais Antoine fut rassuré, l'autre con ne suivait pas et l'on ne le vit pas de la soirée.

Vers une heure du matin, à l'heure du café, Noor sortit des loukoums de son sac à dos. Elle fut applaudie pour ses sucreries faites maison.

Comme la jeune Arabe avait passé la soirée assise auprès d'Adel, comme le vieux Norbert libérait la place qu'il gardait jalousement de l'autre côté de Noor, Antoine vint s'incruster, mine de rien, à côté de la jolie magrébine, un verre de gentiane à la main. Noor lui tendit un loukoum, et leurs doigts se frôlèrent brièvement. Un contact anodin, mais qui fit naître une chaleur étrange dans la paume d'Antoine. Il croisa son regard et se surprit à penser qu'il n'aurait peut-être pas dû venir s'asseoir si près.

— Quelle belle photo de famille ! ironisa Arsène, assis non loin de là.

— Dis donc, Noor, tu pars avec Adel et le patron en Allemagne au 15 août ? plaisanta un autre employé.

Noor se tourna vers Antoine, lui passa la main sur la nuque :

— Si Antoine est d'accord, pourquoi pas ? Mon patron et sa femme seront en vacances également, je n'aurai pas besoin de faire le ménage chez eux. Il faut juste que je surveille la maison pendant leur absence, mais je pourrai me faire remplacer par Quentin.

— Qu'est-ce que Quentin vient faire ici ? questionna Antoine.

Noor lâcha sa nuque :

— Quentin ne part pas en vacances avec eux, il reste à la maison.

— Comment ça, en vacances avec eux ?

— Ben oui, quoi, ton fils ne t'a pas dit ? Quentin est le fils de mon patron. Il habite dans la maison, c'est pour ça qu'on est amis.

Elle laissa planer un silence puis ajouta :

— C'est pour ça qu'il vient me retrouver souvent dans ma chambre de bonne à l'étage.

Antoine se racla la gorge,

— Tu aimes provoquer, n'est-ce pas ?

— Non, pas du tout, j'aime dire les choses, je n'ai rien à cacher. D'ailleurs, j'ai dit que Quentin venait me voir fréquemment dans ma chambre de bonne, je n'ai pas dit qu'il couchait dans mon lit.

— Et vous faites quoi tous les deux dans la chambre ? ronchonna Antoine. Vous jouez à la dinette ?

— Non, ils jouent au docteur, pouffa Arsène, ou alors au papa et à la maman.

— On est sur des jeux vidéo.

— Et quand tu roules des patins à Quentin devant nous, c'est pour t'entrainer à tes jeux vidéo, bougonna Antoine.

Elle le regarda, l'œil de travers :

— C'est pour…

Elle s'arrêta au milieu de la phrase, et pour le coup, elle ne dit pas toutes les choses, mais Antoine crut comprendre. Il se pencha à son oreille :

— Tout à l'heure, je t'emmène à La Grange.

Trois heures du matin, la discothèque affichait complet compte tenu des restrictions sanitaires, et la grande carcasse d'Antoine eut beau faire face aux gorilles, les menacer gentiment, implorer, que nenni, le couple dut faire demi-tour.

Il remonta dans sa voiture du dimanche, la Mégane Sport. Vitres grandes ouvertes, la voiture se cachait à l'opposé du parking, un coin à peine discret où le bruit sourd de la musique de la boite parvenait jusqu'à elle. Sur le siège passager, les jambes dorées de Noor brillaient sous la lumière d'un lampadaire du parking. Le short blanc, court, serré, apportait un contraste des plus sexy, et un parfum vanillé embaumait la voiture. Elle sortit un paquet de cigarettes de son sac à main porté en bandoulière.

— Tu en veux une ?

— Non, merci, je ne fume pas. Je préfère mâcher un chewing-gum.

Il se pencha, passa son bras devant les jambes de la jeune fille pour choper la boite de chewing-gum dans le vide-poche. Son visage effleurait les cuisses de Noor, il fut même tenté d'y déposer un baiser, mais se retint in extrémis. Cette pensée eut l'avantage, ou l'inconvénient, de tendre le pantalon au niveau de la braguette. Il savait cette fille dans de bonnes dispositions. L'odeur de News remplaça le parfum vanillé, et pour garder ce goût des îles qu'il aimait tant dans ses narines, il approcha ses lèvres du cou de la jeune fille et ne put s'empêcher un baiser.

— Tu es belle.

Puis un long silence, les lèvres toujours sur la peau douce de Noor :

— Perturbante, mais belle.

— Oh ! Il y a plus jolie que moi, dit-elle en rejetant la fumée de sa cigarette, tournant la tête vers la fenêtre ouverte.

— Il y a longtemps que tu fumes ? demanda-t-il en détachant sa bouche.

— C'est mon premier paquet.

— Alors tu devrais vite le jeter pendant qu'il est encore temps.

— Bien, papa, je vais y réfléchir.

— Pourquoi as-tu décidé de fumer ? Et pourquoi aujourd'hui ?

— Peut-être que j'avais envie de me sentir différente ce soir, de changer un peu. Et puis, il faut que je sois grande, puisque l'on va sortir ensemble.

— Tu es bien présomptueuse ?

— Tu sais, nous, au Maroc, nous ne sommes pas trop loin de l'Afrique Noire, je dois certainement avoir des ancêtres sorciers ou gourous, je devine beaucoup de choses.

Puis elle éclata de rire.

Antoine se redressa sur son siège, retira le papier qui enveloppait le chewing-gum, enfila le bonbon dans sa bouche.

— Je n'aime pas lorsque tu ironises en m'appelant papa, déjà que je suis gêné par notre différence d'âge.

— D'accord, papa, je tâcherai de faire attention, mais il ne faut plus me donner d'ordre et me prendre pour une gamine, OK ?

Antoine sourit, s'enfonça dans son siège, Noor l'imita, puis elle allongea ses longues jambes fines devant elle, les pieds nus sur la planche du tableau de bord. Antoine lorgna les cuisses mordorées de la jeune fille, passa sa main sur un genou, prit son temps pour en faire le tour, se pencha légèrement pour descendre le long du mollet superbement dessiné. Noor croisa ses mains derrière la nuque, les yeux au plafond, une attente agréable, une fille mûre qui imaginait avec patience la suite des caresses. Il se redressa brusquement, glissant sa main coquine vers la poitrine de sa voisine. Dans la demi-obscurité, les yeux verts croisèrent les yeux noirs.

— Tu couches avec Quentin ?

— On joue à des jeux vidéo.

— Il te plait ?

— Il est jeune, il est beau, c'est un insoumis et un fils de riche. Genre, c'est un garçon intelligent.

— Donc tu couches avec lui.

Pour toute réponse, elle haussa les épaules.

Il hésita un instant, puis céda à l'impulsion. Leurs lèvres se touchèrent, timidement d'abord, comme pour tester les limites, avant que le baiser ne s'approfondisse. Le goût sucré de Noor lui restait en bouche, mélange troublant de douceur et de désir.

Il se détacha, recula la tête pour mieux admirer le visage juvénile, caressa les longs cheveux débraillés.

— Et mon fils ? Tu couches avec mon fils ?

— Non, papa, je ne voulais quand même pas te tromper avec ton fils.

— Il n'y avait pas de trahison, puisque nous ne sortons pas ensemble.

Elle lui sourit en passant sa main sur ses cheveux courts.

— Ça fait bizarre, tes cheveux, c'est doux à caresser, ça me fait des frissons. Avec ton fils, ses cheveux sont épais et soyeux, c'est bien aussi.

— Tu me provoques, petite coquine.

— Non, pas du tout, par contre mes provocations des autres jours avec ton fils t'ont fait réagir, tu prêtes enfin plus d'attention à moi.

La main d'Antoine glissa le long du teeshirt de la belle ébène, glissa sur la peau nue, remonta jusqu'au sein droit. Les doigts caressèrent le pourtour, pincèrent le téton, recommencèrent encore et encore jusqu'à ce que les bouches se collent à nouveau, se décollent, laissent passer les langues assoiffées. Pour Noor, ce petit organe qui fouillait l'intérieur de sa bouche, c'était mieux qu'un gros bout de chair qui s'enfoncerait dans son intimité, il y avait ce côté plus précieux, plus langoureux. D'ailleurs, l'origine de cet adjectif ne venait-il pas justement du mot langue ? sourit-elle intérieurement. Et puis, n'était-ce pas une drague voluptueuse, les prémices d'une aventure plus audacieuse, l'apprentissage de la langue, la conquête des lèvres innocentes avant celle des lèvres insolentes, le plongeon dans le tumulte des salives, le chevauchement des dents de dragon ou de fée, l'assaut des palais marbrés ?

Fatigués de cette longue bataille indécise, les visages se retranchèrent, l'un entre deux mamelons, l'autre caché dans l'épaule d'un géant. Puis Antoine prit le manche dans sa main, enclencha la première, la Mégane Sport sortit du parking, direction Houtaud.

— Tu m'emmènes chez toi ?

— Oui, Adel n'est pas à la maison, il fête un anniversaire avec des potes à Salins, il dort sur place.

Elle lui chatouilla le menton :

— Coquin.

Il pianota sur son mobile, connecta la Bose mobile. Une musique cool jazz emplit l'habitacle.

Parvenu à la maison, une sobre villa dans un lotissement à la sortie du village d'Houtaud, Antoine retira aussitôt son tee-shirt qu'il lança sur le dos d'une chaise du salon, puis il s'écroula en jean sur le canapé, tapota le coussin à ses côtés.

— Viens t'assoir là.

— Te voilà torse nu, tu m'as l'air bien pressé.

— Bien pressé de quoi ?

Elle rougit et répliqua :

— De te coucher.

— Il fait tellement chaud, je suis en sueur.

Elle s'affala à ses côtés, lui caressa les cheveux, la tête appuyée sur son ventre. Vu sa position, elle tordit son cou jusqu'à se faire mal pour mieux voir les yeux de son chéri, fit le tour de ses lèvres avec sa langue. Elle ne provoquait pas, juste sa manie habituelle.

— On fait quoi ?

— Je réfléchis.

De sa main libre, elle caressait le torse d'Antoine.

— À quoi ?

— À nous deux, tu es si jeune !

Elle se redressa d'un bond.

— Ah non ! Ça ne va pas recommencer. Dix-sept ans d'écart, ça va. Genre, on est jeune, tu es jeune.

Elle adoucit sa voix, replongea sa tête sur son torse.

— Tu es si beau, ta voix est… est… je sais pas… elle me plait.

Elle osa descendre une main sur la cuisse d'Antoine.

Il sentait la douceur de la peau de Noor à travers le tissu du jean, un frisson traversa tout son corps, sa braguette se bossela rapidement. La main de Noor glissa doucement, tandis que son souffle chaud effleurait sa peau. Antoine se raidit, entre désir et hésitation. Il prit délicatement la tête de Noor entre ses mains et la souleva à la hauteur de son visage. Il l'embrassa tendrement, refusa cette fois-ci l'approche des langues.

— Non, coquine, pas ça, pas ce que tu allais faire, pas aujourd'hui, plus tard peut-être.

Elle se recula, gardant toujours son sourire légendaire.

— Tu as peur que je n'aie pas d'expérience, c'est ça ?

— Ne dis pas n'importe quoi, Noor, peu importe ton expérience, je saurai t'aimer comme tu sembles m'aimer. C'est juste que… tu me rappelles encore trop Jalila, je ne peux pas, pas maintenant.

Elle quitta son sourire :

— Donc tu m'allumes, puis tu me repousses.

Il colla sa joue contre la sienne.

— Non, ce n'est pas ça, s'il te plait, laisse-moi encore un peu de temps.

— À ton âge, tu devrais être chaud comme la braise, et qu'est-ce que tu fais devant moi ? Tu joues ta mijaurée.

Il se détacha de Noor, se leva du canapé.

— Il est cinq heures du mat, il faut dormir. Je te laisse mon lit, je dormirai dans le canapé.

Elle se leva à son tour et lui fit face.

— Il n'en est pas question.

— Comment ça ? Qu'est-ce que tu veux ?

— C'est moi qui dors dans le canapé.

Il montra ses paumes de main à hauteur de ses épaules.

— OK, OK, pas de souçailles ! Maintenant, faut dormir.

Elle se souleva sur la pointe des pieds.

— Bien, monsieur Antoine, un petit bisou avant de me coucher. Pis une petite histoire aussi, raconte-moi une histoire.

Elle s'allongea sur le canapé, les jambes repliées, les mains jointes sous une joue. Il s'assit vers elle à la hauteur de son ventre.

— Dans le conte des mille-et-une nuits, on passa sous silence cette drôle d'histoire, mais voici la vérité : il était une fois une jeune et jolie fille qui s'éprit d'un homme de vingt ans, son ainé. Il la trouvait belle, elle ressemblait tellement à son ex qu'il tomba amoureux à son tour. Ils s'aimèrent, vécurent plusieurs années ensemble jusqu'au jour où il apprit, par un concours de circonstances, que sa chérie était sa fille. Dès cet instant, il quitta sa bien-aimée, déprima, perdit son boulot, se languit le long des chemins tel un clochard, mourut de chagrin et de désespoir quelques mois plus tard. Je sais, c'est une drôle d'histoire, et…

Noor ne l'écoutait plus, elle dormait.

7

Sous le ciel bleu de l'été, assis à une table de terrasse sur la plage du lac Saint-Point, Antoine et Noor déjeunaient ensemble d'un repas frugal, un simple steak frites et un morceau de tarte aux myrtilles dont Antoine était friand. Noor préféra une glace vanille. Son maillot de bain une pièce semblait écraser ses petits seins. Antoine, en maillot de bain également, une serviette de coton entourant ses épaules, affichait une peau pâle qui contrastait avec celle de sa compagne. À l'heure du café, Antoine reçut un coup de fil.

— Oui, salut.

Après une petite minute de silence où une voix babillait dans le portable :

— Ah non ! Ça ne va pas recommencer. Je t'ai dit non, non, non, pas de pognon.

La voix inaudible dans l'appareil empêchait Noor de bien entendre. Antoine remarqua la curiosité de sa compagne, se leva et s'écarta afin de poursuivre la conversation. Il semblait à Noor que celle-ci s'éternisait. Elle surveillait son ami qui faisait les cent pas dans l'allée entre la terrasse et l'entrée du camping attenant au restaurant. Après une bonne dizaine de minutes de conversation, il vint se rassoir à sa place.

Noor n'osa pas le questionner, Antoine resta muet, mais son air soucieux l'obligea à se justifier. Après un long moment de silence, il glissa les doigts sur sa bouche pour rejoindre la naissance de ses oreilles :

— C'était mon ex. Je ne sais pas comment elle a pu retrouver mon numéro de téléphone, voilà deux ou trois fois qu'elle m'appelle. Pourtant, je n'avais plus de contact avec elle depuis qu'elle a claqué la porte de la maison.

Au fond de lui-même, la réapparition de son ex l'intriguait. Pourquoi revenait-elle régulièrement ces temps-ci ? Que voulait-elle réellement ?

Mal à l'aise, Noor aurait voulu qu'Antoine lui en dise plus. Elle baissa la tête, fixa ses chaussures, mais elle était pieds nus :

— Tu viens, on plonge dans le lac.

Antoine soupira, s'étira :

— Pas tout de suite, laisse-moi un quart d'heure de sieste.

— Alors… es-tu décidé à m'emmener en Bavière avec vous ?

— Non, je te l'ai déjà dit, ce n'est pas une bonne idée. Je voudrais me retrouver seul avec mon fils, nous avons besoin de nous réconcilier. Il est aigri depuis qu'il sait que tu ne veux pas de lui, il sent bien que nous deux…

— Nous deux… nous deux… Rien de bien nouveau sous le soleil ! Juste quelques bisous, je suis sûre que ton fils, lui, il me sauterait dessus.

— Le sexe te manque tant ?

— C'est toi qui me manques.

— Je suis avec toi en ce moment, non ?

— J'en veux plus. Je veux être ta compagne, je veux partager ton lit, vivre chez toi, je t'aime, tu comprends ça ? je t'aime.

— Laisse-moi le temps.

59

Noor perdit son sourire habituel.

— Toujours les mêmes mots. Y en a marre. Fais gaffe, je crois que je vais finir par choisir la jeunesse, et quand je sortirai avec ton fils, ne viens plus me chercher, ce sera trop tard !

Elle tourna la tête vers le lac, un éclat d'hésitation dans ses yeux. Puis elle retrouva son sourire provocateur.

Antoine s'étendit sur sa chaise, les mains croisées derrière la tête.

— Tu ne resteras pas avec lui, tu n'es pas amoureuse de lui.

Elle se renfrogna, quitta la table, s'avança dans le lac tout proche, s'étala sur l'eau, se retourna.

— Tu viens.

— Il courut jusqu'à elle, soulevant l'eau autour d'eux. Les remous s'enfonçaient entre les cuisses des deux amis, rebondissaient sur leur peau. Ils s'enlacèrent, tombèrent l'un sur l'autre, burent la tasse. Ils riaient comme deux gamins, soulevaient l'eau devant eux à la rencontre de l'autre. Ils s'embrassèrent longuement, debout, de la flotte jusqu'à la ceinture de Noor, jusqu'à mi-cuisses d'Antoine.

— On rentre ?

— Tu m'emmènes chez toi ?

— Non, je te remmène chez toi, il parait que tu as des courses à faire pour tes patrons qui vont partir en vacances demain.

— C'est dommage qu'ils soient encore là, on aurait pu faire des folies de nos corps dans ma chambre de bonne.

Il déposa un baiser sur ses lèvres :

— Dès mon retour de Bavière, promis, j'irai visiter ta chambre de bonne.

Elle sautilla sur place, l'eau remuait sous elle. Elle déposa à son tour un baiser sur la bouche de son compagnon, puis afficha un sourire malicieux :

— Et on fera quoi dans ma chambre de bonne ?

— Sûrement quelque chose que je regretterai.

Son sourire ironique laissa percer un brin d'espoir chez la jolie amoureuse, puis elle prit un air plus préoccupé :

— Dix jours à attendre, ça va être long.

— Ça passera vite.

— Peut-être pour toi, mais pas pour moi.

Puis elle reprit son sourire :

— Heureusement qu'il y aura Quentin avec moi.

L'image de Quentin seul dans cette grande maison durant dix jours avec Noor l'angoissa brusquement. Rien ne s'arrangea le long de la route jusqu'à Pontarlier lorsqu'elle le questionna :

— C'est définitif, tu ne m'emmèneras donc pas en Bavière ?

Il se racla la gorge.

— Je te le redis, c'est non, laisse-moi seul avec Adel.

— Au fait, sais-tu que ton fils a su que j'ai passé la nuit chez toi la semaine dernière ?

— Comment sait-il ? C'est toi ?

— Oui, c'est moi.

— J'espère que tu lui as dit que tu avais dormi dans le canapé.

Elle éclata de rire :

— Je ne suis pas entrée dans les détails.

Antoine freina brusquement, ses mains crispées sur le volant. Il tourna lentement la tête vers Noor, cherchant à comprendre ce qu'elle voulait vraiment. Cette gamine jouait-elle avec lui, ou cherchait-elle quelque chose de plus sérieux ?

— Mais qu'est-ce que tu cherches… à foutre le bordel entre Adel et moi, à nous allumer chacun notre tour ?

— Hum, j'ai plutôt l'impression que c'est toi qui m'allumes ces jours-ci, et ton feu n'éclaire pas beaucoup. Je suis sûre que si ton fils se décide à m'allumer, là, ça fera un super feu d'artifice.

Coup de klaxon derrière eux.

Antoine montra un doigt d'honneur dans le rétroviseur et démarra.

— Font chier !

L'auto repartit en trombe. Il déposa Noor sur le parking de l'Hyper-U. Un rapide bisou, puis la Mégane RS démarra sur les chapeaux de roues pour rejoindre la maison à Houtaud quelques kilomètres plus loin.

Arrivé au domicile, il appela Adel, mais son fils n'était pas là. Il s'assit sur le canapé, se releva pour boire un verre d'eau, se réinstalla dans le canapé, quitta celui-ci quelques minutes plus tard, se vautra dans la chaise longue sur la terrasse. Il caressa sa bouche de sa main, puis se releva encore. Longeant les rosiers vers les dalles de la terrasse, il pianota sur son téléphone.

* *As-tu fini les courses pour tes patrons ?*

Moins de trente secondes plus tard, retour du SMS :
* *Oui.*
* *Je passe te chercher dans une demi-heure.*
* *MDR.*

Petite merdeuse, pensait-il au fond de lui en raccrochant son portable, puis il sourit.

Une heure plus tard, dans la Mégane :

— Où m'emmènes-tu ?

— Dans un endroit féérique, ce n'est pas très loin, un quart d'heure tout au plus.

À peine quatre kilomètres après Montbenoît, la route pittoresque, taillée entre de superbes escarpements calcaires, serpentait le long du Doubs. Noor contempla ce défilé « d'entre roches » qu'elle ne connaissait pas. Le conducteur stationna la voiture sur le bas-côté de la route où un semblant de parking laissait la place à un ou deux véhicules seulement.

Tous deux en short et en maillot léger sous la chaleur de l'été se tenaient la main, et Antoine entraina Noor sur un sentier creusé dans le fossé. Ils s'approchèrent de la rivière qui, malheureusement, ne laissait couler que de maigres filets d'eau entre les roches du fond. Ils purent ainsi marcher sur l'eau, s'aventurer quelques dizaines de mètres plus en aval et se réfugier dans un contour de la rivière. Ils s'installèrent sur une mousse verte et humide. Qu'importe pour les derrières, il fallait laisser les fesses au frais, c'était tellement bon. Ils étendirent les jambes dans l'eau qui ne les recouvrait même pas.

Noor porta son regard loin en amont, le plat de ses mains dans les graviers pour garder sa position assise en équilibre.

— Que c'est beau, c'est un endroit magique, des arbres, de la verdure, des roches ciselées, de l'eau pure, c'est romantique !

Antoine appuya son dos contre un saule.

— Viens contre moi, tu seras mieux.

Elle ne se fit pas prier, d'un bras, elle enroula la large poitrine de son ami, l'autre main se risqua à caresser la cuisse du mâle. Elle posa sa tête sur l'épaule en rêvassant, ses yeux suivaient le léger ruissèlement du Doubs devant elle.

Elle aimait la manière dont Antoine la regardait, avec ce mélange de désir et de retenue. Mais parfois, elle se demandait si elle jouait un rôle, ou si elle cherchait réellement à bâtir quelque chose avec lui. Était-ce l'amour ou le simple besoin de sécurité ?

— Oh ! regarde ce poisson, dit-elle en sortant de son songe.

— C'est une truite. C'est un poisson délicieux, mais farouche, et par ce chaud soleil, il faut éviter de le pêcher, encore deux semaines de cette canicule et ce pauvre animal va crever au fond de ce trou bientôt asséché.

Il soupira :

— Tu n'as pas l'air de bien connaitre la région. Depuis quand habites-tu à Pontarlier ?

De sa main gauche, il jetait des graviers dans le trou d'eau pour exciter la truite qui n'avait guère de coins sombres pour se cacher, de l'autre, il caressait la chevelure noire qui avait retrouvé ses quatre nattes accrochées au-dessus de la nuque.

— Quelques mois.

— Et avant ?

— Au Maroc. Je ne connais rien de la France, sinon ce que j'en ai appris à l'école.

— Étonnant ce si bon français ?

— C'est grâce à maman, elle a vécu longtemps en France, puis elle est retournée au Maroc il y a plus de quinze ans. Nous sommes pauvres là-bas, nous habitons

64

dans une petite ville près de Marrakech, alors j'ai décidé de venir travailler en France et je lui ai promis de lui envoyer de l'argent.

Elle se tut un instant, regardant l'eau s'écouler. Puis, dans un souffle :

— Elle me manque.

Elle sentit une ombre passer sur son cœur. Était-elle encore une victime, ou bien une complice ? Depuis qu'elle avait quitté le Maroc, elle n'avait cessé de se demander où se trouvait la limite entre son propre désir d'exister et l'influence toxique de son beau-père. Elle savait ce que ce vieux marocain attendait d'elle, mais elle devinait qu'elle le trahissait en cherchant à aimer Antoine sincèrement. Peut-être était-ce cela, sa véritable rébellion.

— Tu as fait des études ?

— L'école primaire, c'est tout, après, je fus employée comme bonne chez de riches Marocains à Marrakech, mais ça ne payait pas bien. J'aimerais faire des études dans la comptabilité, j'aime bien les chiffres.

Elle soupira un grand coup et se mit à sourire encore plus franchement que d'habitude :

— En attendant, j'ai fait quelques études sur le corps humain.

C'est vrai que depuis quelques minutes, elle avait su échauffer le mâle en caressant divinement la cuisse, puis le genou, elle remonta jusque vers le short, y glissa deux doigts, puis toute la main, si bien qu'Antoine en oublia toutes les choses intéressantes qu'elle venait de lui raconter sur sa vie passée. La douceur de ses mains, la chaleur de sa peau contre la sienne… tout cela réveillait quelque chose de primal en lui. Et pourtant, il sentait une distance, une ombre qui flottait entre eux, comme si, au-delà des gestes, une barrière invisible les séparait encore. Était-ce sa méfiance ? Ou bien une part d'elle qu'elle refusait de lui montrer ?

Les nattes de Noor s'éparpillèrent sur le ventre d'Antoine, l'une d'elles glissa jusque sur le sexe que la Magrébine venait de libérer de sa prison de tissu.

Alors que les mains de Noor glissaient sur sa peau, Antoine ressentit un mélange de désir et d'appréhension. Quelque chose dans ses gestes, cette assurance presque trop maîtrisée, le troublait. Elle était jeune, oui, mais il ne s'agissait pas seulement de cela. Il y avait quelque chose d'autre, un voile qu'il ne parvenait pas à percer, une profondeur dans ses yeux noirs qui lui échappait.

Les gestes de la jeune fille devinrent plus audacieux, explorant le corps de son amant avec une assurance troublante. Antoine, emporté par l'instant, se laissait aller à des sensations qu'il tentait d'ignorer.

Les doigts d'Antoine effleurèrent la peau du bras de sa chérie, et une vague glaciale la traversa. Un souvenir ancien, flou, mais persistant, la rattrapa. Elle se força à sourire, à jouer la femme sûre d'elle. Mais au fond d'elle, une petite fille terrifiée pleurait encore dans l'obscurité d'une chambre close.

8

Le retour d'Allemagne fut joyeux pour le père et le fils. Pas de lézard entre les deux, Adel avouant à son père qu'il n'avait aucune envie de lui ravir sa place auprès de Noor, cette fille était une amie, et c'était tout, rien de plus. Les embrassades passées devant le père, il ne les avait pas voulues, c'était Noor la seule responsable, Noor l'amoureuse folle d'Antoine qui ne cherchait qu'à le rendre jaloux. Il n'avait jamais fait l'amour avec Noor, d'ailleurs, il n'avait encore jamais fait l'amour tout simplement.

— Pourquoi, tu n'aimes pas les filles ? avait demandé Antoine.

— Non, c'est pas ça. Je suis peut-être difficile et puis, qui sait, un brin timide.

— Toi, timide, laisse-moi rire !

De retour en Franche-Comté, la première visite d'Antoine fut réservée à Noor. Il avait klaxonné devant la porte de la maison bourgeoise, une grande bâtisse en pierre de taille, aux fenêtres à petits carreaux, aux longs rideaux style italien, au parc ombragé entouré d'un mur moyenâgeux revêtu de mousse verte et de verres brisés, tout cela au milieu de la ville, entre deux pâtés de bâtiments. Ce fut Quentin qui se présenta au portique en fer forgé, ce fut Antoine qui l'éconduisit, ce fut Noor qui se jeta dans ses bras cinq minutes plus tard, puis elle s'engouffra sur le siège passager de la Mégane RS. Le couple s'embrassa éperdument, les quatre mains caressant les dos.

— Tu m'as manqué.

— Pourtant, tu avais Quentin avec toi.

— C'est vrai, nous dormions ensemble, mais je n'ai fait l'amour qu'une seule nuit avec lui, je ne voulais pas, il a insisté, j'ai aimé. Mais c'est fini, c'est toi que j'aime.

Antoine lâcha son emprise, se recula, s'enfonça dans son siège.

— Et tu me dis ça, comme ça.

— Aurais-tu préféré que je te le cache ?

— J'aurais préféré que tu ne baises pas. Ça te manque autant que ça ?

— Peut-être ?

— Tu me dégoutes.

— Tu sauras que je dis toujours tout. Ma vie m'appartient, mais j'ai envie de tout partager avec toi, même mes excès et mes différences, ce qui me permet d'être loyale.

— Je croyais que tu m'aimais.

Elle s'approcha de lui, voulut passer la main sur ses cheveux courts, il la repoussa.

— Laisse-moi, va-t'en.

Elle resta vissée à son siège.

— Sors de cette voiture avant que je ne me fâche.

Il rejoignit Houtaud seul, le ventre et le cœur bourrés d'amertume.

Malgré les volets fermés depuis plus de huit jours, la chaleur de l'été s'était installée dans la maison. La soirée promettait pourtant d'être plus fraiche après cette longue canicule. Il posa sa valise dans le couloir d'entrée, ouvrit volets et fenêtres, s'affala sur le canapé.

Seul dans cette grande maison, il pensait à son fils qui venait de rejoindre ses potes. « Adel est homo, c'est sûr. Pis d'abord, il fait ce qu'il veut, je ferais mieux de réfléchir à mes amours à moi. Qu'est-ce que je fais avec cette fille ? Elle me trouble, m'agace, et pourtant… Je ne peux m'empêcher de vouloir la revoir. Elle a un don pour me mettre hors de moi, mais quand je la regarde, je vois autre chose. Une douleur qu'elle cache bien, un éclat dans ses yeux qui me donne envie de la protéger. Mais peut-être que je me fais des illusions, que je suis juste un imbécile, un vieux con manipulé par une gamine. »

Empêtré dans ses contradictions, il pianota sur son téléphone.

* T'es où, tu fais quoi ?

Un quart d'heure plus tard.

* T'inquiète pas… je suis avec Quentin… mais suis sage. Enfin… presque…

* Je viens te chercher, je t'emmène chez moi.

Une demi-heure plus tard, la Mégane RS klaxonnait devant la maison bourgeoise en face de l'Hyper-U.

« Pourvu que l'autre con ne montre pas le bout de son nez », mais ce fut Noor qui se présenta au portique. Elle sauta dans la voiture :

— Tu as retrouvé ta bonne humeur, mon chéri ?

— Non, je suis venu te chercher pour que l'on s'explique au calme. Adel est chez ses potes, nous serons seuls à la maison. D'ailleurs je t'emmène au Buffalo ce soir, je viens de réserver.

— Je fais la tête, puis je suis jovial, puis je fais la gueule, puis je suis heureux… Ça va durer longtemps, ce caractère lunatique ? Tu ne peux pas faire comme moi, garder ta bonne humeur quoi qu'il arrive.

Il se gara devant sa maison.

— J'essaierai de faire comme tu dis, mais faut reconnaitre que tu as le don de me mettre en colère.

— Je n'aime pas lorsque tu es en colère, j'aime quand tu souris.

Il montra ses dents blanches dans une grimace moqueuse puis descendit de la voiture. Noor se déchaussa et marcha pieds nus dans l'allée. Elle sentit le contact frais des pierres sous ses pieds. Elle aimait cette maison, cet homme… mais parfois, elle se demandait si elle méritait ce bonheur. Elle avait tant de secrets, tant de blessures qu'elle n'avait jamais osé partager.

Dans le hall, elle sauta sur le canapé, tendit les bras à Antoine.

— Viens… viens me dire tout ce que tu veux me dire, tout ce qui te chagrine, ou alors tout ce qui te plait en moi, car je suppose que l'on va parler de moi, n'est-ce pas ?

Il vint s'asseoir à ses côtés, lui prit la main.

— Non, tu as tout faux, je voulais parler de moi, je suis un imbécile, je ne sais pas comment te prendre, je ne…

Elle éclata de rire :

— Prends-moi comme tu veux, par-devant, par-derrière, ça m'est égal, j'aime tout en amour.

— Arrête de dire des bêtises, belle enfant, c'est sérieux, je ne sais pas comment m'y prendre, mentalement, je veux dire, et…

— Tu te poses bien trop de questions, sois toi, prends-moi telle que je suis et tout ira bien dans le meilleur des mondes.

Il pouffa à son tour :

— Je n'ai plus qu'à lever tes jambes en l'air et je te prends telle que tu es.

— Chiche !

— T'es vraiment une nympho.

Elle se leva brusquement, lui fit face, et, chose rare, perdit son sourire :

— Ne dis plus jamais cela. Je ne suis pas nympho, d'ailleurs aucune femme n'est nympho, nous sommes juste des femmes qui aimons l'amour par-dessus tout, quoi de mal à cela ? Et vous, les hommes, comment faudrait-il vous appeler ? N'êtes-vous pas pires ? Tous les hommes sont nymphos, mais nymphos juste avec leur bite, vous êtes des nymphobites, oui, des nymphobites !

Surpris par la vive réaction, Antoine se fendit d'une toute petite voix sortie du canapé :

— Viens t'assoir près de moi, je regrette ce que j'ai dit. Non, tu n'es pas une nympho, tu es une femme amoureuse, et je t'envie.

Elle se pressa contre lui. Ils restèrent ainsi dans les bras l'un de l'autre jusqu'à l'heure du repas, sans rien attendre d'autre que cette tendresse bienvenue.

Pourtant, elle songeait à sa sexualité quelque peu débridée. Elle se demandait si elle était devenue ainsi à cause de ce que l'autre lui avait fait, là-bas, dans cette maison au Maroc. Une blessure enfouie, jamais refermée, qui la poussait à chercher quelque chose : un amour, une reconnaissance, une revanche ? Elle chassa cette pensée de son esprit. Pas maintenant, pas ici.

Elle voulait juste être heureuse avec Antoine, elle aimait Antoine. Il fallait juste qu'il en prenne conscience, et comme les sorciers d'Afrique, elle lisait l'avenir : Antoine l'aimerait, lui ferait l'amour, la garderait pour toujours dans sa maison.

Il se leva du canapé, entrainant Noor dans son élan sans lui lâcher la main qu'il tenait depuis près d'une heure.

— Il est l'heure du Buffalo, on y va.

Au resto, ils parlèrent peu, ils se regardaient dans les yeux. Elle imaginait Antoine tomber amoureux, et lui, il rêvait de l'emmener dans son lit après le repas, mais il savait qu'il ne le ferait pas.

En sortant du restaurant, il la prit par la taille sur le parking et la lâcha difficilement pour qu'elle puisse monter côté passager. Il lui semblait que se séparer d'elle juste quelques secondes, c'était déjà trop. À peine installés, ils échangèrent un baiser qui valait l'éternité. Il démarra enfin, déposa Noor à regret devant le portail en fer forgé. Elle se retourna dans l'allée, lui envoya un baiser du bout de ses doigts, il lut sur ses lèvres : « Je t'aime ».

Le lundi 31 août, le travail reprit à l'entreprise EFJ. Antoine et son adjoint Arsène se retrouvèrent devant le Crédit Agricole au centre-ville de Pontarlier à quatorze heures, ils avaient rendez-vous avec le directeur de la banque. Bientôt assis dans le bureau de celui-ci, Antoine prit la parole.

— Comme je l'évoquais avec vous avant les vacances, nous envisageons de racheter la scierie Ferret à La Rivière-Drugeon et en profiterions par la même occasion pour agrandir nos locaux afin d'entreposer nos engins forestiers. Nous manquons cruellement de place.

— Certes, votre entreprise a fait d'importants bénéfices ces dernières années et votre cash-flow vous permet d'emprunter des sommes conséquentes. Un million et demi d'euros pour l'achat de la scierie, plus sept-cent-cinquante-mille euros pour l'agrandissement, cela représente néanmoins un gros investissement. De combien disposeriez-vous en cash ?

Arsène, qui suivait la comptabilité de près, répondit à la place d'Antoine.

— Nous pourrions apporter deux-cent-cinquante-mille euros d'auto-financement, voire trois-cent-mille.

— Ceci représente à peine plus de dix pour cent de l'investissement total, cela me parait un peu faible, répondit le directeur.

Il décrocha son téléphone.

— Adeline, pourriez-vous venir dans mon bureau avec le dossier de l'entreprise EFJ ? Sortez-moi aussi les trois derniers bilans.

Il pianota sur son ordinateur.

— Disons donc… un prêt de deux millions d'euros sur quinze ans, cela ferait… quarante-mille euros de remboursement par trimestre, les taux restent encore relativement bas en ce moment. Faut voir les bilans.

Antoine fixait le dossier sur la table. Deux millions d'euros. Une somme vertigineuse, même pour lui. Il n'était pas homme à reculer devant un risque, mais cette fois, il se demandait s'il ne misait pas trop gros.

Adeline entra dans le bureau, salua les deux clients assis en face du directeur. C'était une grande fille habillée d'une robe blanche imprimée de fleurs de coton violettes, un merveilleux vêtement coupé au-dessus du genou. Elle semblait habitée par un sourire discret, mais sincère sur des lèvres parfaitement dessinées. Un frisson parcourut le dos d'Arsène lorsqu'il remarqua les yeux bleu intense de cette superbe nana, un maquillage subtil, discret, sobre, et une chevelure châtaigne entourait ce visage d'un ovale parfait.

— Posez le dossier ici, Adeline.

La jeune fille, à peine vingt-cinq ans, se disait Arsène, déposa délicatement le dossier sur le bureau, fit demi-tour pour repartir.

— Non, restez là, Adeline, vous êtes concernée par ce dossier, je vous présente Antoine Jacquet et son adjoint…

— Arsène, appelez-moi Arsène.

— Et son adjoint Arsène. C'est donc monsieur Jacquet qui est intéressé par la reprise de la scierie de votre père.

Les deux clients se levèrent d'un bond, serrèrent la main de la jolie secrétaire, bafouillèrent des mots à peine audibles.

— Je… Antoine Jacquet… c'est moi qui, enfin, on va vous expliquer.

— Je connais… heu… bien votre dossier… heu… le dossier de votre père… c'est un beau… beau bilan. Je m'appelle… heu… Arsène… heu… je pense que nous allons bien nous entendre.

La queue de cheval du jeune trentenaire volait dans tous les sens sous son excitation.

— Parfait, poursuivit le directeur, j'examinerai vos bilans dès cette semaine et j'envoie votre dossier au plus vite auprès de notre caisse régionale pour étude.

Il se leva, les deux clients l'imitèrent.

— Je vous invite maintenant à suivre Adeline, elle va vous recevoir dans son bureau et vous parler de l'entreprise de son père plus en détail, ainsi vous pourrez mieux appréhender le dossier.

— Oh oui, nous avons du temps devant nous, gloussa Arsène qui marquait Adeline à la culotte dans le couloir. Antoine souriait en regardant l'air ridicule de son adjoint en admiration devant cette beauté divine.

Le bureau d'Adeline, ou plus précisément un petit local ouvert où divers employés recevaient à tour de rôle leurs clients, se situait à l'opposé du bureau du directeur. Pas de fenêtres, un cadre d'art moderne ornait à lui seul le mur face aux clients : une femme au nez pointu, au cou démesuré, aux fesses énormes, tout l'inverse d'Adeline, songeait Arsène. L'employée de banque invita Antoine et Arsène à s'asseoir, elle prit place à leurs côtés autour d'une petite table ovale. Devant elle, un bloc de papier et un stylo bille.

— Je suis la fille de monsieur Ferret. Comme vous le savez déjà, mon père sort péniblement d'un brusque AVC. Le voilà incapable de diriger la scierie familiale. Je suis fille unique et certains de mes amis, mon oncle, mes cousins, tout le monde me pousse à reprendre l'affaire familiale. Non pas que je ne sois pas capable, je maitrise bien la gestion, c'est moi qui m'occupe de la comptabilité de la scierie, mais je préfère vendre, j'aime trop mon métier de banquière. J'avoue quelque ambition dans ce milieu et je rêve de devenir un jour conseillère en patrimoine. Mais là n'est pas le sujet, je vais vous parler plus précisément des avantages, mais aussi des

75

inconvénients de gérer cette affaire. Je suis là en tant que conseillère financière, non pas comme vendeuse.

Arsène, malgré ses maladresses évidentes, écoutait avec attention les explications d'Adeline. Sous ses airs d'amoureux transi, il posait des questions pertinentes, notant chaque détail avec minutie. Antoine devait l'admettre : Arsène savait se montrer sérieux quand il le voulait.

Après une heure de discussion sur des sujets concernant la filière bois et les détails de l'équipement de la scierie, on passa à l'analyse du bilan. Une fois les dettes payées lors de la vente de la scierie, il resterait à la famille Ferret une trésorerie nette de plus d'un million d'euros. Mon Dieu, que cette fille sera bientôt riche ! pensèrent simultanément l'éventuel acheteur et son adjoint. Ils échangèrent des regards amusés.

Fin de l'entretien. Adeline se leva, montrant des jambes bronzées, contraste agréable avec cette robe blanche auréolée de teintes violettes du meilleur goût. Arsène lui serra la main et ne put s'empêcher :

— Vous êtes charmante, Adeline, heu… mademoiselle Ferret, j'espère que l'on se reverra.

Elle croisa le regard d'Arsène avec un sourire poli, mais ses doigts jouaient nerveusement avec le stylo qu'elle tenait. Elle semblait à la fois sûre d'elle et légèrement agacée par l'attention excessive qu'il lui portait.

De son côté, Arsène crut voir un sourire plus appuyé en direction de son patron.

Sur le trottoir devant la banque :

— T'as vu ce canon !

— Je suis d'accord, elle est canon. Mais laisse tomber, ce n'est pas une fille pour toi.

Arsène se tourna vers son patron, la mine fâchée :

— T'as qu'à dire que je suis moche !

Antoine éclata de rire.

— T'es pas moche, mais tu rêves. Une fille comme ça, elle a quoi ? Vingt-cinq, vingt-sept ans, tu ne penses quand même pas qu'elle n'a pas de compagnon !

Arsène regardait le sol tout en ronchonnant :

— Pas sûr, c'est le genre de fille qui doit être difficile.

— Justement.

Vexé, Arsène se rebiffa :

— Je vais te montrer, moi, si je ne peux pas me la taper !

— Dis-donc, c'est le coup de foudre.

— Non, mais regarde, ne me dis pas que tu as déjà vu meuf plus canon que cette fille-là !

— Tu as raison. Fille canon, riche et intelligente. Ça fait beaucoup pour un homme comme toi. Non, j'déconne, tu as le droit de tenter ta chance.

— Jaloux. Occupe-toi donc de ta magrébine, je sais qu'elle te plait.

— Noor est belle, c'est vrai, mais elle me déstabilise. Quant à Adeline, elle est brillante, mais je doute qu'elle soit intéressée par quelqu'un comme toi ou moi. Elle vise haut.

— J'ai décidé de sortir avec Adeline, déclara Arsène, et je veux une liaison avant tout romantique.

Antoine écoutait Arsène babiller comme un adolescent devant Adeline. Elle était parfaite, à l'opposé de Noor. Une femme stable, éduquée, ambitieuse. Tout ce que Noor n'était pas. Mais pourquoi, alors, se sentait-il toujours attiré par cette tornade marocaine qui le laissait sans repères ?

— Je me contenterai de Noor, plaisanta alors Antoine, elle est bonne, elle a même sa chambre de bonne sous les toits chez ses patrons.

Dix jours plus tard, même lieu, même endroit, même horaire, et même soleil tant sous le ciel azur qu'à l'intérieur de la banque où Adeline, rayonnante, s'avançait dans le hall pour saluer ses deux clients. Vêtue d'un ensemble orange, ses yeux bleus entourés de fard ombré, Adeline paraissait l'astre du jour du Crédit Agricole, une étoile aux yeux céruléens sous un ciel sans nuages. Les longs cheveux châtains, c'était la forêt vierge qui s'étalerait sur les draps blancs au coucher du soleil, songeait Arsène.

Adeline frappa à la porte du bureau du directeur, invita Antoine et Arsène à entrer et s'en retourna dans le couloir.

— Vous ne restez pas avec nous ? hasarda Arsène.

Elle avait déjà refermé la porte.

— Installez-vous, messieurs.

— Merci.

À peine ses clients assis, le banquier montra un air grave.

— Au vu du remboursement des emprunts à venir, compte tenu de votre engagement relativement élevé sur les précédents qui courent toujours, notre caisse régionale ne souhaite s'investir qu'à hauteur d'un million d'euros. Nous vous laissons donc le choix dans vos projets : soit vous effectuez les agrandissements prévus dans vos locaux actuels, soit vous achetez la scierie.

Antoine crut prendre le temps de réfléchir avant de donner une quelconque réponse, mais Arsène s'engagea aussitôt en s'exclamant :

— On achète la scierie.

La surprise passée, Antoine se tourna vers son adjoint :

— Depuis quand est-ce toi qui décides ?

— Désolé, Antoine, je pensais que c'était aussi ton idée.

— Peut-être, mais je pense qu'il faut que monsieur le directeur nous laisse un temps de réflexion.

— Bien entendu, nous ne vous mettons pas le couteau sous la gorge, prenez votre temps.

Alors qu'Antoine se levait déjà, Arsène se tourna vers le banquier.

— Ne pourrions-nous pas discuter de tout cela quelques minutes avec Adeline, heu… madame Ferret ? C'est la vendeuse tout de même.

— Viens, Arsène, on s'en va, nous avons pas mal de boulot au hangar, nous demanderons à Adeline de passer dans nos bureaux pour discuter de tout cela un de ces soirs après son travail.

— Oh oui, s'enthousiasma aussitôt l'amoureux.

Puis Arsène se leva tout en tournant son regard vers le directeur.

— Si Adeline n'a pas de voiture, je viendrai la chercher à la sortie du travail le jour du rendez-vous.

— Ne vous donnez pas cette peine, sourit le banquier en se levant à son tour et saluant ses clients,

Adeline a son permis et sa voiture, cela vous évitera tout ce dérangement.

Arsène se racla la gorge et suivit son patron jusque sur le trottoir.

— C'est pour quand ce rendez-vous avec Adeline ?

— Je n'en sais rien, je ne sais même pas si je la convoquerai.

Ils marchaient côte à côte le long des devantures de la grande rue.

— Pourquoi ? Tu n'es pas sûr de racheter la scierie ?

— C'est ça, il me parait plus prudent d'investir dans l'agrandissement du hangar que dans cette scierie. Les engins s'abiment à coucher dehors dans la cour, et puis nous avons besoin d'un atelier pour réparer le gros matériel. J'envisage d'embaucher un mécanicien à temps complet.

— Tu fais ça pour me faire chier.

Antoine s'arrêta net à l'entrée du parking où stationnait le 4X4.

— Tu es en train de péter les plombs, mon pauvre Arsène, depuis quand ne raisonnes-tu pas prioritairement EFJ ?

— Je pense justement à notre entreprise. As-tu vu les bénéfices qu'engendre cette scierie ?

Arsène s'appuya sur la portière, et de son ton grave, il ajouta :

— Écoute, Antoine, je sais que je déconne souvent. Mais cette scierie, c'est une vraie opportunité. On pourrait faire quelque chose de grand. Je te demande juste d'y réfléchir une dernière fois.

— Pas sûr que nous réussirons aussi bien que monsieur Ferret, ce n'est pas notre métier.

Ils grimpèrent dans le véhicule. Assis sur le siège passager, Arsène poursuivit la conversation.

— Je saurai convaincre Adeline de travailler avec nous, elle nous aidera à faire tourner cette scierie. D'ailleurs, je me verrais bien codirecteur de cette boite avec elle.

Antoine empoigna le levier de vitesse pour démarrer.

— Oui, c'est ça, et moi, je me verrais bien codirecteur d'une multinationale avec Noor et même un triumvirat, Adeline à mes côtés aussi.

— T'as toujours tout, toi. Les affaires qui marchent, les femmes qui te regardent comme si tu étais un roi. Peut-être que cette fois, c'est mon tour.

Il se passa plus de quinze jours avant qu'Antoine ne prenne la décision de convoquer Adeline. Il s'arrangea pour lui donner rendez-vous un soir où Arsène ne rentrerait pas au hangar. En effet, cette semaine-là, son adjoint restait sur un chantier dans le Morvan et dormait sur place avec deux autres de ses employés. Antoine décida de recevoir Adeline dans le restaurant le plus huppé de la ville.

Il fixait les chiffres inscrits dans son carnet. Acheter la scierie, c'était ambitieux, peut-être trop. Avec les crédits en cours, il jouait gros. Mais la vision d'un hangar bondé et ses engins exposés aux intempéries revenaient comme un rappel constant de la nécessité d'agir.

Autour d'un plateau de langoustes sauce armoricaine, les doigts rouges de sauce, Antoine se lança :

— J'ai bien réfléchi, je ne pourrai pas acheter votre scierie. Comme vous le savez, votre patron-banquier me refuse la totalité des crédits. J'ai donc dû faire un choix.

— Vous savez, monsieur Jacquet, je comprends vos réserves. Mais cette scierie pourrait devenir un atout stratégique pour votre entreprise. Si vous souhaitez en discuter davantage, je suis prête à travailler avec vous sur un plan d'action à long terme.

Devant le silence d'Antoine, deux larmes roulèrent sur les joues d'Adeline. Elle s'essuya avec un mouchoir en papier.

— J'y croyais tellement.

Antoine ressentit un douloureux pincement au cœur.

— Je ne voulais pas vous faire de peine, vous me paraissez si… si sensible.

Le bleu humide des yeux, c'était l'image troublante de la délicatesse, de la pureté, de la séduction et de la perfection. C'était tout cela à la fois que ressentit soudainement Antoine.

Il s'essuya la bouche avec sa serviette.

— Nous… nous trouverons certainement une solution. Laissez-moi un peu de temps, un an ou deux, je suis sûr que nous pourrons envisager un accord.

Elle avala une gorgée de son thé vert à la menthe, croqua dans un chocolat praliné noisette, essaya de sourire.

— Merci, monsieur Jacquet. Je ne suis pas spécialement pressée, mais j'ai peur que mon père me pousse à vendre au plus vite. Il dit qu'il veut me voir heureuse avant de mourir, mais il devrait savoir que je suis déjà heureuse. Et puis, il ne va pas mourir, il reste paralysé d'un bras, il parle avec difficulté, mais ses jambes vont à peu près bien. Le médecin est formel, il s'en sortira avec pour seule séquelle la paralysie de son bras droit, et encore, avec le temps et le kiné, il retrouvera une vie tout à fait normale, il pourra même reconduire.

— Quel âge a votre père, si ce n'est pas indiscret ?

— Quarante-cinq ans, mais son accident cérébral l'a bien diminué et il semble avoir vieilli de quinze ans, pauvre papa !

Elle s'appuya contre le dossier de sa chaise et poursuivit.

— Papa est un homme bon, mais sévère, rigoureux, un peu rigide. Quand il parle de bonheur, il a tendance à oublier qu'il n'est pas le seul à avoir des projets… Mais peu importe, je trouverai une solution.

Elle sourit enfin.

— Il manque sérieusement d'ouverture d'esprit, mais il ne ferait pas de mal à une mouche. Il a trop bossé. Levé à cinq heures, dix à quinze heures de travail par jour six jours sur sept, quasiment pas de vacances, et ma mère est morte d'une sale maladie il y a deux ans. Mon père s'en sortira tout de même, il est fort. Papa dit qu'il veut me donner la moitié des bénéfices de la vente de la scierie. Le pognon, je m'en fiche, cependant, c'est bien d'en avoir un peu d'avance. Ce qui me plait dans la vie, c'est l'économie et la finance. C'est ma seule distraction avec le shopping. Je suis une vraie New-Yorkaise. Je boursicote pour le plaisir du jeu, je lis des tas de livres sur l'économie politique, sur les enjeux des marchés internationaux, de l'Europe. Je ne suis pas sportive et je n'ai pas d'autres distractions.

Elle baissa brusquement la tête pour ne pas montrer la soudaine rougeur de son visage.

— Je ne sais pas pourquoi je vous raconte tout cela, je suis désolée, je vous ennuie.

Antoine approcha sa main de celle d'Adeline qui reposait à côté de son assiette, mais sans oser la toucher. Adeline incarnait tout ce que Noor n'était pas : calme, mesurée, sensible, ancrée dans une réalité stable. Pourtant, il n'arrivait pas à chasser de son esprit la fougue de Noor, son imprévisibilité. Pourquoi une part de lui semblait-elle toujours la chercher ?

Il sortit rapidement de son rêve :

— Ne soyez pas désolée, Adeline, ça fait du bien de se lâcher lorsque tout ne va pas comme on le voudrait. Je me répète, nous allons réfléchir à cette affaire. Je suis sûr que si votre père va mieux, vous pourrez encore soutenir votre entreprise deux ou trois ans, le temps que l'on puisse la reprendre. En attendant, je propose de vous céder un maximum de grumes à des prix attractifs pour soulager vos charges financières.

— Ce n'est pas nécessaire de nous aider financièrement, nous aurions plutôt besoin d'être soulagés de nos charges de travail. Quand je pense à tout le boulot que papa abattait dans la scierie.

— Je vais y réfléchir.

Adeline se leva. Il la raccompagna jusqu'à sa voiture, une C3 quasiment neuve, d'un bleu du plus bel effet. La jeune fille arrangea une mèche de cheveux derrière son oreille, un geste simple qui lui donnait un air concentré, presque vulnérable. Antoine la trouva à la fois lumineuse et intimidante, mais il détourna rapidement les yeux pour ne pas trahir son trouble.

Lorsqu'elle monta dans son véhicule, la robe rubis bordée de dentelle blanche se souleva légèrement, laissant à la vue d'Antoine de longues jambes bronzées.

— Vous êtes très élégante dans cette robe, mademoiselle Ferret, cette couleur vous va bien, ce n'est pas commun.

Elle lui sourit en tournant son visage sous le plafonnier

— Merci. Je crois que j'ai un faible pour les robes qui ne passent pas inaperçues. Vous préférez les pantalons ?

— Je ne sais pas. Peut-être que certaines choses méritent d'être remarquées.

Elle ferma la portière, ouvrit sa vitre.

— Au revoir, Antoine, la prochaine fois, appelez-moi Adeline.

Le cœur d'Antoine se retourna, il lui semblait qu'il n'existait plus que cet organe qui battait dans sa poitrine, le ventre un peu aussi, pis en fait tout le corps tellement il frissonnait. Il balbutia un « au revoir Adeline » qu'elle n'entendit pas, elle avait remonté la vitre et la Citroën quittait le parking. Le visage et la poitrine d'Adeline se dessinèrent dans l'habitacle une dernière fois au passage du véhicule devant lui. Il soupira :

« Même dans l'ombre, tu rayonnes comme une étoile ».

9

Le mois d'octobre courait sur les plateaux du Haut-Doubs, entrainant le brouillard et les premières gelées avec lui. La Covid fit son retour après un été relativement calme. Dès la fin du mois, il fallut se cloitrer à nouveau. Noor enrageait, car elle devait se confiner chez ses patrons, même pas l'excuse de se déplacer pour son travail. Pragmatique, elle sut profiter des instants de courses à l'Hyper-U pour courir jusqu'au hangar à l'autre bout de la ville avec la trottinette de Quentin.

— Je te la prête, mais faut juste me payer de temps à autre, de préférence en nature.

— Dommage pour toi, je suis amoureuse d'un autre. Et pis ta trottinette, c'est la dernière fois que je te l'emprunte, je viens de me commander un vélo électrique, c'est plus sportif.

Il siffla d'étonnement.

— Ouais ! ça rapporte de travailler chez mes vieux !

Il marqua un temps d'arrêt, puis :

— J'irai quand même dans ta chambre ce soir, on jouera à…

Il sourit sans achever sa phrase. Ce fut Noor qui compléta :

— À Baldur's Gate.

— Non, plutôt Porn Simulator.

— Tu te caresseras sans moi avec ton jeu pourri.

— Va te faire...

Il pointa un doigt d'honneur et rentra à l'intérieur de la maison, accompagné de son sourire moqueur.

« J'ai raison de sortir avec des mecs d'âge mûr, ils ont des conversations nettement moins débiles », songea-t-elle, puis elle sauta sur la trottinette.

Chance ! Antoine réparait un engin forestier, couché sous un énorme tracteur, lorsqu'elle entra dans la cour.

Il sortit la tête de dessous l'engin.

— Et le confinement, qu'est-ce que t'en fais ?

— Je m'en fous, par contre je ne traine pas, ce sont mes patrons qui remplacent les flics, ils vont se demander où je suis passée.

Antoine se releva, s'essuya les mains dans un torchon graisseux, embrassa son amie sur la joue.

— Faut pas en faire trop, ce sacré virus est de retour.

— Tu me manques, Antoine, je ne supporterai pas longtemps ce confinement.

— Viens me voir de temps à autre le soir à la maison. Il y aura Adel, mais ce n'est pas grave, on se planquera dans ma chambre pour se faire des câlins.

Elle haussa les épaules.

— Si je m'absente de la maison, mes patrons sont capables d'appeler les flics.

Elle marqua un temps d'arrêt en passant sa langue sur ses lèvres :

— Mais là, je pourrais dire que je fais partie de ton « cercle social restreint ».

Fière de sa répartie, elle pouffa et ajouta plus sérieusement :

— Mes patrons sont quand même capables de me mettre à la porte.

— Ils ne peuvent pas, t'es confinée, ironisa Antoine.

Elle retrouva son sourire habituel.

— Je m'en fiche, je viendrai malgré tout. S'ils me renvoient de mon travail, tu m'embaucheras pour faire le ménage chez toi, et gratuitement, il faudra juste me loger.

— Ben voyons, y a qu'à faire comme ça !

— T'es sérieux ?

— À ton avis ?

Elle se jeta dans ses bras.

— Oh ! merci mon amour !

Il la repoussa délicatement en souriant.

— Tu n'as pas dû comprendre la devinette. Bien sûr que je ne suis pas d'accord. Et Adel, qu'est-ce qu'il en penserait ? Et mon personnel ?

— Parce que tu attaches de l'importance aux cancans ?

— Non, mais c'est ma famille et mes amis proches tout de même.

Le téléphone chanta dans la poche d'Antoine.

— Allo, oui, bonjour. Ah non, ça ne va pas recommencer. Je sais que tu galères, je veux bien t'envoyer mille euros, mais tâche de mieux gérer tes finances, je ne m'appelle pas Crésus. Moi aussi j'ai des charges, Adel me coûte cher. Au revoir, porte-toi bien.

— C'est encore ton ex qui te ponctionne ?

— Ça te regarde pas.

« Évidemment que ça ne la regardait pas, songeait Antoine, elle n'a pas besoin de savoir que ma mère me soutire de l'argent. S'arrêtera-t-elle un jour de dépenser tant de pognon ? Passer ses soirées sur les machines à sous au casino de Besançon, ça coûte… ça coûte trop. »

— J'y vais, je ne reste pas plus longtemps, d'autant que tu ne sembles pas de très bonne humeur. Je viens passer la soirée avec toi dimanche… ça te va ?

— Ça me va, à dimanche.

Elle le quitta sans lui faire la bise, mais emporta le sourire discret d'Antoine avec elle. Additionné au sien, cela faisait presque un éclat de rire.

Le lendemain, Antoine avait rendez-vous avec Adeline pour évoquer le problème de la reprise de la scierie.

Le confinement demandait des normes sanitaires draconiennes et malheureusement pour Antoine, il ne put discuter « affaires » autour d'une table de restaurant. Il dut se résigner à un entretien dans les bureaux du Crédit Agricole.

Adeline paraissait souffrante lorsqu'elle se présenta devant son client. Elle portait un masque couleur bleu, la couleur de ses yeux se disait Antoine, et même avec un masque, elle restait magnifique dans sa robe bleu marine, ses Nike blanches et ses boucles d'oreilles faites d'un mélange de tergal et de coton. Derrière son masque, Antoine lui envoya un baiser silencieux, manière de garder le contact.

La conversation tourna court lorsqu'il lui demanda un délai de deux ans au bout duquel il proposerait un crédit-bail. Adeline refusa.

— Mon père insiste pour vendre vite… Il dit que c'est pour mon bien, mais je sens qu'il veut se débarrasser de ce poids. Il a peur que je m'épuise comme lui.

Antoine quitta le bureau plus vite qu'il ne l'aurait souhaité. Il remarqua l'attitude un peu trop neutre d'Adeline à son goût, elle qui pourtant semblait si avenante l'autre soir à la sortie du restaurant. Quelle mouche avait donc piqué cette jolie fille, et ce moment où elle a dit : « vous savez, Antoine, tout le monde a besoin d'argent. Mais parfois, il y a des choses qui comptent encore plus que ça ». Qu'est-ce que ça veut bien dire, se demandait-il.

Lorsque Arsène apprit l'entrevue entre Antoine et Adeline, il s'emporta sans vraiment se contrôler. Ce vendredi soir, et afin d'éviter un scandale devant l'ensemble des employés qui buvaient l'apéritif dans le grand vestiaire du personnel, Arsène s'écarta au fond du hangar et entraina son patron.

— Pourquoi ne m'as-tu pas prévenu pour ta réunion à la banque ? T'es allé négocier seul un arrangement avec Adeline, pourtant, c'est moi qui t'ai conseillé de lui parler du crédit-bail. Hein ! pourquoi ? Dis… tu veux sortir avec elle aussi, tu n'as pas assez à t'occuper de ta gamine, espèce de vicieux, limite pédophile.

Il n'hésita pas à pousser son patron contre le mur.

— Tu ne vas quand même pas essayer de me fracasser. Tu sais bien que tu ne fais pas le poids, répliqua Antoine.

— Méfie-toi, parfois les nerfs surpassent les muscles.

— Mais qu'est-ce qui te prend, calme-toi ? On ne va pas se battre pour une histoire de fille, non ? OK, Adeline est belle, mais Adeline se fout éperdument de nous. On ne va pas s'étriper pour une fille qui ne nous concerne pas.

— Si ! Ça me concerne, parce que, figure-toi, Adeline, je vais la pécho jusqu'à te rendre jaloux. Toi, t'es toujours celui qu'on regarde. Toi, avec ta Mégane, ton pognon, et même cette foutue Adeline qui te sourit comme si t'étais un saint. Moi, je suis quoi, hein ? Un bouffon ?

Antoine repoussa loin de lui son adjoint.

— Je vais rejoindre mon personnel, continue de faire ta chiasse tout seul ici, si ça te plait.

Alors qu'il s'éloignait, il se retourna :

— De toute façon, Adeline a refusé notre projet. Cette fille veut vendre la scierie au plus vite. Visiblement, y a que le pognon qui plait à cette apprentie boursicoteuse.

Noor se jeta dans les bras de son chéri.

— Tu vois, je t'avais promis d'être là ce dimanche soir, j'espère que tu es content.

— Bien sûr, je suis comblé ! Et si tu n'en as rien à braire de tes patrons, tu peux dormir là.

— Oui, je suis d'accord, d'autant que j'ai quand même prévenu mes patrons, puisque je leur ai dit que je partais à Besançon pour la soirée, voire la nuit, afin de bénir le corps de ma grand-mère qui est morte de la Covid hier.

— Ta grand-mère habite Besançon ? Elle est morte ?

— Non, mais mes patrons y ont cru direct. J'ai même dit que je devais bénir son urne au bord du Doubs, avec des roses blanches et des bougies. Bien sûr que c'est une connerie, toute ma famille est au Maroc, et aux dernières nouvelles, grand-mère se porte très bien dans sa ville de Marrakech. Le plus dur, ce fut de convaincre Quentin. Il m'a dit qu'il couvrirait mon escapade à condition qu'il me fasse l'amour.

— Et tu es donc passée à la casserole ?

— Ben ! fallait faire quoi d'autre ?

Alors qu'Antoine s'effondrait dans le canapé, elle s'approcha de lui, saisit ses deux mains :

— Là, vois-tu, je déconne. Je n'ai vraiment pas envie de te trahir, tu me plais trop.

— Alors comment est-ce que tu as pu t'expliquer avec Quentin ?

— Ce fut facile, il est confiné chez sa copine.

— Parce qu'il a une copine ?

— Ben oui, ils se sont rencontrés la semaine dernière.

— C'est du rapide, et tes patrons ne trouvent rien à redire ?

— Ses parents me surveillent plus que lui, leur chouchou a tous les droits. En même temps, il est majeur.

Elle s'allongea à ses côtés. Ils s'embrassèrent longuement, en fait jusqu'à ce qu'Adel se racle la gorge à leurs côtés pour signifier sa présence.

— Papa, genre, je te chauffe un morceau de pizza ?

Puis, il fixa Noor.

— Et toi, as-tu mangé ?

— Non, mais je n'ai pas faim, j'ai juste faim de…

Elle n'osa pas finir sa phrase, cet humour-là lui parut déplacé face à ce garçon de quasiment son âge, qui était peut-être jaloux de cette union entre son père et elle.

Après le repas léger des deux hommes, Antoine entraina Noor dans sa chambre. Il s'assit sur le lit. Noor resta plantée debout devant lui.

— Tout cela me gêne… tout va trop vite, avoua-t-elle.

Antoine montra un air étonné.

— C'est toi qui me dis ça ? Les autres fois, il fallait que je te repousse pour que tu ne me sautes pas dessus.

— Je sais, mais maintenant que tout me semble sérieux, j'ai un peu peur.

— Peur de quoi ?

— Je ne sais pas.

Puis, elle s'effondra sur le lit, à côté du bel Antoine qui venait de s'allonger.

— C'est parce que je t'aime et que nous allons certainement faire l'amour. Les autres fois, j'ai baisé sans être amoureuse, c'était juste parce que les garçons me plaisaient. C'est aujourd'hui que je me rends compte que je n'étais pas amoureuse de ces mecs.

Il la regardait, émerveillé par cet éclat de vulnérabilité dans ses yeux. Elle n'était plus la femme sûre d'elle, la provocatrice qu'il croyait connaître. Elle était Noor, juste Noor, avec ses doutes, ses peurs et cette intensité qui faisait battre son propre cœur plus fort.

— Viens, Noor, pose ta tête sur mon épaule.

Après un long silence, il sourit sous la lumière de la lampe de chevet.

— Je rêve d'être à ta place, de pouvoir me taper toutes les filles qui me plaisent.

Elle se souleva brusquement et allongea son corps sur celui de son chéri.

— Alors commence donc par moi, puisqu'il semblerait que je te plais.

— Ah ! On dirait que ça va mieux, mademoiselle a fini de jouer les fausses pucelles.

Il glissa une main tremblante sur la joue de Noor, son pouce effleurant ses lèvres entrouvertes. Elle le regardait, ses yeux noirs brillaient d'un éclat doux, presque vulnérable.

— Je veux que tu saches… murmura-t-elle, la voix légèrement brisée par l'émotion, quand je suis avec toi, je ne veux rien d'autre.

Sans attendre de réponse, elle déposa un baiser sur ses lèvres, tendre, mais profond, comme si ce geste contenait toutes les promesses du monde. Antoine, d'abord hésitant, répondit en l'attirant contre lui, leurs corps juste séparés par le tissu de leurs vêtements.

Elle glissa ses mains dans ses cheveux courts, les caressant doucement, et lui, descendant le long de son dos, sentit sous ses doigts la chaleur et la courbe de ses hanches.

Leurs souffles s'accéléraient, et leurs mouvements se faisaient plus intimes, plus précis. Noor, les yeux mi-clos, s'adossa au mur. Antoine suivait son mouvement, ses lèvres quittaient sa bouche pour explorer la douceur de son cou.

Ils ne prononcèrent aucun mot. Ses mains relevèrent lentement sa robe, leurs corps cherchant naturellement ce contact ultime, cette union qui dissipe toutes les hésitations. Noor l'enlaça plus fermement, et, dans un soupir, leurs corps se fondirent l'un dans l'autre.

Ils restèrent ainsi un long moment, comme suspendus hors du temps, jusqu'à ce qu'Antoine murmure à son oreille, d'une voix rauque :

— Je t'aime.

Elle répondit par un léger sourire, presque enfantin, et en déposant un dernier baiser sur ses lèvres, elle murmura à son tour :

— Moi aussi, je t'aime.

Après un long moment de plénitude, enlacés dans les draps froissés, ils s'embrassèrent à nouveau. Il passa ses mains dans la longue chevelure brouillonne.

— Non seulement tu es belle, mais tu es bonne.

Noor, encore blottie contre lui, se redressa soudainement, ébouriffant ses cheveux comme si elle sortait d'un shooting photo.

— Bonne, oui, mais dis-le avec plus de classe. « Technicienne CCleaner », ça sonne mieux, non ? On est au 21e siècle, faut se moderniser ?

— Mais madame la technicienne CCleaner reste tout de même bonne au lit. Ce fut un délice de faire l'amour avec toi. Où as-tu appris toutes ces douceurs, tu es si jeune ?

— Je fais ça bien, juste peut-être parce que tu me plais.

Elle brossait de sa main les draps froissés pour mieux les tendre. Antoine regardait les va-et-vient de la douce main bronzée :

— Tu me plais trop, Noor. Mais j'aimerais que tu arrêtes de toujours tourner tout en blague. Laisse-moi voir la vraie toi, juste un peu.

— Je vais te montrer la vraie moi.

Elle se jeta à nouveau sur lui en éclatant de rire. Ils recommencèrent à se murmurer des mots doux, à s'échanger de nouvelles caresses, et se fondre enfin au plus profond de la sensualité.

Après la paresse de l'amour qui suivit :

— Je veux que tu restes avec moi, Noor.

— Tu dis cela ce soir parce que tu es bien avec moi, mais demain, après-demain, que diras-tu ?

— Je dirai pareil.

— Et mon travail ?

— Eh bien, tu continueras de travailler chez tes patrons, tu partiras au boulot avec ton beau vélo électrique et tu vivras ici chez moi, n'est-ce pas ce que tu voulais ?

— Oui, c'est exact, mais toi, tu refusais.

— Et bien, j'ai changé d'avis.

— Parce que je suis bonne ?

— Oui.

5 h du matin : alors que le couple, bienheureux, dormait paisiblement, le portable d'Antoine chanta sous l'oreiller. Une voix venue de loin réclamait du pognon. La réponse d'Antoine fusa :

— Y en a marre, c'est non, non et non. Et puis, ce ne sont pas des heures pour m'appeler ?

Il raccrocha, furax.

— C'était qui ? demanda Noor, les yeux encore mi-clos, sa voix douce, mais curieuse :

— Personne d'important, mentit-il, détournant le regard.

Antoine alluma la lampe de chevet, ses yeux fixaient le plafond couvert d'ombres nostalgiques. Devait-il quand même se décider à envoyer un peu d'argent à son ex-femme ?

Après ce trop long silence, Noor cligna des yeux, esquissant un sourire amusé.

— Personne d'important… personne d'important…
Si ça te met dans cet état, ça ne peut pas être « personne ».
Tu veux en parler ?

Antoine resta silencieux, serrant doucement la main
de Noor.

Depuis le coup fourré d'Antoine, Arsène ne fut pas
en reste, et comme promis, il décida de se venger à sa
façon : il irait voir Adeline à la scierie.

Ce samedi matin-là, il la trouva dans le bureau de
l'entreprise, un cabanon au milieu de l'immense cour,
entre grumes de sapins et stocks de planches
minutieusement empilées. Ça sentait bon le bois coupé, la
sciure, des effluves plus agréables que dans l'entreprise
EFJ. Là-bas, on humait plutôt l'arôme de l'huile de
tronçonneuse ou celui du gasoil des engins forestiers.

Il passa la tête par l'entrebâillement de la porte du
bureau.

— Je peux entrer ?

— Et votre masque ?

— Veuillez m'excuser, Adeline, je vais le chercher
dans la voiture.

L'homme à la queue de cheval se surprit lui-même
de tant de politesse, lui plutôt brut de décoffrage. C'était
d'ailleurs le genre de tempérament qui restait bien présent
dans les mentalités du Haut-Doubs, mais cela n'empêchait
pas l'intégrité de la plupart des gens de la région.

De retour avec son masque sur le visage, il regrettait
cette erreur de la nature qui obligeait Adeline à couvrir son
admirable frimousse. Il devrait y avoir une loi qui autorise
les jolies femmes à refuser le masque, plaisantait-il en son

for intérieur. De toute façon, avec un charmant minois tel que celui-là, il ne pourrait rien arriver de mal à Adeline, elle avait la beauté des déesses immortelles. Certes, il ne voyait pas le joli nez dessiné à la perfection par Aphrodite elle-même, les lèvres débordantes de sensualité, mais il contemplait ses yeux d'un bleu pur et une petite oreille mal cachée côté gauche, où la longue chevelure s'accrochait à une barrette d'argent.

— Asseyez-vous, monsieur ?
— Appelez-moi Arsène.
— En quoi puis-je vous être utile ?

Il tripotait ses doigts posés sur sa braguette de jean. Se rendant compte de l'inconvenance, il déplaça ceux-ci plus bas, ses avant-bras posés sur ses cuisses, le corps trop penché en avant près d'Adeline.

— Je… je viens vous voir au sujet de la vente de votre scierie. Je fus déçu de ne pas avoir pu participer à l'entretien de la semaine dernière. Ma présence aurait été utile. J'ai bien analysé vos bilans et je connais parfaitement ceux de l'entreprise EFJ. Je crois que mon patron s'est un peu précipité pour vous proposer ce crédit-bail que vous refusez, ce que je comprends. Antoine n'a pas cru nécessaire de contacter d'autres banques pour compléter ses crédits, ce qui aurait certainement permis d'acheter votre scierie rapidement.

Il se racla la gorge et poursuivit :

— Je vais en parler prochainement avec lui et ainsi je pourrai revenir avec des propositions.

— Pourquoi alors êtes-vous venu aujourd'hui, puisque vous n'avez rien de concret à m'apporter ? Il fallait en parler avec votre patron avant toute démarche, non ?

— Oui, peut-être, bafouilla-t-il, mais je pensais… je pensais qu'il serait bien que je sache à l'avance ce que vous en pensiez.

Il remarqua la bouche qui se tordait derrière le masque d'Adeline.

— Ce que j'en pense ? Vous vous doutez bien que je suis d'accord puisque je veux vendre au plus vite ? Voyez votre patron, voyez les banques et revenez me voir après. Et puis, n'est-ce pas à votre patron de mener les discussions avec moi ?

— Je suis son adjoint, le patron délègue. De surcroit, je contrôle toute la gestion financière. Il me semble que c'est à moi de discuter avec vous plutôt que lui.

— Pourquoi n'êtes-vous pas venu avec lui aujourd'hui ?

Arsène baissa la tête, le temps de préparer sa répartie.

— Je ne sais pas.

Il releva lentement la tête.

— Peut-être parce que je préférais être seul en face de vous.

Un homme de taille moyenne s'engagea dans l'encadrement de la porte. Arsène se retourna. Il reconnut aussitôt monsieur Ferret, il boitait, le bras droit en écharpe pour soutenir sa paralysie.

Arsène se leva aussitôt, serra la main du papa d'Adeline sans se préoccuper des consignes sanitaires.

— Je suis heureux de te revoir en meilleure forme, Raphaël.

— Merci de m'a… avoir rendu visite lorsque… heu… j'étais à l'hôpital... J'ai… ai apprécié.

— Tu parles beaucoup mieux, tu fais de rapides progrès, tu seras vite remis sur pied. Peut-être même n'auras-tu plus besoin de vendre ton entreprise.

Les yeux étonnés d'Adeline fixaient tour à tour son papa et Arsène.

— Vous vous connaissez ?

L'entrée du père avait détendu l'atmosphère et Arsène en profita pour reprendre la discussion à son avantage, et avec un sourire enthousiaste :

— Bien sûr. Nous, les forestiers, nous nous connaissons tous, nous avons toujours du boulot ou du matériel à nous échanger.

— Mais pourquoi ne vous ai-je jamais vu ici à la scierie ?

Malgré son handicap, ce fut Raphaël le plus rapide dans la réponse.

— Nous sommes des hommes de… de la fo… rêt, on n'aime pas les bureaux.

— Pourtant Arsène me dit qu'il s'occupe de la comptabilité dans son entreprise, ajouta-t-elle, étonnée.

— C'est vrai, reprit Arsène, c'est pourquoi nous nous voyons plus souvent à notre entreprise à Pontarlier.

— Et puis… moi qui suis tou… toujours par monts et par… par vaux, j'étais presque tous… tous les jours à Pontarlier.

— Quand on ne se voyait pas au milieu des bois.

Raphaël éclata d'un rire rauque mais chaleureux :

— Et dire que la dernière fois qu'on s'est… est vus, tu galérais à dé… démarrer ce vieux tracteur dans la neige. Qu'est-ce… que… que tu faisais déjà, hein ?

Arsène sourit, les joues légèrement rouges :

— Je crois que j'essayais de débarder de vieilles grumes… sans grand succès.

Raphaël répondit par un sourire et avança vers la porte.

— Je vous laisse à vos affaires, je retourne à… à la mai… maison.

Alors qu'il quittait le cabanon, Adeline invita Arsène à se rasseoir.

Arsène devina le léger sourire derrière le masque.

— Avec sa maladie, mon père a préféré ne pas rester ici, il ne manquerait plus qu'il attrape ce satané virus.

Elle regarda Arsène quelques secondes sans rien dire, les coudes sur le bureau, les mains jointes devant son masque, puis ajouta :

— C'est gentil de votre part d'être allé rendre visite à papa, je ne savais pas.

« Si en plus elle savait que mon patron ne s'est même pas déplacé à l'hôpital pour son ami Ferret, je marquerais des points ».

— Il faut me tutoyer, comme je le fais avec votre père, si vous le voulez, bien sûr, dit-il.

Adeline inclina légèrement la tête, un sourire imperceptible dans ses yeux. Elle tapota son stylo sur le bureau avant de répondre d'un ton mesuré :

— Reviens me voir lorsque ton dossier sera prêt.

Arsène quitta le cabanon auréolé d'un enthousiasme débordant.

« *Yes* ! » hurla-t-il une fois installé dans son 4X4, le poing serré, le mouvement de l'avant-bras vers le bas, le coude frôlant le levier de vitesse. Par la vitre ouverte, il se rendit compte qu'Adeline derrière sa fenêtre apercevait sa frénésie. Il démarra en trombe, le rouge sur ses joues.

Arsène calma ses ardeurs le samedi après-midi et tout le dimanche à courir derrière les sangliers avec ses amis dans les bois de Sombacour où il possédait une action de chasse.

Et pendant ce temps, Antoine passait son week-end à suivre des cours sur l'amour, le romantisme, la sexualité sans aucun tabou, et sans vulgarité, tout un programme. Noor, dix-sept ans, était la bonne vraiment bonne. Quant à Adel, il évitait un max le foyer pour rejoindre ses copains malgré le confinement. Il appréciait moyennement les rires et les plaintes dans la chambre d'à côté.

En fin de week-end, le corps lessivé, son ventre nu contre le dos nu de sa compagne, Antoine ruminait son bonheur. Mises bout à bout, les parties de jambes en l'air avaient fini par mettre K.-O mâle et femelle.

— Je t'aime.

— Pour la vie ? sourit-elle.

— Faut pas abuser quand même.

Noor se retourna d'un bond et lui fit face. Elle caressa ses cheveux de ses deux mains.

— Parle-moi un peu de ton passé, murmura-t-elle.

— Que veux-tu savoir ?

— Tout, ta jeunesse, tes amours, ta liaison avec Jalila, tes enfants, comment es-tu devenu patron d'une si belle entreprise si jeune ?

— J'ai trente-quatre ans, n'oublie pas.

— C'est jeune.

— Ne dit-on pas que la définition d'un vieux, c'est quelqu'un qui a vingt ans de plus que soit ?

— Perdu ! On n'a pas vingt ans d'écart.

102

— On n'en est pas loin.

Elle ne cessa pas de lui caresser les cheveux, de déposer mille baisers sur ses lèvres.

— Dis-donc, n'essaies-tu pas de noyer le poisson ? Parle-moi de ton passé.

— OK, si tu me dis où tu as appris à baiser si bien.

— J'ai appris à faire l'amour, pas à baiser.

— OK. Je suis né à Besançon en 1987, le jour de la Saint-Jean. Mon père m'a raconté qu'il a fêté ma naissance autour d'un immense feu de joie sur les hauteurs de Besançon, il voulait que la ville entière sache qu'un heureux évènement venait de se produire sur terre.

— Ah, ah ! Tu te prends pour le Messie.

— Ensuite, j'ai fait mes études au lycée du bois, j'ai démarré à vingt ans ma petite boite sans un radis, quatorze ans après, voilà ce que c'est devenu. J'en suis fier, tout aussi fier que de t'avoir dans mon lit ce soir. Côté amour, ce fut quelques flirts jusqu'à ce que je rencontre Jalila en discothèque et qu'elle me dépucèle. J'avais seize ans. Une fille est née, Nono, qu'on l'appelait toujours, ça lui allait bien Nono, c'était une vraie chipie. Elle ressemblait à sa mère, en fait Jalila appelait sa fille Nono, et moi, petite chipie. Un an après, Jalila accouchait d'un garçon, Adel. Onze mois plus tard, elle partait sans laisser d'adresse avec ma chipie, deux mois plus tard, mon père mourait, six mois après, ma mère vendait la boutique de jouets, notre magasin familial depuis trois générations situé rue des Granges à Besançon.

Il soupira et poursuivi :

— Tout à l'heure, je t'ai un peu menti lorsque je t'ai dit que j'ai démarré mon entreprise sans un sou en poche. C'est vrai, mais c'est pas vrai. À la vente du magasin, ma mère m'a beaucoup aidé financièrement. La montagne d'argent qu'elle m'a donnée m'a permis de me développer rapidement. Je lui en suis très reconnaissant. Aujourd'hui, ma pauvre mère vit des fins de mois difficiles, faut dire que c'était une joueuse invétérée, elle a dilapidé le reste de son magot au casino de Besançon, aujourd'hui elle est interdite de jeux dans tous les casinos de France, pauvre mère ! Voilà, tu sais tout, sauf quelques broutilles que j'aurais pu oublier. Et toi, alors, dis-moi.

— Moi ?

Elle semblait surprise par la question, pourtant elle sentait venir cet instant qu'elle appréhendait. Elle voulut parler en priorité de son corps. Alors, elle se posa sur ses avant-bras :

— La première fois, je n'étais qu'une enfant, et on m'a volé quelque chose. Mais ça ne compte pas. Ce soir, avec toi, c'est la seule vraie première fois que je veux retenir. Et tu sais quoi, Antoine ? Je refuse de rester une victime. Depuis ce jour où l'on a abusé de mon corps trop jeune, j'ai décidé que personne ne volerait plus rien de moi. Personne.

Il se souleva à son tour, s'assit sur le lit, caressa la joue du bout de ses doigts :

— Noor… tu n'as rien à prouver. Tu mérites d'être aimée pour toi, pas pour ce que tu crois devoir compenser.

— Je sais…

— Tu étais si jeune ! Il avait quel âge, ce salopard qui a osé ?

Elle haussa les épaules, une perle humide glissa devant son regard triste.

— Ce n'est pas important.

Puis, elle passa délicatement son index sur les lèvres de son amant.

— Mais dis-moi, es-tu capable de m'aimer, malgré tout ça ?

Il lui pinça les fesses amicalement :

— Oserais-tu en douter, petite chipie ?

10

Noël approchait, c'était une fête qu'Antoine détestait lorsqu'il était enfant. Etant fils unique, le repas du 25 décembre entre le père, la mère et l'enfant n'était pas des plus chaleureux. Il manquait l'ambiance de fête, bien que maman se démenait pour plaire à son fils autour des casseroles et de la décoration. Par contre, il était gâté par le père Noël, une montagne de cadeaux, tout cela, rien que par ses parents. Ses grands-parents vivaient sur la Côte d'Azur chaque hiver, mais prenaient néanmoins la peine de lui envoyer une enveloppe pour ce jour de fête qui ressemblait presque aux autres jours. Et depuis qu'il vivait seul avec son fils Adel, l'enthousiasme de la fête n'était toujours pas là.

— Je t'aime.
— Moi aussi je t'aime.
Antoine et Noor se levèrent, déjeunèrent. Elle portait juste un large tee-shirt, qui s'arrêtait sur le bord inférieur de la culotte, sauf une fois assise, là, c'était plutôt le haut de la culotte. Antoine prenait le petit-déjeuner avec son éternel peignoir gris souris.

Noor, perchée sur les genoux d'Antoine, croqua dans une biscotte et lui sourit malicieusement.

— Tu ne vas tout de même pas déjeuner ainsi ? murmura-t-il, amusé.

— Pourquoi pas ? fit-elle en glissant ses bras autour de son cou. Entre deux gorgées de café, on pourrait même...

— Toi qui dis que tu es romantique, bravo, ironisa Antoine.

— Le romantisme, c'est juste une question d'interprétation, mon amour. Et justement, le romantisme, c'est autre chose que la position missionnaire dans un lit aux draps blancs brodés qu'il ne faut pas froisser.

Elle l'embrassa, faisant basculer légèrement la chaise. Antoine éclata de rire.

— Fais attention, on va tout renverser.

— Alors, on arrête ?

— Jamais, dit-il en l'attirant plus près.

Après cette fougue matinale, Noor, souriante, remis son tee-shirt en place, tout en taquinant Antoine qui avait enfin osé un petit-déjeuner rock an roll.

Il partit à la douche en sautillant de plaisir.

— Je me dépêche, j'ai du taf, j'ai rendez-vous au Crédit Agricole à dix heures.

Cette année, Noël sera blanc, comme souvent à Pontarlier, fiché à plus de huit cents mètres d'altitude, à quelques kilomètres de la station de ski de Métabief. Sur le parking blanc, les bottines d'Antoine marquaient ses pas sur une couche de dix centimètres de neige fraîchement tombée. Il entra bien vite à l'intérieur de la banque, se chauffant les doigts sous son haleine chaude. Il se présenta au guichet :

— Bonjour, j'ai rendez-vous avec monsieur le directeur.

— Entrez dans le bureau de monsieur Gavinin, il va vous recevoir dans quelques minutes.

Après s'être installé dans le grand bureau du directeur, il pianota sur son portable, lorgna les cours du bois, les taux d'intérêt du jour, il passa vite sur un site de vente d'engins forestiers.

— Bonjour Antoine.

Il releva la tête, admira le large sourire d'Adeline qui se tenait devant lui. Elle était maquillée de bleu sombre autour de ses yeux clairs, le mascara corbeau sur les cils laissait croire à l'envol d'une mésange peinte par Courbet. Sa longue robe ivoire cachait les jambes qu'Antoine devinait si jolies. Elle semblait encore plus grande dans cette tenue svelte et légère, elle portait un pull noir fermé par de magnifiques perles argentées, sa longue coiffure châtaigne laissait libre sa boucle d'oreille d'étoffe, un bijou qui tombait sans trembler sous le lobe. Antoine aurait juré qu'il y avait du plomb à l'intérieur, non, de l'or, elle cache l'or comme elle cache ses désirs, rêvait-il devant cette déesse en chair et en os. Pas trop de chair, pas trop d'os non plus, peut-être était-ce vraiment une déesse ?

— Bonjour Adeline. Je peux vous appeler Adeline ?

— Oui, bien sûr, je vous appelle bien par votre petit nom. Vous avez donc rendez-vous ?

— Oui, avec le directeur pour signer les contrats de l'emprunt concernant l'agrandissement de mon hangar.

Il marqua un temps d'arrêt.

— Je regrette que nous n'ayons pas pu conclure l'achat de votre scierie.

— Ne vous inquiétez pas, Antoine, tout semble s'arranger. Nous avons un autre acheteur, il vient du Jura, nous allons prochainement signer un compromis de vente.

Nous avons baissé un peu le prix, mais nous ne nous en sortons pas trop mal.

— Ça n'a pas trainé, félicitations pour votre persévérance.

— C'est grâce à votre adjoint, il est si bien implanté dans le milieu forestier, il est tellement charmant qu'il connait beaucoup de monde. Il avait promis de m'aider, il a réussi au-delà de mes espérances. Il ne vous a rien dit ?

— Heu… si, peut-être, en tout cas, il allait m'en parler, bien sûr.

— Je vous laisse avec votre rendez-vous, voici monsieur Gavinin.

Le directeur de la banque s'assit devant son bureau, tendit un stylo à Antoine, mais celui-ci semblait distrait.

— Monsieur Jacquet ? Tout va bien ?

Antoine hocha la tête puis signa les contrats de prêts. Le montant fut du double ou la durée réduite à cinq ans qu'il n'aurait rien remarqué, son esprit ailleurs. « D'abord Noor, maintenant Adeline. Est-ce que je suis en train de perdre pied dans ma propre vie ? Et Adeline... Pourquoi est-ce que chaque sourire d'elle paraît avoir plus d'impact que je ne veux l'admettre ? Noor est là, elle m'aime, elle est drôle, vivante. Alors pourquoi mon esprit continue-t-il de revenir vers Adeline, cette femme que je ne peux pas avoir, mais que je ne peux pas ignorer non plus ? »

— Je me répète, monsieur Jacquet, n'y a-t-il pas d'erreurs dans le contrat ?

— Oui, oui, tout est bien, je signe où ?

Antoine quitta le Crédit Agricole, la rage au ventre. Il en voulait à Arsène, mais il avait du mal à définir où était le problème. Était-ce le fait qu'il lui cache ses petites combines, ou plutôt la jalousie de savoir son adjoint réaliser ses désirs ?

Au lieu de retourner au hangar pour donner ses ordres au personnel, il retourna à la maison à Houtaud pour passer de l'agacement à l'excitation où il refit l'amour avec Noor. « Bien fait ! Au moins, il n'aura pas ce petit cul-là », souriait-il en chevauchant sa jeune magrébine.

Guère avant-midi :

— On refait l'amour, mon amour ?

— Eh ! je ne suis pas un carrosse aux pneus Michelin que l'on peut regonfler tous les quarts d'heure, laisse-moi respirer un peu, petite nym…

— Petite quoi ?

— Rien, je t'aime.

Ils passèrent à table et se rassasièrent d'un couscous délicieux commandé chez le traiteur du coin. Antoine observa Noor se dandiner sur sa chaise, son sourire espiègle illuminant son visage. Elle croqua une bouchée de couscous, et, d'un geste nonchalant, elle lécha une miette tombée sur ses lèvres.

— La prochaine fois, c'est moi qui le cuisinerai, dit-elle, sa voix caressant l'air comme une promesse.

Il la regarda, incapable de détacher ses yeux de son décolleté à moitié dissimulé sous son tee-shirt. Chaque geste qu'elle faisait semblait calculé pour éveiller son désir, mais il savait que chez elle, tout était instinctif.

Noor se leva, s'étira comme un chat, avant de contourner la table pour venir derrière lui. Ses bras entourèrent son torse, et elle murmura à son oreille :

— Dis-moi, Antoine, est-ce que tu as pensé à moi quand tu étais à la banque ?

Antoine ferma les yeux, ses pensées oscillant entre les courbes de Noor et le sourire calculé d'Adeline. Mais lorsque les doigts de Noor glissèrent lentement sur son torse, il oublia tout.

Alors qu'elle caressait toujours la poitrine de son amant.

— Est-ce que ton ex, elle faisait bien l'amour ?

— Si tu parles de luxure, elle ne t'arrivait pas à la cheville.

— Ah, ah ! encore moins à la culotte, donc. Lorsqu'une fille approchera ma culotte, ça veut dire qu'elle sera comme moi, prête à tout.

De la semoule plein la bouche, Antoine faillit se boucher :

— C'est quoi ce délire ?

— Ben quoi, je suis jeune, il me reste tant d'années devant moi que j'aurai le temps de tout essayer.

— Tu me déçois, je croyais que tu m'aimais.

Elle se leva, passa derrière la chaise de son amant, entoura son torse de ses bras.

— Quand je t'ai demandé si l'on s'aimerait pour la vie, tu m'as répondu : « faut pas déconner tout de même ! » Je suis peut-être encore gamine, mais je ne rêve pas comme les jeunes pucelles, je ne crois pas au prince charmant qui mourra dans mes bras après m'avoir fait quatre beaux enfants.

— Et toi qui te dis romantique !

— Eh oui, le romantisme, c'est tout sauf un rêve imbécile.

— Ne confonds-tu pas l'érotisme et l'hédonisme ?

— C'est quoi ce charabia ? demanda Noor avec étonnement.

— L'hédonisme est une philosophie, ou plutôt une doctrine qui enseigne que le vrai bonheur consiste en la recherche du seul plaisir. Tu devrais lire Michel Onfray.

— Trop compliqué pour moi, je préfère pratiquer, ah, ah !

Il souriait à Noor, mais dans un coin de son esprit, l'image d'Arsène et d'Adeline refusait de s'effacer. Après un long silence :

— Tu fais quoi pour Noël ?

— Des cadeaux, plein de cadeaux, des cadeaux rien que pour toi.

— Arrête de déconner et dis-moi où tu penses fêter Noël.

— Chez toi, bien sûr, mais comme je n'ai pas beaucoup d'argent, si je veux te faire plein de cadeaux, y aura beaucoup de belles choses en nature.

— J'ai invité ma mère. Il y aura Adel aussi, ça ne te fait rien ?

— Oh non, pas du tout, c'est plutôt toi que ça peut déranger, n'est-ce pas ?

— J'avoue, je ne sais pas comment ma mère va prendre ça.

— Quoi, ça ?

— Notre liaison, tu fais tellement gamine, si je lui dis que tu n'as même pas dix-huit ans elle ne me croira pas, et même si elle me croit, la différence d'âge va la décevoir.

— Tu te poses encore ce genre de question ? Tu as le droit d'aimer ta mère, bien sûr, mais ne t'occupe pas de ses préjugés, peut-être d'ailleurs qu'elle s'en fiche.

— Non, elle ne s'en fiche pas, je la connais.

— Eh bien moi, je m'en fiche, na ! Pis toi, t'as qu'à faire comme moi.

Il montra le signe militaire en serrant ses cinq doigts sur le côté de son front :

— Bien mon adjudant. Mon adjudant est invité au repas de Noël, mais probablement faudra-t-il que nous mangions à plat ventre, parce que j'ai peur qu'il pleuve des balles de l'ennemi sorti de sa forteresse de Besançon.

Noor détacha ses mains du corps de son amant, refit le tour de la chaise, poussa celle-ci, se planta devant lui tout en faisant le même signe militaire.

— Bien mon lieutenant ! Je resterai à plat ventre tout le weekend de Noël, et mon lieutenant tâchera de me couvrir de son corps pour me protéger de l'ennemi.

Il éclata de rire :

— C'est la première fois que je vois un adjudant avec des cuisses aussi fines, et surtout une culotte à dentelle qui dépasse de son treillis.

Elle sauta à califourchon sur son chéri :

— Tu restes là cet après-midi, j'ai envie de toi.

— Non mais, tu rigoles, faut que je bosse un peu, le personnel tourne en rond dans le hangar et Arsène n'est peut-être pas là-bas pour donner les ordres, il a tellement à faire avec sa nouvelle copine.

Elle lui mordilla une oreille.

— C'est qui ?

— Une beauté qu'il croit mettre dans son lit, mais il rêve.

— Tu la connais ?

— C'est une employée du Crédit Agricole.

— Tout s'explique, plaisanta-t-elle, c'est pour cela que tu passes tes journées à la banque, coquin !

113

Alors que Noor riait, Antoine sentit un doute le transpercer. Était-elle vraiment amoureuse de lui, ou jouait-elle simplement avec lui comme elle le faisait avec Quentin et tous les autres garçons avant lui ? Il se haïssait de penser ainsi. Elle était là, avec lui, dans sa maison, mais il ne pouvait s'empêcher de se demander : et si elle partait demain ? Et si elle trouvait mieux ailleurs ?

— Tu penses à ton prêt ou à ton autre maîtresse du Crédit Agricole ?

Il haussa les épaules :

— N'importe quoi.

— Je m'en fiche, je ne suis pas jalouse.

— Tu es déroutante, je me demande si tu m'aimes vraiment.

— Et que ferais-je ici, chez toi, si je ne t'aimais pas ?

— Chai pas, il peut y avoir des tas de raisons pour vouloir vivre chez moi.

Elle perdit son sourire, se retira de ses cuisses.

— Tu es trop nul, je dégage.

— Mais…

Noor attrapa son sac à dos, son visage fermé, et se dirigea vers la porte. Antoine lui emboita le pas.

— Attends.

— Pourquoi ? demanda-t-elle, en se retournant brusquement. Tu penses que je suis là pour ton fric, c'est ça ? Que je suis comme toutes les autres ?

Il resta silencieux, pris de court.

— Tu sais quoi, Antoine ? Peut-être que tu ne mérites pas qu'on t'aime. Peut-être que tu es trop lâche pour accepter qu'on puisse vraiment vouloir de toi.

Elle ouvrit la porte, mais Antoine posa une main sur son bras.

— Reste. Je suis désolé.

Le ton de sa voix la fit hésiter, elle poursuivit toutefois son chemin pour rejoindre son vélo électrique.

La veille de Noël, Antoine décrocha son téléphone pour appeler Noor, mais ce fut le répondeur à l'autre bout du fil qui écouta ce qu'il avait à dire :

— C'est Antoine, j'espère que c'est toujours bon pour le repas demain midi ? J'ai dit à ma mère que tu serais là. Heu… je regrette ma réplique imbécile de l'autre midi, ça fait trois jours que je n'ai plus de tes nouvelles, je t'en prie, rappelle-moi, je t'aime.

Le lendemain, madame Jacquet sonna à la porte de la villa de son fils vers onze heures trente.

— Je suis la première ?

— Tu ne peux pas beaucoup te tromper, maman, Adel vit avec moi et je n'attends personne d'autre.

— Mais, ne m'as-tu pas dit que tu avais une copine qui viendrait nous rejoindre ?

Devant l'air abruti de son fils, elle ajouta :

— Ne me dis pas que vous avez déjà rompu ?

— Je ne sais pas, maman. De toute façon, ce n'est pas une raison pour ne pas s'embrasser. Je sais que le virus fait toujours des ravages, mais quand même.

Après une double bise, elle entra, posa un sac de course sur le canapé. Antoine remarqua les trois paquets-cadeaux à l'intérieur.

— Je t'avais dit de ne rien nous acheter, tu n'es déjà pas trop riche.

115

— Figure-toi que j'ai gagné presque mille euros au grattage la semaine dernière.

— Maman, je t'ai déjà dit de faire attention à ton argent, il faut impérativement que tu arrêtes avec tous ces jeux.

Elle caressa le menton de son fils.

— Et qui c'est qui peut faire des cadeaux à son fils et à son petit-fils ? C'est maman, parce que maman, elle a gagné plein de sous avant Noël !

Adel descendait l'escalier depuis sa chambre pour embrasser sa mamie.

— On ouvrira les cadeaux au moment du dessert, mes chéris.

— Retire ton manteau et assieds-toi dans un fauteuil, je te sers un macvin, je sais que tu aimes ça. On versera une goutte de champagne par-dessus, tu vas encore plus aimer.

— Oui, merci.

Adel s'engouffra dans la cuisine pour chercher la bouteille de champagne, les glaçons, ainsi que les gougères qui chauffaient dans le four.

Ils passèrent à table vers treize heures, après un apéritif où la maman évoqua des souvenirs, Adel, ses soucis et ses plaisirs d'ado, et Antoine écoutait.

À peine le maitre de maison servait un plat de crevettes et de jambon cru que l'on sonna à la porte.

Antoine cligna des yeux, stupéfait. Était-ce une vision ? Noor, rayonnante, se tenait dans le hall, les bras chargés de paquets et d'un bouquet de roses rouges et jaunes.

Elle s'approcha de la tablée, embrassa tout d'abord madame Jacquet, puis déposa un rapide baiser sur les lèvres d'Antoine tout étonné. Elle contourna la table pour embrasser Adel puis elle déposa ses paquets sur le divan et tendit le bouquet de roses à madame Jacquet.

— C'est gentil, venez que je vous embrasse encore une fois, tant pis pour le virus.

Madame Jacquet, émue, semblait apprécier le présent.

— Assieds-toi, Noor, nous commençons tout juste notre repas de Noël, dit Antoine en se raclant la gorge.

— Merci.

— Vous êtes très jolie, Noor, et j'ai apprécié votre geste. Je constate que votre jeunesse se marie parfaitement à votre savoir-vivre. Peut-être un peu jeune pour mon Antoine, mais n'est- pas une chance pour lui ?

— Vous êtes une grande personne, et moi une gamine, il faut me tutoyer.

Madame Jacquet jeta un œil vers son fils.

— Est-ce qu'Antoine sait seulement qu'il a de la chance d'avoir rencontré une fille comme vous... comme toi ?

— Oui, maman, je le sais, soupira Antoine.

— Et moi aussi, madame, j'ai de la chance d'avoir rencontré votre fils, mais il ne sait pas encore combien je l'aime.

Le traiteur venait de livrer un chapon aux morilles à la crème. Antoine se leva pour sortir la viande de son emballage, Noor le suivit à la cuisine.

Antoine s'appuya contre le plan de travail.

— Tu débarques ainsi, ce n'est pas que ça m'embête, bien au contraire, je suis content, mais pourquoi n'as-tu pas répondu à mes nombreux SMS d'hier ?

— Parce que je voulais te faire mariner, parce que je t'aime trop.

— Et me faire souffrir, c'est m'aimer ?

— Je ne veux plus que tu doutes de mon amour. Je suis avec toi rien que pour tes yeux, ton charme, ta voix, ta joie de vivre, rien d'autre, tu vivrais sous les ponts que je serais à tes côtés.

Il l'enlaça, l'embrassa sur le front, les joues, la nuque, les lèvres.

— Je t'aime, tu es trop bonne.

Elle se recula pour se détacher de lui.

— Comment dois-je l'interpréter ?

— Trop bonne, c'est-à-dire trop gentille. Avoir pardonné mes doutes aussi facilement, c'est que tu es une bonne fille.

— Si je suis bonne, c'est tout simplement parce que je t'aime comme une folle.

Une chanson marocaine fredonna dans la poche arrière du jean de Noor.

Antoine resta aux côtés de sa chérie pendant qu'elle répondait à l'appel, mais il ne comprit rien de la conversation, Noor parlait arabe. Après trois minutes d'échanges, elle raccrocha, sourit à Antoine.

— Ma mère vient de me souhaiter un joyeux Noël depuis El Afack près de Marrakech, elle te souhaite à toi aussi un joyeux Noël.

— Mais je ne la connais pas !

— Ben elle, elle te connaît, puis elle éclata de rire.

Une petite tape sur la fesse de Noor et ils rejoignirent la salle à manger, lui avec la soupière où baignait le chapon dans sa sauce, elle, avec le plat de perles de blé.

118

Madame Jacquet rentra à Besançon en fin d'après-midi, Adel fut tout joyeux de vite courir vers ses potes. Noor et Antoine se plantèrent devant la télé, regardèrent un film de Noël, s'embrassèrent, regardèrent un deuxième film de Noël, s'embrassèrent, dînèrent léger, se glissèrent sous la couette pour une nuit d'amour qu'Antoine n'espérait plus.

Lorsqu'il embrassa Noor sous la couette, il sentit ses cheveux effleurer son visage, le parfum léger de sa peau le ramena à un instant presque irréel. Elle se blottit contre lui, sa main dessinant des cercles paresseux sur son torse. Antoine ne pouvait s'empêcher de se demander comment une fille si jeune pouvait être aussi intense, aussi passionnée.

Mais malgré la chaleur de leur étreinte, une ombre le traversait. Pourquoi avait-il encore cette image d'Adeline dans la tête ? Pourquoi pensait-il à ses cheveux châtains tombant en cascade sur son pull noir, alors qu'il avait Noor, vibrante, contre lui ? Il chassa cette pensée et embrassa Noor avec une intensité nouvelle, comme pour se convaincre qu'elle était tout ce dont il avait besoin.

Le personnel de l'entreprise EFJ profitait des vacances d'hiver, mais le patron s'obligeait à quelques heures de travail supplémentaires, d'autant que ce genre de taf semblait des plus agréables. Bien qu'il pût profiter d'internet pour effectuer les divers virements nécessaires au financement des travaux du hangar, il ne put s'empêcher d'effectuer ceux-ci directement à l'agence de Crédit Agricole du centre-ville. Coup de bol, Adeline travaillait ce jour-là, pas de vacances pour elle non plus entre Noël et Nouvel An. Il ne savait pas trop pourquoi il avait besoin de revoir Adeline, mais un désir venu de loin lui demandait d'ouvrir une conversation autre que finances, l'envie de comprendre pourquoi Adeline l'avait si désagréablement reçu lors de leur dernière entrevue. Il fallait retrouver un peu de joie dans le cœur d'Adeline à son encontre. Quelle ne fut pas sa surprise dès les premiers mots :

— Bonjour Antoine, contente de vous revoir, passez-vous de bonnes fêtes, mais asseyez-vous donc.

— Bonjour madame Ferret.

— Avez-vous remarqué que, parfois on se vouvoie, parfois on se tutoie, on a l'air ridicules, non ? sourit-elle.

Étaient-ce les fêtes qui la rendaient si joyeuse, se demandait-il.

Les virements des comptes épargne sur le compte chèque ne prirent que quelques minutes, ce qui permit de bavarder autrement.

Antoine glissa sa main sur sa bouche.

— Je suis heureux que tu aies pu vendre ta scierie aussi rapidement.

— Comme je te l'ai dit l'autre jour, c'est grâce à ton adjoint, Arsène. C'est un garçon adorable, il s'est donné beaucoup de mal pour nous aider, mon père et moi. Il connait parfaitement les gens du monde forestier. C'est son charme, son humour et sa gentillesse qui font de lui un garçon au contact facile.

« Ben voyons ! Pis, il aime bien connaitre aussi les jolies filles. Et pis, c'est avec son charme qui fait qu'il aimerait bien bourrer les donzelles comme toi », songeait Antoine en glissant une nouvelle fois ses gros doigts sur sa bouche.

— Au fait, t'en a-t-il parlé ?

Antoine sortit de son songe.

— Parler de quoi ?

— De son aide pour vendre notre scierie.

— Oui, bien sûr.

« En fait, il s'en est bien gardé, ce salaud », ruminait-il encore.

Il se passa une nouvelle fois la main tout le long de sa bouche, signe de nervosité, puis :

— J'aurais voulu fêter ton succès au restaurant, mais ce virus nous enferme tous.

— C'est l'air des bois qui te donnerait donc tant de bienveillance ?

— Plus sûrement ton charme, osa Antoine.

Adeline ne rougit même pas, préféra réorienter la conversation :

— Tu connais bien mon père, n'est-ce pas ?

— Oui, mais je le fréquente moins qu'Arsène. Mon adjoint est plus avenant que moi. Je reconnais qu'en tant que patron, je devrais être plus sociable, mais j'avoue que j'adore un brin de solitude. Je passe beaucoup de temps dans les bois, je me consacre aux plantations de résineux ou autres. Et mes heures de loisir, je les consacre à partir seul dans la nature pour photographier les oiseaux.

— Tout l'inverse de moi, j'apprécie le shopping, mais aussi les congrès, les séminaires, les fêtes, en fait, j'aime voir du monde.

Assis devant Adeline, Antoine ne pouvait s'empêcher de comparer. Noor était une tornade, imprévisible et débordante d'énergie. Adeline, elle, était une rivière calme, mais avec des courants sous la surface. Avec Noor, il n'y avait jamais de temps pour réfléchir, tout était dans l'instant. Avec Adeline, chaque regard, chaque mot semblait calculé, comme un jeu d'échec silencieux. Et pourtant, les deux le troublaient de manière différente. Noor éveillait en lui un désir brut, presque animal. Adeline, elle, faisait naître une autre forme de désir, plus subtile, plutôt intellectuelle. Mais lequel des deux était le plus dangereux ?

Adeline continua de parler d'Arsène. Arsène est allé voir son père à l'hôpital, Arsène est un type adorable, Arsène par-ci, Arsène par-là. C'était toujours Arsène, avec son charme, son humour, sa capacité à plaire à tout le monde, ruminait Antoine. Il serra la mâchoire en se forçant à sourire, mais son esprit bouillait.

En quittant la banque, il ne put s'empêcher de penser encore à Arsène. Pourquoi avait-il fallu qu'il s'immisce dans cette histoire de scierie ? Et pourquoi Adeline parlait-elle de lui avec tant d'admiration ? Arsène avait toujours été un bon adjoint, loyal et efficace. Mais Antoine sentait que quelque chose avait changé. Était-ce simplement une question d'affaires, ou bien Arsène cherchait-il à prouver qu'il pouvait rivaliser avec lui, même dans sa vie personnelle ?

Il monta dans sa voiture et serra le volant, ses pensées revenant encore et encore à cette conversation. Il ne laisserait pas Arsène lui voler quoi que ce soit, ni dans les affaires, ni ailleurs.

11

Les corps nus roulèrent chacun d'un côté du lit, ils avaient besoin d'un peu de recul, d'un peu de fraîcheur, d'un peu d'air. La nuit avait enlacé les corps si longtemps, enflammé cœurs et cuisses sans fin et sans faim, étouffé les plaintes et les rires. Une minute, c'est long lorsque l'on manque de tendresse, alors, trop loin l'un de l'autre, ils se collèrent à nouveau corps contre corps, mais le mâle à bout de souffle, au bout de la nuit, refusa une énième galipette.

7 h du matin, le téléphone sonnait déjà.

Antoine releva instinctivement le drap sur son corps alors que Noor caressait son torse.

— Oui, ah non... encore toi. Ah, non... De toute façon, je n'ai plus de pognon.

Il raccrocha aussitôt.

— Si c'est quelqu'un qui te harcèle, tu ferais mieux de bloquer son numéro.

— Non.

— Pourquoi ?

— Parce que.

— Tu n'as pas le droit de me répondre ainsi après une si belle nuit d'amour.

Il posa son téléphone sur le drap, embrassa sa chérie sur les lèvres.

— Pardonne-moi, mais ces coups de fil m'énervent plus que tu crois.

La sonnerie de la messagerie :

Si tu continues de te comporter comme cela à mon encontre, je porterai plainte pour non-assistance à personne élevant seule son enfant sans aide de pension alimentaire.

Tu es partie sans rien dire, sans laisser d'adresse, emmenant notre Nono chérie, et aujourd'hui tu voudrais que je paye, non mais ! tu rigoles ! Je ne sais même pas où tu habites.

Tu te doutes bien que je suis repartie au Maroc.

Bien sûr que non, une partie de ta famille reste en France. Comment aurai-je pu imaginer que tu aies regagné ton pays de naissance.

Il s'assit rapidement sur le lit, repoussant la main de Noor qui le caressait toujours. Il passa ses doigts sur sa bouche. Après un instant de sombre réflexion :

Où crèches-tu au Maroc ?

Une ville à côté de Marrakech.

Quelle ville ?

Décide-toi à m'envoyer de l'argent et je te donnerai mon adresse.

Antoine mit fin à l'échange de SMS, la tête à mille endroits différents.

Il rumina longuement encore cette troublante conversation, puis repoussa le drap et se leva.

— Je t'emmène à ton boulot, Noor. Faut te lever aussi.

— Alors, juste après ton baiser du matin.

Il se pencha vers sa chérie, l'embrassa et se dépêcha de passer sous la douche. Durant le petit-déjeuner, Antoine examinait sans relâche, plutôt à la dérobée, sa douce et récente conquête, une jeune fille souriante, douce, gentille, pleine de vie, et si jolie. Comme je l'aime ! songeait-il. « J'espère que je ne commets pas de bêtises. Non, impossible, le Maroc est si vaste, la France aussi, ce serait une drôle de coïncidence, non… pas possible, on s'aime trop, ça se verrait comme le nez au milieu de la figure si c'était vrai, si c'était ma… non, pas possible. »

Après avoir déposé Noor sur le parking de l'Hyper-U, il regagna son bureau. Il allongea le tiroir sous le meuble, retira la photo de sa fille Nono lorsqu'elle avait un an. Il inspecta ses yeux noirs et brillants, ses mèches sombres et bouclées, cette petite bouille souriante, c'était sa chipie à lui, cette chipie qu'il n'avait pas revue depuis plus de quinze ans. Il laissa couler une larme, une seule, une de trop, se ressaisit lorsque son adjoint entra dans le bureau.

— Mais tu as congé ! Ne me dis pas que tu cherches une promo en venant au boulot pendant les fêtes.

— Tu es bien au boulot, pourquoi n'y serais-je pas ? En fait, non, je profite que nous soyons dans une période calme pour venir de dire deux mots au sujet de la scierie Ferret.

Antoine fixa son adjoint dans les yeux.

— Je t'écoute.

Arsène empoigna une chaise, se positionna à califourchon, les avant-bras sur le dossier.

— Adeline et son père viennent de signer une promesse de vente pour leur scierie, c'est monsieur Palantini et son fils de Clairvaux-les-Lacs qui rachètent. La transaction s'est faite par mon intermédiaire, je connais bien le fils Palantini.

— OK, je sais tout ça.

— Ah bon !

— Oui, moi aussi j'ai des relations, Adeline et moi, on se tutoie.

— Ah ! Comme moi alors.

— Tu aurais pu m'en parler.

— Mais la scierie ne t'intéressait pas, pourquoi t'en parler.

— Bien sûr que si, elle m'intéressait, ce sont les fonds qui ont manqué, tu le sais bien. De me faire des petits dans l'dos ainsi, tu mériterais que je calcule tes indemnités de licenciement et que tu dégages, je sens que tu vas bientôt pourrir l'ambiance de la boite.

Arsène éclata de rire.

— Voyez-vous, Monsieur le Directeur de l'entreprise EFJ, je ne pense pas pourrir l'ambiance de votre entreprise puisque je vais bientôt la quitter, je pars sous peu comme directeur général de la scierie de La Rivière-Drugeon, future annexe de l'entreprise Palantini. Et la fille de l'ancienne scierie, une certaine Adeline Ferret, qui connait parfaitement l'entreprise de son père, sera ma secrétaire et comptable, nous nous entendons tellement bien.

— Adeline… Adeline et toi pour gérer la scierie de la Rivière ?

— Oui, je t'en bouche un coin, n'est-ce pas, Monsieur le Directeur. Et je ne suis pas un méchant parce que j'aurais pu tout te cacher, attendre que tu me licencies, que je touche les indemnités, mais je suis bon prince, je préfère démissionner. L'amour d'Adeline me suffit pour te rendre furax.

— Nous étions de bons potes, mais depuis que tu as croisé le regard d'Adeline, tu n'es plus le même, Arsène.

126

— Et toi, ne l'as-tu pas croisé, ce regard ? T'a-t-il laissé indifférent ? Contente-toi de ta gamine, elle te suffira, laisse les vraies nanas pour les autres.

Arsène se leva et quitta le bureau en lançant un « au revoir patron » plutôt indifférent.

Antoine s'enfonça dans son fauteuil. Sale journée, sale fin d'année, vivement 2021. Désabusé, il rumina plus d'une heure ainsi, levant de temps à autre les yeux pour regarder tomber la neige sur le parking.

Lorsque l'ombre des arbres mélangea le noir et le blanc à l'entrée du sous-bois de l'autre côté du hangar, lorsque les lampes de rues apportèrent un peu d'or sur les branches sombres, Antoine décrocha son téléphone.

— Bonsoir Adeline, tu vas bien ?

— Oui, merci. Que me vaut cet honneur ?

— Oh là ! tu me parais bien solennelle.

Il s'essuya nerveusement la bouche et poursuivit :

— J'ai… je sais que… qu'en cette fin d'année et qu'avec cette saloperie de virus, les sorties sont limitées, mais… as-tu prévu tout de même de fêter le Nouvel An ? En famille, peut-être ?

Il devina le sourire à l'autre bout du fil.

— Ne me dis pas que c'est une invitation ?

— Heu… si, un peu.

— Non, je n'ai rien prévu. D'une part, Covid oblige, d'autre part, mon père est encore bien fatigué, nous n'avons rien organisé en famille, mais…

— Tu seras peut-être avec ton petit ami ?

— Non, même pas, puisque je n'ai pas de petit ami, mais comme tout est fermé en France, je resterai bien tranquille à la maison.

— Je serai seul aussi avec mon fils, c'est terrible de fêter le Nouvel An ainsi. J'ai besoin de m'amuser cette nuit-là, pas toi ?

— Oui, et tu veux t'amuser avec qui ?

— Si tu es seule, eh bien, avec toi et mon fils, on serait trois, c'est déjà beaucoup. Le gouvernement ne nous dit-il pas de ne pas faire de grandes tables pour les fêtes ?

— Justement, restons tranquilles chacun de notre côté.

— Je t'en prie, Adeline, je voudrais tellement que tu acceptes, j'ai plein de choses à te dire, à te demander.

Il entendit le rire à l'autre bout du fil.

— Puisque tu as plein de choses à me dire, alors je me laisserais presque tenter. Laisse-moi convaincre mon père, déjà qu'il était ronchon avant son accident, c'est encore pire maintenant, il a tellement peur pour sa fille, qu'il est capable de ne pas m'autoriser à sortir cette nuit-là.

— Rappelle-moi vite et dis-moi oui, je te fais un gros bisou, Adeline, à bientôt.

— À bientôt, peut-être.

Après avoir raccroché, Adeline fixa son téléphone, sa bouche se tordant machinalement. Antoine... Cet homme avait quelque chose qui la déconcertait. Il semblait si sûr de lui, et pourtant, dans sa voix, elle avait senti une fragilité qu'il essayait de dissimuler.

Elle posa le téléphone sur son bureau, pleine de pensées vagabondes. Devrait-elle vraiment accepter son invitation ? Que cherchait-il exactement ? Et pourquoi, malgré tout, cette idée faisait-elle naître en elle un frisson qu'elle n'avait pas ressenti depuis longtemps ?

Antoine rentra tard à la maison après un après-midi à travailler au bureau. L'essentiel de son boulot fut de réfléchir à la manière dont il pourrait remplacer Arsène, cet adjoint expérimenté qui devait le quitter dans les trois mois à venir. Il eut beau chercher dans son personnel, personne ne lui paraissait à la hauteur de la tâche. Il commença à consulter les journaux, et puisque c'était la période des fêtes, il ne put contacter les administrations, notamment l'école de Châteaufarine. Se prenant la tête à deux mains, il se dit que la personne idéale pour bien le conseiller, compte tenu de ses bonnes relations professionnelles, restait encore Arsène lui-même. Il patienterait donc jusqu'à son retour début janvier.

Antoine se décida enfin à rejoindre sa maison, sachant que Noor était sûrement là pour l'attendre, puisqu'elle finissait son travail de domestique vers dix-huit heures ce jour-là. En effet, il trouva sa chérie dans le canapé en pleine conversation avec son fils, chacun un verre de macvin dans les mains.

— Je vois que c'est la période des fêtes, on se laisse vivre !

Noor lui sauta au cou, l'embrassa sur les lèvres sans s'attarder, respectant la présence d'Adel.

— De quoi parlez-vous donc, tous deux ?

Noor éclata de rire alors qu'elle entourait encore de ses bras les épaules de son chéri.

— De notre mariage. Il est d'accord pour être mon témoin.

— Encore gamine et tu rêves de mariage ! Nous en avons déjà parlé sur l'oreiller, tu sais très bien que je suis contre le mariage. Regarde donc : même plus marié à

Jalila, et celle-là me cherche quand même des ennuis, donc tu peux dire adieu à la noce.

— Je m'en fiche, puisque je suis d'accord avec toi. Tu sais bien que je rigolais, en fait, on parlait boulot.

Antoine s'installa dans le fauteuil après s'être servi un verre de macvin, Noor reprit sa place dans le canapé auprès d'Adel. Le fils resservit un peu de liqueur dans les deux autres verres.

Antoine avala une gorgée.

— Et de quel boulot parliez-vous ?

Adel reposa la bouteille sur la table du salon pendant que Noor partait chercher des gâteaux à apéritif.

— Noor aimerait bien que tu l'embauches dans ta boite.

— Mais pour quoi faire ?

Noor revenait de la cuisine avec une assiette de cacahouètes grillées qu'elle posa sur la petite table.

— Prête à faire n'importe quoi, sourit-elle en passant sa main sur le bras de son chéri. Je suis décidée à suivre n'importe quelle formation. Je suis bonne à tout, puis elle rigola tout son saoul.

— Ma secrétaire particulière, par exemple.

Elle s'assit sur l'accoudoir du fauteuil d'Antoine, l'embrassa sur la joue.

— Oh oui, génial ! Je resterais assise sur tes genoux toute la journée et je ferais promotion-canapé, ah ! ah ! Mais au fait, tu parles sérieusement ?

— À réfléchir. Si tu te sens capable de bien te former à la comptabilité, je serais partant. Mais attention, je ne t'embaucherai pas avant tes dix-huit ans. Il faudra attendre encore quelques mois.

— Quatre longs mois ! s'exclama la capricieuse en retroussant sa lèvre inférieure.

Elle quitta le bord du fauteuil et sauta sur le canapé, folle de joie. Elle entoura l'épaule d'Adel, l'embrassa sur la joue, un moment d'excitation bien à elle.

— Que je suis contente ! Bientôt, nous travaillerons tous les trois dans l'entreprise.

Elle prit brusquement un air ironique et continua de taquiner Adel :

— Comme tu ne peux pas être le témoin de mon mariage, au moins es-tu le témoin de cette conversation. Tu as compris tout comme moi que j'étais embauchée dans l'entreprise de ton père, n'est-ce pas ?

Antoine se resservit du macvin.

— Oh là ! pas si vite, c'était une suggestion, laisse-moi encore réfléchir. C'est vrai que tu es une fille intelligente, capable de te reconvertir, mais tu seras à l'essai, le temps de ta formation, et si tu n'es pas assez bonne, alors tu retourneras bonne... chez moi. Tu balaieras le hangar, le bureau et la maison aussi.

— Je ferai, et la compta, et le ménage, je serai ta bonne polyvalente, et encore, je ne parle pas des trop bonnes nuits ensemble.

Puis tout bas :

— C'est parce qu'il y a des oreilles chastes.

— Eh ! Qui te dit que je suis chaste ? plaisanta Adel. Il s'en est fallu d'un cheveu que l'on couche ensemble, non ?

Antoine fronça les sourcils.

— Parlons d'autre chose. Qu'as-tu préparé de bon pour ce soir, ma chérie, du couscous ?

— Saucisse nouille, un plat bien franc-comtois… avant la salade de museau ce soir au lit, ah, ah !

Antoine et Noor eurent effectivement droit à la salade de museau : quatre lèvres et deux langues bien baveuses, une entrée qui servit de dessert. Puis il dégusta la cerise sur le gâteau, elle savoura la liqueur de gland, non pas espagnole de la région de Martes Santo, mais bien française, une liqueur aux propriétés digestives très agréables, récoltée et sélectionnée dans le ventre des forêts du Haut-Doubs.

La veille du jour de l'an, Antoine se décida à téléphoner au Maroc.

— Bonjour Jalila. Je serai bref. Je vais t'expédier un peu d'argent. Envoie-moi tes coordonnées bancaires au Maroc ainsi que ton adresse précise.

— Pourquoi veux-tu mon adresse ?

— C'est un minimum. Je veux bien t'envoyer une pension, mais il me faut au moins ton adresse. Te rends-tu compte de tes agissements ? Tu es partie il y a plus de quinze ans, aujourd'hui tu te réveilles et tu me réclames de l'argent, et je ne sais rien de toi. Je veux au moins ton adresse, je veux également une copie de ta carte d'identité ou de ton passeport, je veux savoir si ce n'est pas une arnaque.

— OK,

— Et aussi, envoie-moi donc une photo de notre fille que je n'ai jamais connue. Et puis, fais en sorte que je puisse téléphoner à Nono, j'aimerais bien lui causer.

Jalila hésita avant de répondre.

— OK, tu auras tout cela rapidement. Pour la photo de Nono, il faudra attendre, j'ai une photo d'elle lorsqu'elle avait quatre ans. Ta fille me ressemble beaucoup, mais elle a beaucoup de toi aussi, ses yeux brillent comme les tiens. Quant aux photos, elles sont sur son portable, elle te les enverra elle-même lorsque tu lui auras causé. Pour l'instant, elle n'est pas disponible, elle est en vacances en France pendant les fêtes, elle y reste même quelques semaines parce qu'elle a arrêté ses études ici.

— Alors, donne-moi son numéro de portable.

— Nono refuse que l'on donne son portable sans son autorisation. Je verrai avec elle et je te tiens au courant. En attendant, dépanne-moi de mille euros.

— Tu auras les mille euros lorsque j'aurai pu parler à Nono.

Après un court instant, la voix de Jalila se fit plus douce, celle d'autrefois, mais dans un murmure à peine audible :

— Tu me manques, Antoine.

Il sentit son cœur se serrer. Il se leva brusquement, faisant grincer la chaise contre le sol, et se mit à marcher nerveusement dans la pièce. Comment pouvait-elle dire ça après plus de quinze ans de silence ? Après avoir pris Nono et disparu sans laisser de traces ?

Il raccrocha, nerveux et perplexe. Il ne comprenait pas tout. Pourquoi cet élan de tendresse si inattendu ? Mon Dieu, elle m'aime encore !

Quelques minutes plus tard, il recevait par SMS les coordonnées bancaires de Jalila et son adresse. Il remarqua que son ex-femme ne portait plus son nom de jeune fille, mais le nom de Mésime, elle s'était donc remariée là-bas. Ce qui retint son attention surtout, c'était la ville où vivaient son ex et sa fille : El Afak près de Marrakech.

Le téléphone trembla dans sa main. Ses doigts crispés hésitèrent à éteindre l'écran, comme s'il espérait que les mots disparaissent d'eux-mêmes. El Afak. Marrakech. Le souffle court, il posa le téléphone sur son bureau, mais ses doigts refusèrent de lâcher l'appareil. Le bois lisse de la surface semblait glacial sous ses paumes. Tout son corps frissonna.

12

Noor jouait avec Adel dans la chambre du garçon à Animal Crossing sur leurs portables.

— Noor ! lança Antoine depuis le salon.

— J'arrive, mon chéri.

— Je n'aime pas lorsque tu appelles mon père, chéri. Avec votre différence d'âge, on croirait que c'est ton père, s'agaça Adel, assis sur le bord du lit à côté de Noor.

— Ah, ah ! Et serait-ce mal d'appeler son père, chéri ?

— Heu… oui, un peu quand même.

Elle se leva et rejoignit Antoine dans le salon.

— Toi qui fumes, peux-tu me passer une cigarette ?

— Donc, c'est que tu es énervé, chéri.

— Non, pas énervé, juste soucieux.

Assis sur une chaise à la cuisine, il fixa Noor quelques instants jusqu'à la mettre mal à l'aise. Elle s'assit sur la table devant lui, ses pieds nus caressant une jambe d'Antoine.

— Peux-tu me rappeler la ville d'où tu viens, s'il te plait ?

— El Afak, pourquoi me demandes-tu cela ?

— El Afak près de Marrakech ?

— Oui, c'est cela, on en a déjà parlé.

Il se racla la gorge, passa lentement ses doigts le long de sa bouche, puis son index et son pouce sur ses yeux jusqu'à ce qu'ils se rejoignent en haut de son nez.

— Parle, je t'en prie, tu me fais peur lorsque tu te comportes ainsi. Qu'est-ce qui te tracasse ? J'ai cru entendre que tu téléphonais à Jalila, y a-t-il un rapport ? Elle te fait toujours des ennuis ?

Il releva la tête vers sa chérie, l'air sombre.

— Me faire des ennuis, c'est juste un détail, non… Ce qui me tracasse, c'est… c'est…

— Oui ?

— J'ai comme un doute, un gros doute. Ne serais-tu pas ma fille ? Nono… Noor, ma fille qui est partie avec sa mère il y a quinze ans rejoindre sa ville d'El Afak.

— Pourquoi ? Ta fille s'appelle Noor ?

— Non, on l'appelait Nono, mais son vrai prénom, c'est Noriane.

— Ben quoi, alors ? Moi, c'est Noor, ce n'est pas Noriane.

— Je sais, mais quand même. Et si Jalila avait changé ton prénom, si elle avait préféré un prénom plus marocain une fois retournée dans son pays ? Noriane c'est plutôt français, c'est surtout moi qui ai voulu ce prénom. Jalila, pour mieux rompre avec son passé, aurait changé ton prénom, va savoir. Ne t'appelait-elle pas parfois Nono ?

— Non, ma mère ne m'appelait jamais ainsi. D'ailleurs, je n'aurais pas voulu, c'est nul, Nono. Est-ce que tu as son adresse précise ?

— Oui, je te montre.

Antoine tourna le portable vers Noor toujours assise sur la table en face de lui. Elle se pencha sur l'appareil, regarda attentivement, puis elle pianota sur le sien qu'elle tenait dans sa main. Elle sauta de la table, contourna Antoine, posa une main sur son épaule, de l'autre elle lui montra son smartphone où s'affichait Google Maps avec la carte d'El Afak.

— Regarde là, à l'extrémité de la ville, l'adresse que tu viens de me montrer. Ton ex et Noriane habiteraient donc vers l'hippodrome de Marrakech, quant à ma mère et moi, nous habitons carrément à l'autre bout de la ville, tu vois là, vers le collège Sâada.

« Pourvu qu'il ne remarque pas le frémissement de ma peau », se dit-elle, mais très vite, elle éclata de rire :

— Tu m'as fait douter l'espace d'une seconde. Tu me vois coucher avec mon père ? Pour le coup, je serais bannie de ma religion, et puis c'est con, nous n'aurions pas pu faire d'enfants, genre, nous aurions été obligés de les jeter, ah, ah !

Il la tira à lui, elle s'assit sur ses genoux, il déposa un baiser sur ses lèvres.

— Merci de m'enlever ce doute qui me titillait depuis une demi-heure. Me voilà rassuré, je vais pouvoir continuer à te faire l'amour matin, midi et soir.

Antoine fixa Noor alors qu'elle riait, assise sur la table, ses pieds nus effleurant sa jambe. Son cœur battait plus vite. *El Afak. Noriane. Jalila.* Ces mots tournaient en boucle dans sa tête, comme une mélodie dissonante qu'il ne parvenait pas à ignorer.

— Pourquoi es-tu si silencieux, Antoine ? demanda Noor, ses yeux brillants d'un éclat presque enfantin.

Il ouvrit la bouche, mais aucun son n'en sortit. Une partie de lui voulait éteindre ce doute ridicule, mais une autre l'obligeait à s'attarder sur ses traits. Ce sourire éclatant, cette vivacité... Il y voyait des ombres de son passé.

Ce fut au tour de Noor d'embrasser son chéri sur les lèvres. Antoine ajouta :

— Au fait, c'est OK pour que tu passes la nuit du Nouvel An avec tes patrons ? C'est sympa de leur part qu'ils aient bien voulu te faire ce plaisir.

— Je t'ai déjà dit que je n'avais pas envie de réveillonner là-bas, déjà que je suis toute l'année avec eux.

— Tu vas les décevoir si tu n'y vas pas.

— Je m'en fiche, je vais bientôt les quitter.

— Sois un peu compréhensive, ma chérie, accorde-leur cette joie qu'ils se font. De plus, tu passeras certainement une bonne soirée, il y aura Quentin autour de la table.

— Tu parles ! Il vient avec sa chérie, je ne pourrai même pas finir dans son lit, ha, ha ! À moins que l'on essaie l'amour à trois.

— Oh ! Tu me surprends, j'espère que tu plaisantes ?

— Mais je vois que tu es jaloux, Antoine ! Tu veux venir réveillonner avec Quentin, sa chérie et moi ?

Elle quitta ses genoux, sautilla sur place.

— Il parait qu'il faut tout essayer dans la vie pour ne pas mourir idiot.

— Je sais bien que tu déconnes.

Elle sortit une Camel de sa poche, alluma sa cigarette.

— Alors, toujours décidé à me laisser passer le Nouvel An avec Quentin, sa chérie et ses parents ?

— Oui, parce que je sais bien que tu déconnes.

— On prend les paris ?

— Non, parce que je ne pourrai jamais vérifier. Au fait, elle est bien, sa chérie ?

Elle tira sur sa clope et sourit encore plus largement qu'à son habitude.

— Pas mal ! tout à fait mon genre.

— Petite chipie !

— Ce qui m'embête le plus, c'est de te laisser seul pour le réveillon.

Ce fut à son tour de plaisanter.

— T'inquiètes, je saurai occuper ma soirée, j'irai prendre des photos des oiseaux de nuit dans les rues de Pontarlier, et à minuit, je t'appelle juste avant que tu tentes ta nouvelle expérience amoureuse.

Il sourit intérieurement, sachant son plan parfaitement réussi : Adel réveillonnait chez des copains, Noor chez ses patrons, et lui… avec Adeline.

Et le Nouvel An arriva, et minuit sonna, Antoine appela sa chérie Noor, lui souhaita tout le merveilleux possible pour l'année à venir. Il raccrocha, et comme il s'était quelque peu éloigné de la table où il dînait avec Adeline, il revint vers elle, l'embrassa sur les deux joues et lui souhaita une bonne année, une pleine réussite dans sa vie professionnelle et un contrat de vente définitif de la scierie signé dans les plus brefs délais. À son tour, Adeline lui souhaita une belle année, une bonne santé et beaucoup d'amour.

— D'ailleurs, je vois que tu t'es empressé de vite appeler tes préférences, je t'envie.

— C'était juste ma mère, mentit-il.

Puis, il rebondit sur le dernier mot de sa voisine de table.

— Pourquoi m'envies-tu ? Tu n'as vraiment pas d'amoureux ?

— C'est vrai que je n'ai pas de chéri, mais c'est ma faute, je suis une fille difficile.

Elle montra ses belles dents blanches et tout le charme de son sourire :

— Je suis naïve, je suis une petite fille qui attend toujours le prince charmant. Et toi, tu serais donc amoureux de ta mère ?

— Heu, j'aime beaucoup maman, et... et j'avoue que j'ai une petite copine.

— Pourquoi avouer ? Te sentirais-tu coupable ?

— Devant une fille charmante comme toi, oui, un peu, si je t'avais connue plus tôt, ma préférence serait allée vers toi.

Il passa sa main sur sa bouche.

— Si toutefois tu avais accepté, bien entendu.

— Au fait, tu n'as pas encore souhaité la bonne année à ta chérie ?

— Ça attendra demain, là elle fait la fête avec des amis, nous sommes un couple libre.

Adeline ne répondit rien, elle se demandait si sa place était bien là, à cette table avec ce bel homme qu'elle connaissait à peine, un homme qui venait de lui avouer qu'il avait une chérie, qui l'avait pourtant invitée, elle, pour une soirée somme toute magique. Elle leva les yeux vers Antoine.

— Je crois qu'Arsène est amoureux de moi. Il est charmant, tu ne trouves pas ?

— Charmant, oui. Mais ce n'est pas ce prince charmant là que tu attends, n'est-ce pas ?

— Et toi, es-tu sûr de ne pas être un crapaud ?

Elle détourna son regard, comme pour chercher l'amant de ses rêves, et elle ajouta :

— Serais-tu jaloux, Antoine ?

— Jaloux d'Arsène ! Non, je le connais, je connais ses défauts.

— Et toi, tu n'aurais donc point de défauts ?

Il s'essuya la bouche avec sa serviette, servit du champagne dans le verre de sa compagne de table, emplit le sien à son tour.

— Si, comme tout le monde, mais Arsène, lui, a le sale défaut de ne pas garder ses copines.

— Et toi, si ?

Antoine comprit qu'Adeline le conduisait dans une impasse. Comme le pianiste et le chanteur séduisaient l'assemblée avec un tango langoureux, il évita la réponse en l'invitant à un pas de danse entre les tables.

Alors qu'il guidait Adeline sur la piste improvisée, il sentit la chaleur de son corps se rapprocher du sien. Sa main posée sur ses reins se voulait respectueuse, mais le contact réveillait quelque chose de primal en lui.

— Tu danses bien, murmura-t-elle, levant ses yeux clairs vers les siens.

— C'est toi qui rends cette danse agréable, répondit-il d'une voix basse.

Elle laissa échapper un rire léger, presque nerveux.

— Tu es dangereux, Antoine.

— Pourquoi ?

— Parce que tu sais comment faire sentir à une femme qu'elle est la seule à exister dans une pièce pleine de monde.

Tous deux revenus à table, Adeline soupira de bien-être. Elle joua distraitement avec sa coupe de champagne, son regard perdu dans les lumières tamisées du restaurant. Elle se surprit à observer Antoine, ses mains fermes posées sur la table, son regard qui la transperçait. Pourquoi l'avait-il invitée ce soir ? se demanda-t-elle. Était-ce une distraction ? Ou voyait-il en elle plus qu'un visage charmant ? Un espoir fugace s'insinua dans son esprit, mais elle le repoussa aussitôt.

Ils quittèrent le restaurant sous un ciel sombre, se promettant de bien vite se revoir.

Comme ils avaient passé la nuit dans un restaurant illégal puisque la loi interdisait l'ouverture de ceux-ci, il y avait eu là un certain piment à braver l'interdit en cette nuit particulière.

Les premières journées de janvier effaçaient le Noël blanc et le réveillon glacé, la douceur du temps balayait la neige et nettoyait le verglas. Entre « bonne année » chez plein d'amis, les dimanches avec l'appareil photo en main à courir les canards sur les étangs de Frasne, à se dandiner dans les allées du Crédit Agricole sans appareil photo, mais serviette de cuir pour faire croire au dur labeur financier, Antoine n'en finissait pas de rêver à cette beauté d'Adeline. « Mais qu'est-ce qui m'arrive ? »

Antoine l'amoureux ne comprenait plus son cœur, ce drôle d'organe lui jouait des tours. Dans ses nuits de janvier dans les bras de Noor, il voyait le visage d'une déesse et le long corps gracieux d'une nymphe. Il appréciait cet esprit qui voguait dans les couloirs de la banque, mais il désirait le corps couché là, près de lui, dans son lit. Noor l'amoureuse ronronnait à ses côtés. Il l'aimait, il l'aimait tellement qu'il la réveilla au beau milieu de la nuit. Cette fille méritait mieux que ses doutes et ses errances. Il devait lui montrer combien il tenait à elle :

— Oh, oh, chérie… oh, oh !

Noor se tourna vers lui dans le noir, ronchonna amoureusement.

— Pourquoi me réveiller ? Tu m'as sortie d'un rêve érotique.

— C'était quoi ?

— Je faisais l'amour avec Quentin et sa copine.

Antoine se redressa, pressa sur l'interrupteur de l'applique de nuit.

— Eh bien, faudra t'habituer à faire l'amour avec moi et moi seul, parce que je vais te montrer mon amour infini. Eh oui… pour la prochaine Saint-Valentin, je t'emmène dans un riche restaurant, malgré la Covid et ce confinement. C'est déjà réservé.

— Mais tout est fermé, ce n'est pas possible !

— Ce sera ton cadeau de Saint-Valentin et comme tous les cadeaux, c'est une surprise, je ne dirai rien de plus.

Alors qu'il la regardait, une question étrange lui traversa l'esprit : pourquoi avait-il pensé à Adeline en réservant ce dîner pour Noor ?

La semaine qui précéda la Saint-Valentin, Noor s'excusa auprès d'Antoine pour lui demander une faveur.

143

— Demain, je vais à Dijon, peux-tu m'accompagner à la gare de Frasne ?

— Veux-tu que je t'emmène en voiture jusqu'à Dijon ?

Debout devant le bureau de son futur patron, elle évita de croiser son regard :

— Il faudrait juste m'emmener à la gare de Frasne demain matin, j'irai seule à Dijon en TGV.

Antoine se leva de derrière son bureau et s'approcha de sa chérie, glissa une main sous le chemisier, l'embrassa sur la joue.

— Pourquoi veux-tu aller seule ? Ça m'étonne de toi ?

— J'ai besoin d'aller seule… pis c'est tout.

Antoine lui trouva soudainement une mine fâchée. Mais Noor se ravisa avec un large sourire :

— C'est parce que… c'est une surprise.

Mais Antoine ne se trompa pas de sourire, celui-ci sonnait faux.

— Et que vas-tu faire là-bas ?

— Je te dis que c'est une surprise… et pis, j'ai pas le droit d'aller faire du lèche-vitrine de temps en temps ?

— Mais pourquoi ce mystère, Noor ? Si c'est pour du lèche-vitrine, pourquoi ne pas m'en parler plus franchement ?

Il remarqua le rouge qui montait aux joues de sa compagne, mais il voulait éviter toute querelle, ne sachant d'ailleurs que penser.

Et le lendemain, vers huit heures, il déposa Noor à la gare de Frasne. Deux heures plus tard, la jeune magrébine traversait la place d'Arcy à Dijon, sous le frais soleil de ce début février. Elle sonna à la porte de maître

Languais et fut introduite dans son bureau quelques minutes plus tard.

Assise en face de son avocat, Noor serra le bord de sa jupe entre ses doigts. Chaque mot de cet homme respectable résonnait comme un coup de marteau. « Plus d'éléments tangibles. » Comment en trouver ? Retourner à El Afak ? L'idée même la faisait frissonner.

— Faites vite, maître, murmura-t-elle en baissant les yeux. Je ne veux plus jamais qu'il pense pouvoir me contrôler.

Lorsqu'elle sortit du bureau, le froid de février mordait sa peau à travers son manteau. Elle enfonça son bonnet, jetant des regards furtifs autour d'elle, comme si elle craignait que quelqu'un l'ait suivie. « Personne ne doit savoir. Pas encore. »

Le 14 février au matin, de bonne heure, ce fut la surprise que lui avait promise son chéri. Noor monta dans la voiture du dimanche, la fameuse Mégane RS, direction l'autoroute A39.

— Où est-ce que tu m'emmènes, mon amour ?
— Surprise !
À hauteur de Nîmes :
— Où est-ce qu'on va ?
— Surprise !
À hauteur de Perpignan :
— Je commence à comprendre pourquoi tu m'as demandé de préparer ma valise. On dirait que nous partons en vacances.
— Nous ne partons pas en vacances, nous partons célébrer la Saint-Valentin.

Vers 18 h, après quelques haltes sur l'autoroute, la Mégane RS entra dans la ville de Gérone en Espagne, s'aventura jusqu'au centre-ville, entra dans un parking couvert d'un des plus célèbres restaurants de la ville.

Menu especial afrodisiaco de San Valentin.
— Ça veut dire quoi ? demanda Noor, assise à table alors qu'elle dépliait le large menu avec cette seule inscription de couleur rouge sur fond blanc. Il n'y a même pas de menus inscrits, pas de prix ?

— C'est un cadeau, tu ne voudrais tout de même pas que tu connaisses le prix ? Et puis, le menu fait aussi partie de la surprise, tu apprécieras les plats au fur et à mesure qu'ils te seront servis. Tout ce que tu dois savoir est dans le titre. Traduction française, pour le cas où tu n'aurais pas saisi : « menu de Saint-Valentin, spécial aphrodisiaque. »

— Et pourquoi venir jusqu'en Espagne ?

— Tu n'apprécies donc pas notre petite escapade ?

— Oh si, bien sûr, chéri ! Mais je n'ai pu prendre que ma journée, tu sais bien que je travaille demain.

Antoine lui sourit et prit sa main posée sur la table.

— Les restaurants restent fermés en France à cause de la Covid, et je voulais te faire plaisir par ce dépaysement. J'ai tout arrangé avec ton patron, tu as encore trois jours de repos devant toi.

La magrébine exubérante ne put se retenir plus longtemps. Elle se leva, fit le tour de la table, se pencha vers Antoine, l'enlaça, l'embrassa dans le cou un long instant.

— Tu es le plus admirable des hommes. Je t'adore, merci… merci mille fois.

— Je voulais que cette soirée soit spéciale parce que tu mérites le meilleur, Noor. Je sais que parfois je doute, mais ce soir, je veux juste te montrer combien je tiens à toi.

Comme le restaurant était plein à craquer, elle s'approcha de son oreille et murmura des paroles qui demandaient un peu de pudeur dans ce bel établissement où les gens de haut rang se côtoyaient, engoncés dans des toilettes des plus somptueuses :

— Crois-tu que nous avions besoin d'un menu aphrodisiaque ? Nous sommes déjà déchaînés en temps normal. Si ça continue, entre moules au cacao et céleri au ginseng, on sera à poil sur la table au milieu de tout ce beau monde !

Avec Noor, tout était simple, spontané. Avec Adeline, c'était une autre histoire : elle semblait aussi distante qu'envoûtante, comme un mystère qu'il ne pouvait s'empêcher de vouloir résoudre.

Sorti de son songe, il répondit d'un ton enjoué :

— Je t'ai réservé la plus jolie suite du plus bel hôtel de la ville, on aura le temps de s'envoyer en l'air pendant les trois jours à venir.

Aidés par les cuisses de grenouilles façon thaï, les testicules de taureau au safran, le moelleux au chocolat catalan et piment d'Espelette, la nuit d'amour fut à la hauteur du menu : des cuisses entremêlées, des testicules en feu, suivis d'une dernière douceur coquine au fond des draps.

Les deux journées suivantes furent tout aussi délicieuses, un petit tour sur la Costa Brava, retour à l'hôtel, nuit d'amour tout aussi mouvementée, pourtant sans épices exotiques, dernier jour à visiter Barcelone, dernière nuit d'amour au sommet de l'art espagnol, castagnettes et flamenco… Olé !

Tout baignait donc dans le meilleur des printemps entre Noor et Antoine. Ce n'était pas vraiment le printemps des poètes, mais tout de même un printemps à la Verlaine et à la Baudelaire, un peu de luxure, beaucoup de volupté.

Les amoureux, enchantés de leurs trois jours de folie, chantèrent dans la Mégane RS tout au long de l'autoroute du retour, ou presque, surtout des chansons genre Espagnol « *dès que j'arrive chez ma maitresse, ma maitresse la divine Conchita… tout de suite je lui retire les tresses, des belles tresses qui descendent jusqu'en bas. Elle habite chez ses patrons dans la rue des Sablons, et dès qui z'ont l'pif dehors elle pose l'apirator, alors c'est la corrida… ha, ha, ha, ha !* » Bien sûr, Noor ne connaissait pas les paroles, mais au fil des kilomètres, elle chantait à la perfection l'ensemble de la mélodie. Quant à Antoine, il donnait la mesure à sa chérie puisque son père, amoureux des chansons de Pierre Perret, lui avait appris les paroles de cette ritournelle entrainante.

Alors que Noor fredonnait avec enthousiasme la mélodie de Pierre Perret, Antoine se surprit à la regarder plus attentivement. Ce sourire éclatant, cette vivacité… Elle ressemblait à une version plus jeune de Jalila. La pensée s'immisça sournoisement dans son esprit. « Et si… ? » Il secoua la tête, tentant de chasser l'idée. « Ce n'est rien. Rien d'autre qu'une coïncidence. » Mais quelque part, une part de lui n'arrivait pas à se convaincre.

Ils roulaient toujours sur l'autoroute, et Antoine ne pouvait s'empêcher de comparer Noor à Adeline. Noor était un feu d'artifice, imprévisible, éclatante, brûlante.

Adeline, elle, était une énigme. Elle ne se dévoilait jamais complètement, et c'était peut-être cela qui l'obsédait. Avec Noor, tout était direct, spontané. Avec Adeline, chaque sourire semblait dissimuler un secret qu'il mourait d'envie de percer. Pourquoi pensait-il à elle alors qu'il avait à ses côtés cette tornade de vie et de sensualité ?

Antoine en avait-il donc oublié Adeline ? Que nenni ! Il continuait de côtoyer les couloirs du Crédit Agricole de Pontarlier. Parfois il croisait la belle aux longs cheveux châtains, aux grands yeux bleus, parfois non. Alors il ressortait des bureaux en bougonnant ou en chantant, parfois au bras d'Adeline. Alors, ces fins de journées-là, ils finissaient dans une pizzéria du centre-ville, puisque les terrasses des restaurants rouvrirent vers la mi-mai. Un soir où Noor s'ennuyait dans le canapé de la maison d'Antoine à Houtaud, son chéri prétexta une réunion extraordinaire du monde forestier qui finirait fort tard.

En effet, la réunion entre Adeline et Antoine s'acheva fort tard chez des amis à elle à Levier.

C'était donc un drôle de printemps pour Antoine. Noor à la maison, douce et enivrante, et Adeline dans les couloirs de la banque ou dans les restaurants avec lui, distante et fascinante. C'était comme comparer un verre de vin corsé à un cocktail effervescent. Pourquoi ne pas goûter aux deux ? Après tout, le printemps n'a qu'une saison pour fleurir.

Le lendemain, Noor ne demanda même pas d'explication malgré l'heure du retour d'Antoine plus que tardive. En fait, elle se levait déjà lorsque Antoine rentra à huit heures du matin. Il voulut s'expliquer alors qu'elle ne posait aucune question, juste son sourire habituel et un long baiser sur les lèvres. Antoine se frottait les yeux en se vautrant dans le canapé.

— Je suis fatigué, chérie, la réunion dura super tard, puis on décida de finir avec une raclette chez un collègue dans son sous-sol à Levier. Après, on a trainé, on a bien déconné. Je voulais t'envoyer un texto, mais je me suis endormi sur la banquette, puis je me suis dit qu'il fallait vite rentrer, que tu allais me faire la gueule.

— Elle s'assit auprès de lui, cala sa tête sur son épaule.

— Je t'aime et tu es libre. C'est vrai que j'aurais apprécié un petit texto, mais bon, les hommes, quand c'est parti en pleine fête et en pleins délires, ils ne se contrôlent plus.

Elle afficha son plus beau sourire.

— C'est comme en amour, ils ne savent plus se maîtriser !

« Ça, c'est un comble ! songeait Antoine. Non seulement elle se fiche de mon escapade, mais en plus, elle ironise. N'est-ce pas elle qui souvent ne se contrôle plus ? »

Il partit se coucher, elle nettoya la maison de fond en comble. Étonnant pour un dimanche, aller à la messe aurait été plus cool ! ironisait-il à son tour en se glissant sous la couette. Noor ne posait jamais de questions gênantes. C'était presque troublant. Antoine se demandait parfois si elle croyait vraiment à ses excuses ou si elle était juste trop gentille pour les contester.

Il s'endormit très vite, mais un peu trop d'alcool dans son cerveau le réveilla deux heures plus tard. Il se tourna et se retourna dans son lit alors que l'aspirateur de la bonne ronronnait au sous-sol. Il ruminait sa longue soirée chez des amis, une réunion interdite par la Covid, mais qui plut à tout le monde. C'est bien connu que l'interdit est un frisson agréable. Il se dit alors qu'il n'avait bredouillé qu'une moitié de mensonge à Noor. Ce n'était pas une réunion de travail, mais une véritable virée entre potes où Adeline s'était laissée entrainer. Faire l'amour avec elle cette nuit-là avait titillé le beau mâle, mais il n'en fit rien. Il avait deviné le désir de la belle Adeline, mais serait-elle d'accord au final ? Pas sûr, c'était une fille prude et somme toute réservée, il n'osa même pas un baiser, une caresse. Et puis, il y avait sa chérie, cette envoutante Noor, pourquoi la tromper ? Une fille adorable, jolie, et par-dessus tout super bonne baiseuse, tout à la fois tendre et pétillante, la femme presque parfaite. Incomparable au lit, elle paraissait remarquable dans son boulot, une vraie fée du logis avec l'aspirateur accroché à son bras. Et enfin, son intelligence et son dynamisme se reflétaient dans son nouvel emploi de secrétaire au bureau à EFJ.

Lui au lit, elle au boulot, il trouva alors plus raisonnable de se lever et il prépara à manger. Ils déjeunèrent vers midi avec Adel. L'ambiance semblait gaie jusqu'au moment où le fils, qui découpait son steak dans son assiette, se décida à mettre les pieds dans le plat :

— Quand je pense qu'on n'a pas le droit de se réunir entre potes avec ce couvre-feu et que plein de gens font n'importe quoi. Tiens, pas plus tard que cette nuit, j'ai appris qu'il y avait une grosse fiesta à Levier dans un sous-sol chez un pote à moi. Et il n'y avait pas que des gamins comme moi, il y avait des mecs et des meufs de plus de trente balais. Même qu'il y avait Adeline du Crédit Agricole.

— Qui est-ce, cette Adeline ? demanda Noor en relevant la tête de son assiette.

— Je viens de le dire. Elle travaille au Crédit Agricole.

— Comment la connais-tu ? rougit Antoine qui s'essuyait la bouche avec sa serviette.

— Je la connais, c'est tout. Pourquoi ? J'ai pas le droit de connaitre des filles plus âgées que moi ?

Antoine sentit son estomac se nouer. Il avait envie d'interrompre son fils, mais cela aurait été trop évident. Il se contenta d'un sourire crispé et d'un regard perçant en direction d'Adel, priant pour qu'il arrête de parler.

Noor se tourna vers son chéri, toujours son sourire légendaire sur les lèvres.

— Cette Adeline était donc à la soirée avec toi ?

— Oh putain, la gaffe ! s'exclama Adel.

— Pourquoi, la gaffe ? interrogea son père.

— Je ne savais pas que tu étais aussi à cette soirée.

— T'inquiètes, j'ai tout dit à Noor.

De son visage souriant, Noor fixa Antoine dans les yeux.

— Pas tout à fait, chéri, tu n'as pas osé m'avouer qu'il y avait de jolies femmes à ta fête, et surtout des femmes que tu connais bien puisque tu passes beaucoup de temps à la banque depuis quelques semaines, n'est-ce pas ? Et puis arrête de rougir, tu troublerais presque ton fils.

Elle rit doucement, mais ses yeux semblaient chercher une réponse.

— Comment sais-tu si elle est jolie puisque tu ne la connais pas ?

— Je viens de comprendre qui était cette Adeline, genre super canon, puisque je l'ai rencontrée la semaine dernière au bureau. Elle est venue discuter au sujet de la vente de grumes pour le repreneur de la scierie. Au fait, pourquoi est-ce qu'elle s'occupe encore des affaires de cette scierie de La Rivière-Drugeon puisque ce n'est plus à elle ?

Son sourire était désarmant. Trop désarmant peut-être. Antoine avait toujours cru Noor incapable de duplicité, mais ce matin-là, un doute furtif lui traversa l'esprit. Était-elle aussi naïve qu'elle en avait l'air, ou jouait-elle un jeu dont il ignorait encore les règles ?

— Je n'en sais rien, moi, fallait lui demander, ronchonna Antoine qui avait très mal dormi.

En raison de la gentillesse de Noor, ou l'amour inconditionnel pour son chéri, on en resta là. Mais mal à l'aise après la maladresse de son fils, à table ce dimanche midi, Antoine voulut remettre l'affaire sur le tapis le soir au lit.

— Chut ! lui dit Noor, tu vas dire des mensonges, alors qu'il venait de faire l'amour justement sur le tapis au pied du lit.

Tout avait commencé sur la couette, mais de galipettes en roulades, les jambes ne savaient plus si elles frôlaient le plafond ou plongeaient dans les abîmes du parquet. Enlacés tous deux sur la descente de lit en faux chinchilla, Antoine en remit une couche :

— J'avoue qu'Adeline est très jolie, elle me plait, mais tu es tellement… tellement tout, que pour rien au monde, je voudrais me séparer de toi.

— Ce que tu viens de dire ne veut pas dire que tu ne me tromperais pas.

— Tu es une fille trop bien pour que je te trahisse. Si j'ai envie d'une autre fille, je suis capable de canaliser mes désirs. Quoique… ajouta-t-il en souriant et en déposant un baiser sur les lèvres de Noor. En fait, je te demanderais l'autorisation.

Noor resta silencieuse un instant, ses doigts effleurant doucement la joue d'Antoine. Était-il honnête ou juste maladroit ? Peut-être les deux. Elle sourit, mais une petite ombre dansait au fond de ses pensées.

Antoine l'observa un instant, son visage illuminé par son sourire éclatant. Parfois, il se demandait ce qu'il ferait si elle venait à le quitter. Mais ce genre de pensées n'avait pas sa place ici, pas maintenant, avec son corps pressé contre le sien.

Ils roulèrent sur le côté, si bien que le tapis lui-même ne servait plus à grand-chose sinon à dépoussiérer sous le lit.

— Je te trouve bien honnête, tout à coup. Es-tu sûr que tu m'avouerais une aventure avec Adeline ?

— Bien sûr ! L'amour libre, ça existe.

— Je serais presque OK si c'est pour que tu t'envoies une fille plus jolie, plus gentille, plus dévouée que moi. Le problème, c'est que ça n'existe pas, ah, ah ! Pas même Adeline, c'est vrai qu'elle est canon, mais elle a certainement des défauts.

— T'as pas les chevilles qui enflent, par hasard.

Elle empoigna son sexe.

— Et ça, tu crois que ça va enfler ?

Il fallut recommencer. Ils se perdirent alors dans l'intensité de leurs corps, mais chaque baiser semblait ajouter une couche de confusion à leurs esprits.

Alors qu'il serrait Noor contre lui, l'esprit d'Antoine vagabondait ailleurs, irrésistiblement attiré par l'image d'Adeline. Ces grands yeux bleus qui semblaient le voir sans le regarder, ce sourire qui paraissait toujours cacher un secret… Il soupira. Noor, si tendre, si belle, si présente, et pourtant, pourquoi cette distance persistait-elle dans son cœur ? Pourquoi ne pouvait-il pas s'empêcher de vouloir ce qu'il ne pouvait pas avoir ? Était-il simplement incapable d'être heureux avec ce qu'il avait déjà ?

Noor caressa doucement le bras d'Antoine, son sourire toujours planté sur ses lèvres, mais ses yeux trahissaient une lueur plus sombre. « Adeline, hein ? » Elle n'avait pas besoin de poser trop de questions pour comprendre. Les hommes étaient prévisibles, et les belles femmes comme Adeline savaient toujours comment en jouer. Mais Noor n'était pas prête à se laisser éclipser.

— Adeline est peut-être jolie, murmura-t-elle en mordillant l'oreille d'Antoine, mais est-ce qu'elle saurait te rendre aussi heureux que moi ?

Dès la réouverture des restaurants début juin, Antoine invita Adeline à la terrasse d'un hôtel de Malbuisson. Assis tous deux à une table sous un tilleul en fleurs, ils parlaient boulot afin de donner le change. Étaient-ce les petites fleurs de tilleul à l'odeur envoutante qui pendillaient au-dessus de leurs têtes, toujours est-il qu'au moment de la glace framboise, l'amour s'invita dans la conversation.

— Tu es particulièrement charmante dans cette robe couleur de notre glace et...

Il s'interrompit, comprenant que la suite paraissait indécente. Pourtant, il aurait aimé lui avouer que ce qu'il y avait sous cette robe semblait tout aussi appétissant que ce délicieux dessert qu'ils avalaient, chacun à leur façon, avec les gestes les plus sensuels. Mais la métaphore était risquée, il aurait bien le temps pour d'autres belles réparties lorsqu'ils connaitraient toutes les courbes de leurs corps nus, se disait-il, surtout une fille prude comme Adeline. Certes, elle n'avait pas toujours sa langue dans sa poche, certes, elle semblait amoureuse, mais il ne fallait pas la brusquer.

Toutefois, ils louèrent une chambre pour l'après-midi. La déesse avait accepté l'invitation plus facilement qu'Antoine ne l'aurait espéré.

Alors qu'ils montaient les escaliers vers la chambre, il sentit une boule se former dans son estomac. Noor. Son sourire, sa douceur, son rire. Une voix intérieure lui soufflait qu'il pouvait encore faire marche arrière, mais l'autre voix, celle du désir brûlant, étouffa bien vite toute sagesse.

Ils s'allongèrent avec lenteur sur le grand lit à la couette d'une blancheur immaculée. Antoine la regarda, cherchant dans ses yeux quelle était cette fille si énigmatique. Elle souriait doucement, mais son regard semblait ailleurs, comme si elle gardait en elle un secret qu'il ne pourrait jamais percer. Était-ce cela qui le fascinait tant chez elle ? Cette incapacité à la saisir entièrement, cette impression qu'elle était à la fois avec lui et à des kilomètres de distance.

Adeline ferma les yeux lorsqu'il l'embrassa. Était-ce ce qu'elle avait vraiment voulu ? Depuis des semaines, elle s'était imaginée dans ses bras, mais maintenant que le moment était là, un petit doute, un minuscule doute, effleurait son esprit.

Leurs langues s'entrelacèrent, chaque mouvement paraissant s'inscrire dans une danse parfaite. Adeline pouvait sentir le souffle d'Antoine contre sa peau, chaud, irrésistible. À cet instant, tout le reste du monde n'existait plus, seulement ses caresses et le goût de leurs désirs mêlés.

Pour Antoine, tout comme pour Adeline, le plaisir des langues restait le sommet de la volupté. Les caresses, la copulation, tout semblait secondaire. Les deux amoureux voulaient arrêter le temps, là, dans les langues, les salives, les bouches, ils savaient que ces délices si près des yeux, si près de l'écoute et des odeurs, si près de l'esprit, correspondaient à l'amour parfait, plus encore que cette jouissance animale venue du fonds des entrailles.

Pourquoi a-t-il donc fallu que leurs sexes se rejoignent aussi ? L'instinct, eh oui, toujours l'instinct, cette part mal comprise de tout un chacun. Pourquoi, au fil des caresses, ne purent-ils se contrôler ? Tout cela pour un bref instant de jouissance ? Cette union charnelle dépassait-t-elle les esprits ?

Après l'euphorie, la détente. Antoine caressait machinalement les cheveux d'Adeline, mais son esprit vagabondait. Noor. Son sourire, sa douceur, son amour inconditionnel. Pourquoi n'était-ce pas suffisant ? Pourquoi ce besoin irrépressible de briser ce qu'il avait de plus précieux ? Et Adeline… Était-ce son mystère qui le fascinait, ou la promesse d'un amour différent, plus adulte, plus complexe ? Il se sentait à la fois maître de ses choix et prisonnier de ses désirs.

17 h. Antoine devait rejoindre son adjoint Arsène pour 18 h sur un chantier non loin de là. Encore un quart d'heure à savourer le bonheur de la présence d'Adeline à ses côtés dans les draps froissés. Qui l'eût cru ? Certainement pas lui. Le dos contre le bois de lit, il caressait la chevelure châtaigne de sa compagne du jour, la tête sur sa poitrine.

— J'ai trahi Noor, ce n'est pas bien.

Elle souleva sa tête.

— Tu regrettes ?

— C'est compliqué. Noor est une fille parfaite, je n'aurais pas dû la tromper, d'autant que je le lui ai promis.

Adeline titillait le coq de bruyère, tatouage précieux de son amour.

— Que vas-tu décider ?

Les yeux dans le vague, il hésita quelques secondes, puis :

— Je vais lui dire.

Adeline se releva brusquement à la hauteur d'Antoine, ses jambes repliées sur le drap blanc.

— Tu n'y penses pas ! De quoi aurai-je l'air ? Et puis tu vas perdre ta chérie, pourtant tu dis que tu l'adores. Et d'abord, pourquoi avoir couché avec moi si tu l'aimes tant ?

Il prit son temps pour répondre.

— Parce que je vous aime toutes les deux, et plus encore depuis que nous venons de faire l'amour. Je t'aime, Adeline, comprends-tu cela ?

— Moi aussi, je t'aime, alors il te faudra faire un choix, mais sache que je ne veux pas voler l'amour de Noor. Je crois tout comme toi que c'est une fille bien.

Antoine fixait le plafond, les mots d'Adeline tournoyant dans son esprit. Pourquoi avait-il fait ça ? Pourquoi cet élan irrésistible pour Adeline alors qu'il aimait Noor de tout son être ? Était-il incapable d'aimer une seule femme à la fois ? Et si cet amour partagé n'était qu'un leurre, une excuse pour ses faiblesses ?

— Pourquoi faut-il que l'amour dans les relations humaines soit toujours aussi compliqué ? dit-il.

Adeline se leva brusquement, une larme perlant au coin de ses yeux.

— Et si je ne veux pas partager ton amour, Antoine ? Est-ce que tu te rends compte de notre situation ?

Ils s'embrassèrent dans la tendresse, mais le rendez-vous professionnel devenait urgent. Antoine s'habilla en silence, évitant le regard d'Adeline. La culpabilité pesait lourd sur ses épaules, comme un manteau qu'il ne pouvait retirer. Noor méritait mieux que ça. Mais alors pourquoi, pourquoi avait-il cédé ? Était-ce l'odeur du tilleul, le sourire d'Adeline, ou simplement sa propre faiblesse ? Chaque réponse semblait pire que la précédente.

Dans l'immense friche broyée récemment par le gros engin forestier d'EFJ, Arsène patientait sous l'un des rares sapins laissés debout dans cette grande clairière. Macron frétilla de la queue lorsqu'il vit son maitre et courut à sa rencontre.

Le patron avança d'un bon pas vers son adjoint. Inutile de se saluer. L'ambiance entre les deux compères n'était plus au beau fixe.

— On dirait que tu as bien profité de ton après-midi, patron. La vie est belle quand on peut jongler entre boulot et plaisir, non ?

— Alors, tu as pu définir le nombre de plants de Douglas qu'il nous faut commander à la pépinière ?

— Oui. Je dirais sept-mille. Par contre, je ne suis pas sûr s'il faut en planter tout au bout de la parcelle, car il y a pas mal d'acacias qui poussent.

— Le propriétaire ne veut que du Douglas, il faudra nettoyer aussi ce bout de parcelle, puis tu rectifieras le nombre en fonction de cette surface supplémentaire.

— J'ai compté sept-mille pour l'ensemble du terrain.

— Parfait.

— Pendant que nous ne sommes que tous les deux au milieu de nulle part et que ça ne regarde pas les collègues, ça y est, c'est décidé, je quitte l'entreprise début septembre. Je suis embauché comme directeur à la scierie de La Rivière-Drugeon.

— Tu me l'avais déjà laissé comprendre. Noor est une excellente secrétaire, je vais bientôt la former à la comptabilité, elle remplacera une partie de ton travail. Quant à mon nouvel adjoint, je vais encore réfléchir.

Sous le chaud soleil de cette fin d'après-midi, Arsène sortit deux bières de la glacière posée au pied du gros sapin.

— J'espère bien débaucher Adeline du Crédit Agricole, ce sera mon bras droit. Nous en avons déjà parlé. Adeline est une perle, tu ne trouves pas ? Un vrai bijou.

160

Antoine accusa le coup. Adeline ne lui avait rien dit. À quel jeu jouait donc cette cachotière ?

Arsène but une gorgée d'Heineken.

— Nous avons rendez-vous pour finaliser le projet samedi soir au resto. Ensuite, on sort au pub à Pontarlier.

Antoine sentit un frisson lui parcourir l'échine. L'idée qu'Adeline, celle qui avait partagé ses draps quelques heures plus tôt, puisse travailler main dans la main avec Arsène lui donnait la nausée. À quel jeu jouait-elle vraiment ?

Arsène donna un petit coup de coude faussement amical sur le côté du ventre de son patron tout en lui jetant un clin d'œil ironique :

— Et je pense que l'on pourra bientôt finaliser un autre contrat, Adeline est tellement amoureuse de moi !

Antoine serra les poings dans ses poches. Si Arsène pensait pouvoir lui voler Adeline, il allait rapidement comprendre qu'Antoine Jacquet n'était pas un homme à qui on arrachait ce qu'il aimait. Mais Adeline avait toujours ce sourire mystérieux, ce regard qui semblait cacher mille secrets. Était-elle sincère avec lui, ou jouait-elle à un double jeu avec Arsène ? Il devait en avoir le cœur net.

13

Fou de rage, Antoine avait refusé l'apéritif de ce vendredi soir, mais il s'était vengé en avalant une bouteille quasi entière de macvin et s'était roulé dans la luxure avec Noor toute la nuit dans sa maison d'Houtaud. Tant pis si Adel écoutait à la porte de chambre. Dans les brumes de l'alcool et sur le dos, dans l'attente de la gourmandise à venir, il rumina son lendemain soir. Oui, il sera, lui aussi, au pub de Pontarlier, il emmènera Noor, un peu d'indiscrétion sera peut-être utile, songea-t-il alors qu'il laissait sa chérie s'adonner à la luxure, la tête sous les draps.

Tandis que Noor s'appliquait à lui offrir une nuit inoubliable, l'esprit d'Antoine vagabondait. Il imaginait Arsène et Adeline, leurs rires complices, la main d'Arsène qui effleurait ses cheveux. Une rage sourde s'insinua en lui. Si Adeline croyait qu'il resterait indifférent, elle se trompait lourdement.

— C'était bon ? demanda Noor après avoir satisfait le mâle paumé.

— C'est toujours bon quand c'est toi. Je crois que tu viens de faire fondre tous mes soucis, comme par magie.

Le lendemain soir, fidèle à sa promesse, il emmena Noor pour une soirée au Pub à la sortie de Pontarlier, après avoir dîné en terrasse d'une pizzéria dans le village de

Doubs. Antoine remarqua aussitôt Arsène qui était installé sur une banquette cuir dans le coin le plus sombre, accompagné d'Adeline.

Il ne pouvait s'empêcher de la regarder, avec cette robe citron qui mettait en valeur ses jambes élancées. Mais la main d'Arsène sur son épaule, ce geste qu'il trouva incorrect, déclencha en lui une onde de rage qu'il peina à contenir. Une troisième personne côtoyait Adeline, si bien que la belle et grande fille se trouvait coincée entre les deux hommes, tous deux âgés d'une trentaine d'années.

Noor pressa le bras de son chéri de ses jolis doigts basanés.

— Vois-tu qui est là ?

Elle donna un coup de menton en direction de la table d'Adeline. Comme ils étaient installés assez loin d'eux, Noor se releva presque aussitôt.

— Je vais dire bonjour à Arsène et Adeline. Et puis il y a Romain Perez avec eux, le directeur des Scieries Jurassiennes, celui qui vient de racheter la scierie de monsieur Ferret et de sa fille Adeline.

— Comment le connais-tu ?

— Il est venu l'autre jour au bureau avec Adeline, on a papoté.

Elle se décida à rejoindre la table des trois compères. Antoine la retint par la manche.

— Non, chérie, reste là.

— Pourquoi ?

— Parce que je n'ai pas envie de causer avec Arsène, il est en train de me faire un p'tit dans l'dos. Il va certainement quitter la boite.

— Mais c'est un secret de polichinelle, non ?

— Peut-être, mais je lui en veux, alors je souhaite passer une soirée tranquille juste avec toi, et il ne faut pas que ces trois-là nous remarquent. Heureusement qu'il y a un monde pas possible et que le pub est immense, avec un peu de chance, on ne sera pas repérés.

— Et moi qui voulais danser avec toi ?

— On verra.

De si bien jouer à cache-cache, Antoine put repérer les mouvements des voisins lointains. Le derrière d'Arsène frôlait les cuisses de sa voisine, il posait même de temps à autre délicatement sa main sur l'épaule d'Adeline, ses lèvres touchaient régulièrement son oreille, Adeline riait aux éclats, tapait gentiment sur le bras de son voisin, tournait la tête de temps à autre vers Romain Perez, beau gosse aux cheveux sombres. Mais visiblement, Adeline préférait causer avec Arsène. Elle trinquait avec lui, riait. Le geste de trop fut l'instant où Arsène embrassa Adeline dans le cou. Antoine bondit de la banquette, entraina Noor vers le bar.

— Viens, je t'offre un verre de Champagne.

Noor trottait derrière lui, cherchant son chemin au milieu de la foule.

— Oh là ! tu veux me demander en mariage ou quoi ?

Antoine but beaucoup, Noor peu. Alors qu'il commençait à dire n'importe quoi, Noor prétexta un besoin urgent pour se faufiler vers la table d'Adeline.

Antoine observa Noor qui s'éloignait. Inconsciemment, chaque seconde de son absence amplifiait sa tension. Quand elle revint, souriante, il sentit une vague de jalousie irrationnelle l'envahir.

— Où étais-tu passée ?

— Je suis quand même allée voir Adeline, Arsène et Romain.

— Et alors ?

— Ils parlaient boulot. Dis donc, je ne savais pas qu'Adeline allait bientôt quitter son travail pour être l'adjointe d'Arsène à la scierie !

Noor secoua sa main, un geste qui devait confirmer ce qu'elle allait ajouter :

— Et pis, ils ont l'air de drôlement bien s'entendre ces deux-là. À mon avis, la succession de la scierie sera assurée, ils ne vont pas tarder à faire un bébé.

Antoine fracassa son verre sur le bar, prit la main de sa chérie et ils quittèrent le pub sans que Noor eût le temps de poser la moindre question.

Retour à la maison puis au lit.

— Je vois que tu en pinces pour Adeline ou je me trompe ?

— Laisse-moi dormir, Noor.

— Tu n'as pas envie de faire l'amour ? Bonne baiseuse comme je suis, enfin, c'est ce que tu dis, tu oublieras vite la belle banquière.

— J'ai pas envie.

Mais Antoine se redressa dans le lit, embrassa Noor avec tendresse. Cependant, il ne pouvait ignorer la petite voix dans sa tête qui lui murmurait qu'il était en train de la trahir, même sans le vouloir.

— Je t'aime, mais j'ai besoin de dormir, on reparlera de tout cela demain si tu veux.

— Parler de quoi ?

— D'Adeline, tout ça, quoi.

— Mais il n'y a rien n'a dire sur Adeline, on s'aime nous deux, point final, n'est-ce pas ?

Il l'embrassa encore, cette fois-ci, sur les lèvres.

Pourquoi ce « nous deux », lui sembla-t-il soudain si fragile, si incertain ?

— Je t'aime, bonne nuit.

Mais Noor ne passa pas une bonne nuit, elle rumina sur les élans de tendresse débordante de son chéri envers Adeline. Antoine ne dormit pas mieux.

Au petit matin, alors que tous deux récupéraient des inquiétudes de leur nuit, le téléphone d'Antoine chanta une mélodie de Bénabar.

— Allo ! Bonjour Antoine, c'est moi. Je viens spécialement à Houtaud pour parler avec toi. Dès la semaine prochaine, ça te va ?

— Heu… je sais pas… je…

— Le temps de m'organiser, disons en fin de semaine, vendredi par exemple, en plus, c'est ton anniversaire. Je pense que tu pourras m'héberger. Je t'embrasse.

— Heu… je… oui…

— C'était qui ?

— Rien, rien, rendors-toi, chérie.

Noor se tourna vers son amant et ronchonna dans son dos :

— Si c'est rien, pourquoi tu sembles si tendu ? J'espère que tu ne me caches rien, on a dit que l'on se disait tout, n'est-ce pas ?

— T'inquiètes, rien d'important, des affaires familiales qui ne concernent que moi.

— Ah ! J'ai eu peur que ce soit une maitresse, sourit-elle dans son dos.

— Je n'ai pas de maitresse, la seule qui aurait pu faire l'affaire se tape mon salopard d'adjoint, alors…

Elle se souleva sur ses avant-bras.

— Pourquoi le traites-tu de salopard, parce qu'il t'a piqué Adeline ?

Antoine se donna un faux air de plaisanterie :

— Oui, c'est ça, il m'a piqué ma maitresse Adeline.

Elle lui sourit curieusement. Il se retourna et tapota les fesses de sa chérie.

— Allez, on se lève, c'est moi qui prépare le petit-déj ce matin.

Ils s'embrassèrent amoureusement.

C'était le jour de la Saint-Jean en même temps que le jour de l'anniversaire d'Antoine, alors cela restait toujours une fête pour célébrer cette journée merveilleuse. Cette année, Antoine profita de ces deux réjouissances-là pour organiser deux réceptions, une le midi pour arroser l'anniversaire, l'autre le soir pour le festin autour d'un feu de joie. Pourtant, il susurra autrement à Noor :

— Pour la Saint-Jean, on fêtera mon anniversaire en soirée en même temps que la Saint-Jean. Pour le repas de midi, je déjeune pour résoudre un problème financier familial.

— Bonjour, tu as bien dormi ? Ta chambre d'hôtel était confortable ? Quand tu m'as appelé l'autre matin, je me suis demandé ce que tu voulais encore. J'espère que ce n'est pas pour une nouvelle demande d'argent.

— J'ai très bien dormi dans ce bel hôtel, mon chéri. Merci de tant de sollicitations. Mais pourquoi ne pas m'avoir reçu chez toi ?

— Parce que nos affaires familiales ne concernent pas ma petite amie.

— Pourtant, dans un couple, il faut tout partager.

— Je sais, mais Noor est encore jeune, je ne veux pas la perturber avec toutes ces histoires.

Madame Jacquet posa sa tasse qu'elle venait de porter à ses lèvres. Elle dit tout bas, d'un ton moins badin :

— Oui, j'ai besoin d'argent.

Toujours debout en face de sa mère dans le restaurant de l'hôtel, il s'assit en face d'elle, lui beurra ses tartines, il croqua dans un croissant, but un café.

— Je ne m'appelle pas Crésus. Je te l'ai dit maintes et maintes fois, maman. Il faut absolument contrôler tes dépenses. Je sais que je te dois beaucoup, tu m'as laissé tellement d'argent pour développer mon entreprise que je ne l'oublierai jamais. Mais deux-mille euros par mois, avec toutes les charges qui me tombent sur le dos, je ne peux plus assurer. Il faut absolument faire des coupes dans tes achats. D'ailleurs, où part tout cet argent ?

Pas de réponse. Juste un silence pesant. Antoine poursuivit, la mine sévère :

— Je ne te vois pas avec un train de vie superflu. Si c'est une façon à toi de récupérer tous les fonds que tu m'as donnés à l'époque, pour épargner à nouveau, faut me le dire. Ça suffit, maman. Voilà ce que je te propose : je te signe un virement permanent de sept-cent-cinquante euros au quinze du mois, ça doit suffire. Tu touches une bonne retraite plus la réversion de papa, l'ensemble te laisse plus de trois-mille-cinq-cents euros par mois, tu dois pouvoir faire avec, d'autant que tu n'as pas de loyer à payer.

Elle se leva, embrassa son fils.

— Merci, je tâcherai de faire avec.

— Non, il ne suffit pas de tâcher, il le faut. Et sache que mon ex me fait des ennuis. J'ai reçu la semaine dernière une lettre de son avocat français, une injonction pour verser une pension alimentaire de huit-cents euros pour aider à élever Nono. Pire, elle réclame cinquante-mille euros d'arriérés, précisant que cet arriéré ne représente qu'une infime partie de ce que je lui devrais réellement.

Madame Jacquet fronça les sourcils, mal à l'aise :

— Que vas-tu faire ?

— Dans l'immédiat, rien. J'aviserai lorsque les choses se gâteront. Mais quand même, Jalila n'y va pas avec le dos de la cuillère !

Sa mère trempa sa tartine dans son thé. « Quand est-ce que j'oserai tout avouer à mon fils ? » songeait-elle, amère.

— Quand je pense, comme tu l'adorais ! Une fille charmante, disais-tu. Elle t'aimait tellement, elle aussi.

Puis, elle posa son épaule sur le tatouage de son fils en pleurant.

— Elle reviendra un jour, j'en suis certaine.

Il haussa les épaules.

— Arrête de dire n'importe quoi, c'est de l'histoire ancienne. Et puis j'ai Noor, ça me va très bien ainsi.

Elle releva la tête, essaya de lui sourire.

— La semaine prochaine, il faudrait laisser une journée de repos à Noor, je lui ai promis d'aller faire les boutiques à Dijon avec elle, j'espère que tu es d'accord.

169

C'est elle qui me l'a demandé, elle a par ailleurs un rendez-vous.

— Un rendez-vous ? Elle ne m'en a pas parlé.

— Je ne sais rien de plus.

Dans un demi-sourire, elle ajouta :

— C'est peut-être médical, un rendez-vous concernant les filles.

Antoine se frotta la bouche. Puis un long frisson parcourut tout son corps. « Et si elle était enceinte ? Pourtant, elle prend la pilule, j'en suis sûr, et puis, elle me l'aurait dit… quoique… »

Il se donna rapidement un air plus serein :

— OK, maman, ça fera plaisir à Noor de faire les boutiques, quant à toi, fait gaffe à tes dépenses.

14

C'était l'été, la canicule, l'insouciance, le farniente, les vacances à l'entreprise EFJ, et le virus semblait partir en congé lui aussi. Le couple amoureux profitait de la chaise longue sur la terrasse de leur maison à Houtaud. Antoine retira ses lunettes de soleil pour mieux admirer les yeux noirs de la magrébine.

— Tu te souviens Gérone et l'Espagne à la Saint-Valentin, chérie, c'était bien, hein ?

Elle se redressa sur son transat, releva son chapeau de paille.

— Pourquoi ? On repart ?

— Oui, je t'emmène cette fois-ci beaucoup moins loin, à Annecy, ça te va ? Pas de longue route, et c'est une ville magnifique ; en son centre, la vieille ville qu'on appelle la petite Venise. On fera des activités sur le lac, on se baladera en montagne. Tu vas adorer !

— On y va vraiment ?

Elle lui sauta au cou et répéta :

— On y va vraiment ? Quand ?

— Demain.

— Demain ? Déjà ?

— Oui, c'est une surprise. De plus, je ne voulais pas t'occasionner de fausses joies parce que je n'ai pu réserver un hôtel que ce matin, c'est au beau milieu de la vieille

171

ville. Tu sais, au mois d'août, Annecy, c'est blindé, ça n'a pas été facile de dégoter un si beau coin à cette période.

— On y va pour le week-end ?

— Non, pour huit jours.

Noor dansait de joie sur la terrasse, baissait et secouait la tête pour jouer avec ses quatre nattes. Antoine réussit à en choper une qui passait par là. Il retint Noor par ce bout de cheveux :

— Viens donc m'embrasser, petite coquine, au lieu de jouer à la folle, tu ne sais même plus dire merci.

Elle s'assit sur ses genoux avec une telle vivacité qu'ils faillirent chavirer sur le transat :

— Je te donnerai le plus beau merci que tu as jamais connu ce soir sous la couette.

— Tu parles ! plaisanta-t-il, avec cette canicule, y a même pas de couette.

Ils s'embrassèrent sous le regard indifférent d'Adel qui arrivait à l'instant sur la terrasse avec un de ses potes.

Le lendemain matin, les voici sur l'autoroute suisse. Ils traversèrent Genève pour admirer le centre-ville, le lac, le jet d'eau. Encore une portion d'autoroute côté savoyard, et la Mégane RS se faufila dans le centre d'Annecy, franchit le porche de la cour de l'hôtel.

Sitôt installée, Noor s'appuya sur le rebord de la fenêtre de la chambre : une grande pièce rouge et or, la couleur de l'intérieur des châteaux des rois de France. De là, elle contemplait le château-fort des ducs de Savoie face à elle, lequel épousait les formes de l'éperon rocheux d'où il dominait le sud de la ville. La magrébine appréciait ses tours carrées grises, ses petites fenêtres, toute la magie d'une autre époque.

Une main se posa sur son épaule, ce n'était pas Jacques de Savoie-Nemours, mais Antoine Jacquet, et c'était mieux. Elle se retourna et l'embrassa. Il posa son bras sur son épaule et tous deux regardèrent à nouveau par la fenêtre. À leurs pieds, les murs de l'hôtel plongeaient dans le canal de la vieille ville. La brise du matin apportait les effluves du lac et du canal ainsi que les parfums des cuisines des restaurants de l'autre côté de la rive. C'était les odeurs des vacances, des plaisirs farnientes. Antoine embrassa sa chérie derrière la nuque en soulevant délicatement les quatre nattes noir et feu. Ce n'est pas que la chevelure s'était enflammée, non… juste une touche colorée désirée par elle pour son amant.

Enlacés sous le soleil, entre le pont des amours, les hauteurs du Semnoz, la plage des Marquisats, sur le plateau des Glières, ils s'aimèrent passionnément jusqu'au quatrième jour, ils s'aimèrent à la folie jusqu'à ce dîner croisière sur le lac où Adeline se présenta dans l'allée du restaurant, à quelques pas de leur table, charmante dans sa grande robe noire de soirée, adorable avec son minois rose encadré par sa longue chevelure châtaigne, souriante de ses grands yeux bleus.

L'orchestre et le piano jazz paraissaient jouer rien que pour Adeline, et les nappes blanches brodées, l'élégance des serveurs, la vaisselle de porcelaine, les smokings, tout ce décor se courbait devant la grâce de cette déesse. On se serait cru sur la croisette le jour du Festival de Cannes, où Adeline s'avançait sur le tapis rouge et grimpait jusqu'à la table du couple amoureux. Elle tendit sa main à Antoine. Il déposa un baiser sur le bout de ses doigts. C'était plus joli qu'une simple bise dans ce contexte folklorique de début vingtième siècle.

— Quel accueil charmant, Antoine ! s'exclama la belle Adeline.

Puis, elle se tourna vers Noor, lui tendit la main.

— Bonsoir Noor. Vous êtes magnifique, ce costume vous va à ravir, cette cravate de soie sur votre chemisier blanc cassé, vraiment, cela vous réussit à la perfection. On se connait, n'est-ce pas ? Notre petite entrevue l'autre jour dans les bureaux de votre entreprise, c'est ça ?

Antoine qui s'était levé poussa une chaise vers Adeline.

— Tu prendras bien une coupe de champagne avec nous, nous voici en fin de repas. Tu as donc dîné également sur ce bateau ?

— Oui, sourit Adeline, mais en ce qui me concerne, je n'ai pas dîné en aussi bonne compagnie que ton amie Noor.

La jeune Marocaine gardait son sourire légendaire malgré son immense surprise, alors qu'Adeline s'installait à ses côtés. Antoine sentit une sueur froide couler le long de sa nuque. Ce n'était pas seulement la peur de froisser Noor. C'était plus complexe, plus intime. Une partie de lui voulait que Noor comprenne, qu'elle devine l'importance qu'Adeline avait pour lui, mais l'autre partie tremblait à l'idée de la perdre. Il passa une main nerveuse sur ses lèvres, se demandant s'il venait de commettre une erreur irréparable.

— J'ai raté quelque chose ? questionna brusquement Noor.

— Non, ma chérie, répondit Antoine, c'est juste une surprise.

— Comment ça, une surprise ?

Adeline, à qui le serveur versait le champagne, coupa la parole à Antoine qui se préparait à répondre à sa compagne avec une certaine hésitation :

— En fait, Noor, c'est à la fois un hasard et une surprise. Un hasard, parce que je passe trois jours ici à Annecy, et la surprise, c'était ce matin lorsque je vous ai aperçus en train de vous embrasser sur le pont des amours. Je n'ai bien sûr pas voulu vous déranger, mais je me suis permis d'envoyer un SMS à Antoine. Je lui donnais le bonjour depuis l'autre bout de la place. Après avoir ainsi échangé quelques messages, on savait que nous nous retrouverions tous trois par hasard ce soir sur ce bateau pour un dîner à thème, vous deux en amoureux, et moi seule à ma table, comme j'en ai l'habitude puisque je n'ai pas d'amoureux. Je me suis néanmoins permis de venir vous dire bonsoir. Entre gens de la même ville, on ne pouvait pas faire autrement.

Noor se tourna vers son chéri, cette fois-ci sans sourire.

— Et pourquoi ne m'avoir rien dit ? Pourquoi tourner cette rencontre en surprise ?

Une légère couleur rose virant au rouge envahit le visage d'Antoine. Il passa ses doigts sur ses lèvres :

— Je… je n'ai pas osé t'avouer mon échange de SMS avec Adeline, j'avais peur que tu le prennes mal. Pourtant, tout cela est anodin. Je pensais que c'était bien de se retrouver tous trois ce soir, puisque nous connaissons tous les deux Adeline.

Noor se tourna vers Adeline.

— Et comme ça, vous partez seule en vacances ?

— On arrête de se vouvoyer, intervint Antoine, c'est les vacances, on se connait, on se tutoie, OK ?

— Je viens de le dire, je n'ai pas d'amoureux. Mais cela ne m'empêche pas de côtoyer le monde.

Elle posa sa main sur celle de Noor :

— Et puis voyager seule permet de faire des rencontres. N'est-ce pas plus agréable de se faire draguer au bord du lac, sur le pont des amours ou dans les ruelles de la vieille ville plutôt que dans les boites de nuit empestées de fumée, de se laisser accoster par des alcoolos qu'on ne comprend rien de ce qu'ils disent tant la musique est forte et leurs paroles débiles ?

Antoine enchaina :

— Ou sur les réseaux sociaux, ou sur Meetic ou…

— Ou dans les couloirs du Crédit Agricole, intervint sèchement Noor.

Elle fixa Adeline un instant, puis ses yeux cherchèrent une réponse dans ceux de son compagnon. Elle voulait sourire, mais ses lèvres refusaient de bouger. Elle sentit un poids dans sa poitrine, une boule d'émotion qu'elle ne pouvait ni avaler ni cracher. Finalement, elle se leva, ajustant nerveusement sa cravate de soie.

— Je vais aux toilettes, dit-elle, la voix plus sèche qu'elle ne l'aurait voulu.

Adeline avala une gorgée de champagne puis reposa son verre sur la table, alors que Noor s'éloignait.

— On dirait que ta petite amie n'a pas apprécié la surprise. Peut-être n'aurait-il pas fallu ? Au moins, la prévenir avant.

— Je suis un imbécile, je n'ai pas osé lui parler de notre échange de messages, non seulement de ce matin, mais de la semaine dernière pour cette rencontre que nous avons désirée, pourtant je savais que j'allais dans une impasse.

176

Adeline posa sa main sur celle d'Antoine.

— Je vois que tu n'as pas osé mettre ta gourmette.

— J'avoue que ça fait indécent devant ma compagne.

Le visage d'Adeline s'assombrit.

— Ta compagne… ta compagne… quand vas-tu lui dire ?

Antoine baissa la tête sans rien répondre. Le calme du lac, si serein sous la lumière des étoiles, semblait en contradiction totale avec le tumulte qui grondait dans son cœur. Le clapotis de l'eau contre la coque du bateau, les rires lointains des autres convives, tout cela rendait la tension entre eux encore plus palpable, comme une dissonance dans une symphonie parfaite.

Adeline lui souleva le menton, l'obligeant à la regarder dans les yeux.

— Je t'aime, Antoine, je t'aime, je suis folle de toi. Le jour de ton anniversaire, je t'ai plaqué en te laissant mon cadeau, cette gourmette la preuve de mon amour, en jurant de ne plus te revoir parce que tu ne voulais pas prendre de décision, mais je n'ai pas tenu plus de quinze jours, on s'est revus, on a refait l'amour, et aujourd'hui j'ai peur de craquer à nouveau parce que je te vois toujours avec Noor, et j'en crève, tu entends ? J'en crève.

Elle essuya une larme qui roulait sur sa pommette et poursuivit :

— Je suis déraisonnable, mais je n'ai pas envie de faire de mal à Noor, c'est une fille bien. Elle est amoureuse de toi, elle est adorable avec tout le monde. Ah, c'est quoi cette folie ? Comment t'oublier ? J'en suis incapable.

Adeline ne retint plus ses larmes, la tête sur les bras d'Antoine posés sur la table. Ce fut le moment que choisit

Noor pour revenir à table. Antoine ne chercha même pas à écarter la détresse d'Adeline de ses bras.

Noor se pencha vers elle, lui releva la tête de ses deux mains.

— Lorsque l'on a de la peine comme cela, ce n'est pas vers un homme qu'il faut se consoler, il te faut plutôt l'épaule d'une amie.

Joignant le geste à la parole, elle appuya la tête d'Adeline sur son épaule. La belle et grande fille tout en pleurs s'affaissa sur la poitrine de la magrébine.

— Qu'est-ce que tu lui as donc fait ? s'insurgea Noor sur le ton de la plaisanterie en regardant son compagnon.

Antoine répondit par un sourire songeur.

Après quelques instants de silence, Adeline s'écarta légèrement du corps de Noor tout en reniflant.

— Je crois que je vais vous laisser. Je suis en train de gâcher votre dîner de gala, je suis une idiote.

— Non, non, reste.

— Oui, reste, insista Antoine. Il ne faut pas que tu sois seule ce soir, tu déprimes, tu as besoin de compagnie. Tu dis que tu aimes ta tranquillité et ta liberté, mais tu vois, ça a ses limites.

— Antoine a raison. Nous allons bientôt accoster. On ira se balader dans la vieille ville, déguster une glace, boire une bière, allez… c'est les vacances, il faut profiter de la vie, viens avec nous, Adeline, il faut te changer les idées.

Un léger sourire traversa le visage d'Adeline, Antoine luit tendit un paquet de mouchoirs. Elle renifla, se moucha, toussa, renifla encore, rigola, le bateau accosta.

Ils descendirent par la passerelle et s'engagèrent dans les allées du parc. Le vent tiède soulevait à peine les effluves du lac mélangés à ceux des fleurs d'été.

Antoine tenait la main de Noor tandis qu'ils déambulaient maintenant tous trois dans les ruelles pavées de la vieille ville, bordées de façades aux teintes pastel. Sous leurs pieds, l'eau claire des canaux reflétait les ombres des balcons fleuris. Sur le petit pont qui enjambait un canal, Noor prit la main d'Adeline. Antoine observait les deux filles qui marchaient devant lui, main dans la main. Leur complicité soudaine aurait dû le rassurer, mais il sentait une tension sourde, comme un fil fragile prêt à se rompre.

Les trois vacanciers traversèrent ainsi les jardins de l'Europe, franchirent la départementale, contournèrent l'église Saint-Maurice et l'église Saint-François de Sales, passèrent par le pont Perrière, flânèrent jusqu'au glacier des Alpes pour achever leur balade à la brasserie Le Munich.

Puisque Adeline continuait de trembler sur l'épaule de Noor, une main sur sa chope, l'autre derrière la nuque de son amie, puisque Antoine tremblotait sur ses jambes, pourtant bien assis, mélange de stress et de bonheur, puisque Noor décidait de rester particulièrement bonne, alors d'une commune entente, on décida d'emmener la belle jusqu'à l'hôtel du couple ; il fallait bien qu'Adeline admire à son tour le château des ducs de Savoie depuis le deuxième étage.

Dans leur chambre, Antoine s'empara d'une couverture.

— Je dors au pied du lit, vous, les filles, profitez du matelas douillet. Adeline tremble de froid, pourtant, c'est la canicule, et toi Noor, tu es frileuse de nature.

— Quand il fait chaud comme cela, je suis comme au Maroc, je n'ai pas froid. En ce qui concerne Adeline, elle n'a pas froid non plus, elle tremble parce que tu la perturbes, hein qu'c'est vrai, Adeline ?

Adeline sourit sans rien répondre et se glissa sous la couette. Noor la rejoignit aussitôt.

Allongé sur le sol, sa couverture remontée jusqu'au menton, Antoine écoutait les rires étouffés des deux femmes. Il se sentait étrangement hors de leur monde, comme un intrus dans sa propre histoire, mais il appréciait tout de même l'instant présent.

Le weekend savoyard se terminait pour Adeline, les deux amoureux achevèrent leurs vacances sans elle, mais dès son retour en Franche-Comté, Antoine ne put s'empêcher d'arpenter les couloirs du Crédit Agricole de Pontarlier. Il enleva Adeline de derrière son bureau. Ils rejoignirent tous deux l'hôtel sur la place principale de Malbuisson, dînèrent sur la terrasse en amoureux, couchèrent dans un grand lit à l'étage.

Après un début de nuit torride, Antoine, nu, appuya son dos contre le bois de lit, les fesses sur l'oreiller, les jambes calées sur le ventre d'Adeline tout aussi nue. Le visage posé de travers sur la couette, Adeline souriait à son chéri sous la lumière tamisée.

— Noor t'a donc donné une autorisation de nuit ?

— Oui, c'est tout à fait cela. Noor, loin d'être une imbécile, a tout deviné, mais on dirait qu'elle s'en fiche.

Pas plus tard que la nuit dernière, lorsque je lui ai dit que je m'absentais, elle m'a répondu : « Je sais où tu vas, mais je comprends, et cela ne m'empêche pas de t'aimer. » J'ai voulu me défendre, elle m'a interrompu : « Chut ! Tu vas encore dire un gros mensonge. » À quoi joue-t-elle à ton avis ?

Adeline se releva, s'assit sur les jambes de son chéri, l'entoura de ses bras, l'embrassa avec tendresse, le temps de la réflexion dans sa réponse. Les lèvres à deux millimètres de celles d'Antoine, elle murmura :

— Je pense que c'est une fille un peu trop libertine. Elle serait capable d'accepter un ménage à trois, d'autant qu'elle n'a pas froid aux yeux, et même pas froid nulle part. Ses jambes qui frôlaient les miennes dans notre nuit à l'hôtel d'Annecy étaient particulièrement bouillantes, son haleine sur ma nuque un peu trop envahissante.

Le sexe d'Antoine bondit sous ces chaudes paroles. Le mâle embrassa avec avidité les lèvres, la bouche, la langue, les dents, tout ce qui était à sa portée, une excitation incontrôlée le glissa sur le dos, son feu s'étendit sur le corps de la déesse à cheval sur lui, tout s'enflamma puis, après l'incendie, ce fut la douche froide :

— Et moi, je suis tout l'inverse de Noor, loin de moi le côté polisson. Je te veux, rien que pour moi.

Elle se souleva en posant le plat de sa main sur le drap.

— Au fait, où est-elle cette nuit ? Elle t'attend sagement à la maison ?

Il la chatouilla sous le menton.

— Je te vois venir, mon bel amour, tu voudrais bien que Noor me trompe elle aussi, n'est-ce pas ? Eh bien, figure-toi que tu as tout juste. Comme elle a deviné que je

181

ferais l'amour avec toi cette nuit, elle est retournée chez ses anciens patrons pour revoir Quentin.

Adeline se leva du lit, toute excitée. Elle ouvrit la porte du mini-frigo, sortit la bouteille de champagne mise à leur disposition.

— Ça s'arrose !

Antoine s'assit sur le bord du lit, accepta la coupe qu'Adeline s'empressait de remplir.

— Ne te réjouis pas trop vite, Adeline, Noor est libertine, ça, c'est sûr, et c'est justement la raison pour laquelle elle n'est pas prête à me lâcher. Moi non plus, d'ailleurs.

— Comment ça, toi non plus ? Tu serais donc d'accord pour nous garder toutes les deux ? As-tu demandé mon avis ? Tu sais pourtant bien que je ne suis pas d'accord, il va te falloir choisir une bonne fois pour toutes.

Adeline n'avait pas envie d'une dispute, elle passait une trop bonne nuit. Quelque part, les choses allaient dans le bon sens, elle savait que Noor savait, ainsi, plus de mensonges entre eux trois, et il lui semblait qu'elle pourrait mieux manœuvrer pour une rupture entre Antoine et Noor. Il suffirait de rendre jalouse la magrébine, d'accaparer au maximum son chéri, de le choyer, le dorloter, le garder auprès d'elle. Que cette libertine de Noor aille donc voir ailleurs, qu'elle coure ainsi chez des copains de son âge !

Elle se glissa sur la couette, se colla à son chéri, chacun un verre dans les mains. Les dos contre le mur et les jambes allongées sous une lumière bleutée, leurs deux corps s'assoupirent, les verres vides glissèrent, l'un sur le parquet, l'autre sur le ventre du compagnon, un visage souriait, l'autre aussi.

L'automne approchait à grands pas, le soleil estival piétinait. Adeline sortit de la banque à dix-neuf heures, rejoignit le domicile. Son père l'attendait, assis dans son fauteuil au salon. Elle s'approcha de lui, déposa un baiser sur sa joue. Il grogna, tapota de sa main sur la banquette à côté de son fauteuil.

— Viens t'assoir près de moi, Adeline, il faut qu'on cause.

Mauvais signe.

Elle s'installa dans le divan après être allée se servir un verre d'eau à la cuisine. Son regard fixa les yeux sévères du père.

Raphaël se racla la gorge.

— Sors-tu toujours avec Antoine Jacquet ?

— Oui, pourquoi cette question ?

— J'ai appris que ce monsieur Jacquet, certes issu d'une bonne famille d'anciens riches commerçants de Besançon, ce monsieur Jacquet est déjà en couple. Que cherche-t-il avec toi, une simple aventure ?

Adeline s'enfonça dans le canapé, déjà lasse des questions qui allaient se transformer en morale.

— Antoine va quitter cette fille, c'est une question de jours.

Mal à l'aise dans son fauteuil, Raphaël s'aida de ses deux mains pour soulever son genou afin de replier sa jambe récalcitrante.

— Tu as mal, papa, veux-tu que je t'aide ?

— Non, un AVC, ce n'est pas une maladie, c'est un accident, je n'ai pas besoin de pitié, je peux me débrouiller seul. Revenons-en à nos moutons. Tant que ton copain Antoine sera en couple, je t'interdis de le rencontrer. Je ne veux pas que tu deviennes la honte de la région.

Adeline savait qu'il était inutile de répliquer, Raphaël aurait le dernier mot. Après un bref silence, le père ajouta :

— Et même de le revoir après, je ne suis pas sûr que ce soit une bonne idée. Il fera avec toi ce qu'il fait avec sa copine actuelle, c'est un homme volage, un point c'est tout.

Adeline osa chuchoter sans oser regarder son père.

— Mais je l'aime…

— Justement, inutile de te faire du mal. Ce n'est pas que je sois contre Antoine, mais… Mais regarde les faits. Il a déjà une copine. Ce genre d'homme ne changera pas, ma fille. Je ne veux pas que tu sois une victime. Qu'il passe son chemin pendant qu'il en est encore temps. Et puis, entre nous, un patron d'une belle entreprise de Pontarlier, que fait-il à sortir avec… avec une Algérienne ?

— Arrête avec ce racisme d'un autre âge, papa, je t'en prie.

— Il couche avec une fille qui non seulement n'est pas de chez nous, mais il couche avec une gamine. Pas sûr qu'elle soit majeure.

Raphaël plongea son regard dans les yeux de sa fille, un regard brusquement moins sévère :

— Désolé d'être aussi dur, ma fille, mais il le faut.

Adeline se leva du canapé sans répondre et quitta la pièce après avoir dévisagé son père. Son front plissé, ses yeux gris, ses cheveux désordonnés, son air sévère, rien ne rappelait le géniteur qui avait engendré une aussi jolie fille.

Elle remonta dans sa chambre, le cœur lourd. Elle savait que son père avait raison, au moins en partie. Antoine était un homme compliqué, insaisissable, et peut-être qu'elle jouait avec le feu. Mais l'idée de le perdre lui semblait plus insupportable encore que les reproches de Raphaël. Était-ce de l'amour ou une simple obsession ? Elle n'en savait rien.

La belle s'effondra sur son lit, les traits du visage entre le sourire et la tristesse. Pour la première fois de sa vie, elle n'écouterait pas son père.

15

Le mois de la grisaille, le mois des chrysanthèmes, mais un mois aussi agréable que le joli mois de mai pour les trois tourtereaux. Adeline et Noor étaient les deux meilleures amies du monde. Les samedis, elles se retrouvaient au centre de Pontarlier, dans les centres commerciaux de la ville, parfois jusqu'à Besançon. Les vitrines clignotaient déjà de guirlandes de Noël, et Noor, sautillant comme un cabri, rêvait à tout ce qu'elle aurait pu s'offrir... avec une carte bancaire magique. Adeline, plus réservée, se contentait d'un sourire en coin, préférant détailler le défilé de manteaux élégants derrière les vitrines.

Et pendant ce temps, sous la pluie de cette fin novembre, Antoine plantait Douglas et mélèzes en compagnie de son ancien, mais nouvel adjoint. Arsène, le pauvre bougre, n'avait pas supporté les responsabilités de directeur de la scierie, d'autant que la scierie n'était pas vraiment son truc. Son truc à lui, c'était un mélange de paperasses et de grand air, faire un peu n'importe quoi, courir partout chez les clients, les fournisseurs. Mais à la scierie, en tant que directeur, il passait quatre-vingts pour cent de son temps derrière les scies et les raboteuses. Le grand PDG, depuis l'autre bout du Jura, avait ordonné : « Le personnel coûte trop cher, le directeur comme les autres, au boulot derrière les machines ».

Antoine, bon prince, avait accepté son retour, mais sans baisser la garde.

Comme aux premiers jours, ils ne se quittaient plus, comme cul et chemise, mais pour cela, on évitait de parler d'Adeline. Quoi qu'il en soit, il était désormais acquis que la belle aux longs cheveux couleur châtaigne était la maitresse du patron d'EFJ.

En ce vendredi soir, on retrouvait les apéritifs d'antan autour de la grande table dressée devant l'énorme poêle à bois calé dans un angle du hangar. Depuis le récent agrandissement, une partie du bâtiment avait pu être isolée, et la vingtaine d'employés buvaient, déconnaient, rigolaient jusqu'à souvent plus de vingt-trois heures devant la chaleur des flammes.

Adeline, assise entre Adel et Arsène, fumait une cigarette que venait de lui offrir Noor.

— Je croyais que tu ne fumais pas, dit Arsène en se tournant vers elle.

— Oui, c'est vrai, mais aujourd'hui, j'ai envie.

— Pourquoi, tu es stressée ?

Un simple sourire lui répondit. Depuis l'autre bout de la table, dans l'ambiance bonne enfant, une voix s'éleva plus haute que les autres.

— Alors, patron, on a retrouvé son adjoint, plus une secrétaire comptable que tu as bien formée…

— Et bien déformée, rigola un employé assis en face du patron. La voix poursuivit :

— Et maintenant, tu as ta banquière attitrée, comment veux-tu qu'EFJ ne soit pas une entreprise performante !

L'ensemble du personnel ne faisait donc plus semblant d'ignorer une certaine liaison entre Adeline et leur patron. Arsène, lui, conservait difficilement ce secret de polichinelle au fond de son esprit, Adeline restait toujours au bord de son cœur.

La belle se décida à rentrer à son domicile au centre-ville seule avec sa petite Citroën.

— Tu veux que je te raccompagne, suggéra Arsène.

— Mais j'ai ma voiture !

— Ah oui, c'est vrai. Alors la prochaine fois, tâche de venir à pied.

— J'y penserai, sourit-elle en grimpant dans sa C3.

Antoine fronça les sourcils en apercevant Arsène s'incliner légèrement vers Adeline, lui murmurant quelque chose qui la fit éclater de rire. Elle avait posé machinalement sa main sur son bras. Trop machinalement, pensait Antoine, qui sentit une pointe de jalousie le brûler comme une aiguille sous la peau.

Ce même soir, sur l'oreiller, après une heure soixante de détente vicieuse, Antoine se décida, enfoui dans les bras de Noor, les lèvres sur le bord des lèvres :

— J'ai honte de te tromper avec Adeline et...

Noor posa son index devant la bouche d'Antoine.

— Chut ! Tu ne me trompes pas, puisque je suis d'accord.

— Tu es une fille trop géniale, mon tendre amour, jamais je ne te quitterai.

Il murmura encore plus bas, les mots sur le rouge des lèvres :

— Et puis tu fais l'amour divinement bien, mieux que ton amie Adeline.

— Donc tu me préfères, chuchota-t-elle ?

— C'est différent, je ne peux pas l'expliquer. Moi qui me croyais un garçon sérieux, voilà que je sombre dans la débauche. Je suis prêt pour une union à trois.

Ils gardèrent un instant de silence, puis il ajouta :

— Qu'est-ce que tu en penses ?

— J'en pense que je t'aime tellement qu'il n'est pas question que je laisse ma place à Adeline.

Elle marqua un temps d'arrêt pendant que le cœur d'Antoine battait la chamade, puis elle ajouta :

— Mais la maison est si grande qu'il y a de la place pour trois. Enfin, quatre avec Adel. Par contre, le lit est juste assez grand pour trois, pas plus. Et puis, quand on ne serait pas au lit, on pourrait même faire des tours de vaisselle à trois !

Noor partit dans un éclat de rire incontrôlable, tandis qu'Antoine murmurait dans sa barbe inexistante : « Quelle idée de m'être mis avec une libertine ». Puis il ajouta plus fort :

— Il y a deux problèmes à cela : justement, parlons d'Adel. Primo, je ne vois pas bien Adeline, toi et moi en ménage sous ce même toit. Ce ne serait pas une bonne image que je laisserais à mon fils. Deuzio, ce n'est pas gagné qu'Adeline soit d'accord.

Noor déposa un baiser sur les lèvres de son chéri, se redressa sur ses avant-bras, éclaira la chambre. Couché nu sur le dos, Antoine observait ce visage bronzé toujours aussi souriant. Pas de nattes, mais une chevelure noire épaisse qui encadrait ce minois pas tout à fait aussi joli que celui d'Adeline, mais des lèvres pulpeuses, des yeux noirs maquillés avec classe, un petit nez écrasé, puis ce sourire, surtout ce sourire qu'on aurait dit que les dents blanches n'existaient que pour ça. Ce charme laissait toujours sans voix le mâle, puisque cette élégance égalait la beauté d'Adeline.

Noor portait son soutien-gorge ficelé sur ses fesses, sa culotte passée autour de ses seins, les restes d'un jeu érotique de leur précédente pause cochonne. Elle s'agenouilla devant son grand amour, soupira, rigola, se lança :

— J'ai la solution.

Elle continuait de rire, puis le sourire remplaça le rire. Pas facile d'expliquer en même temps que l'on rigole, il faut savoir choisir. Le bon compromis de Noor, c'était justement le sourire.

— Je t'explique. Pour toi qui gères une entreprise prospère, verser un loyer pour ton fils ne sera pas un problème, d'autant qu'il va bientôt travailler dans ta boite, il pourra ensuite assurer ses finances lui-même. Je lui pose la question, je suis certaine qu'il sera d'accord pour vivre sa petite vie tranquille dans un studio pas très loin d'Houtaud, Pontarlier par exemple. Comme il n'a pas encore son permis de conduire, il pourra venir au boulot à pied ou à vélo. En ce qui concerne Adeline, j'en fais mon affaire.

Antoine se souleva, s'agenouilla à son tour, tira sur l'élastique de la culotte de Noor pour admirer les deux seins ni gros ni petits, des seins marocains, quoi ! Des seins comme les françaises, quoi... y en a des gros, des pas gros, des moyens, pour tous les goûts, quoi ! Il lâcha l'élastique de la culotte, se disant que les seins d'Adeline ressemblaient à ceux de Noor, un peu plus blancs peut-être. Ses mains libérées de l'élastique, celles-ci en profitèrent pour se glisser sous les bonnets du soutif afin de pétrir les petites miches de la gamine de dix-huit ans.

190

— Et comment comptes-tu t'y prendre pour convaincre Adeline ?

— Exactement comme tu t'y prends en ce moment, en pelotant cette jolie donzelle, ah, ah !

— Et crois-tu qu'elle se laissera faire ?

— Qui te dit qu'elle ne s'est pas déjà laissée faire ?

Antoine resta bouche bée, ne sachant s'il fallait apprécier ou mépriser cette réplique.

— Arrête de me regarder avec ces yeux de merlans frits, bien sûr que non, je n'ai rien fait avec Adeline. Comme tu le dis, ce n'est pas gagné de la convaincre pour participer à notre érotisme débridé.

— Ah, ça, c'est sûr ! toutes les filles ne sont pas comme toi, hein, ma petite libertine.

Antoine tira sur l'élastique de la culotte de Noor, mais l'enchevêtrement absurde des sous-vêtements était tel qu'il se demanda s'il ne s'était pas lancé dans un Rubik's Cube textile. Noor, hilare, s'écroula sur le drap et, entre deux éclats de rire, réussit à articuler :

— T'es pas doué, mon grand. Heureusement que t'es meilleur dans d'autres domaines… enfin, parfois.

Cette fois, c'en fut trop pour Antoine, qui s'empara d'une paire de ciseaux, se demandant comment il était parvenu à enfiler la poitrine dans la culotte lorsqu'ils déliraient tous deux, tout à l'heure, dans un drôle d'exercice où l'on fait tout à l'envers.

Les fêtes de fin d'année approchaient, et toujours pas de neige sur la ville de Pontarlier. Tant pis pour le Noël blanc, pourvu que la fête soit belle par ailleurs : plein de beaux cadeaux, plein de bonne bouffe, la vie épicurienne, se disait Noor. Mais savait-elle vraiment qui était Épicure ? Adeline, férue de philosophie, elle, le savait. Lors de leur récente virée à Besançon, chacune attablée à la Brioche Dorée place Saint-Pierre devant leurs hamburgers, Adeline expliqua qu'Épicure prônait une jouissance raisonnable, loin de l'excès.

— La jouissance… raisonnable ? C'est comme vouloir voler avec des ailes attachées au sol ! répliqua Noor.

Adeline, souriante, mais un brin exaspérée, haussa les sourcils. Elle comprenait qu'après cette dernière réplique de Noor, celle-ci l'entrainait sur une pente dangereuse. Elle se laissait doucement courtiser par la bonne humeur et le sourire charmeur de son amie.

La pétulante magrébine avala les dernières miettes de son hamburger, acheva son coca et posa son gobelet en carton sur la table. Adeline remarqua que le geste de son amie était mal assuré. La matière fragile du récipient se chiffonna sous la main tremblante de Noor qui, pour se donner bonne contenance, écrasa le gobelet.

— Tu es mon amie, Adeline, et même ma meilleure amie, et j'ai… J'ai quelque chose à te demander, je…

— Oui, vas-y, crache le morceau, ce n'est pas dans tes habitudes de rester coincée.

— Je… je sais que tu sais que je sais que tu couches avec mon mec.

— Ouuu-là ! Tu cherches à m'embrouiller ? Oui, je sais que tu sais, ce n'est pas un scoop, et que veux-tu ajouter ?

— Ben, c'est étonnant que l'on reste si bonnes copines alors qu'on veut le même mec. On devrait se faire la guerre, non ?

Les doigts d'Adeline pianotaient sur la table, elle tordait la bouche, signe d'inconfort. Elle figea son regard dans les yeux noirs de Noor tout en se forçant à sourire :

— Je sais qu'Antoine ne veut pas te quitter, et j'ai une autre certitude : je suis tellement amoureuse de lui qu'il n'est pas question qu'il m'échappe, c'est pourquoi j'avale le crapaud à ma façon. Plutôt qu'à se battre à armes inégales, je préfère l'inconfort de la situation.

Puis Adeline soupira en ajoutant :

— Jusqu'à quand ?

Noor caressa la main de son amie qui reposait sur la table.

— Viens vivre avec nous, Adeline, je suis prête à partager, et Antoine est d'accord.

Noor fut surprise de la réaction de son amie, en fait de son manque de réaction.

— Antoine et moi, nous nous sommes revus hier après-midi à l'hôtel de Malbuisson. Il m'a fait cette proposition là-bas, je lui ai répondu que je ne voulais pas. Il ne t'a rien dit ?

— C'est pour cela qu'il n'était pas dans son assiette hier soir.

Et Noor ajouta, tout sourire :

— Figure-toi que c'était la première fois qu'il ne me faisait pas l'amour alors que nous étions dans le même lit. Même mes caresses n'ont pas fait l'affaire. Tu l'as cassé, ma pauvre chérie, ce n'est pas sympa. Tu pourrais au moins faire un effort pour moi !

Adeline sentit une rougeur sur ses joues. Elle baissa les yeux.

— C'est vrai que je pourrais… Je devrais être plus indulgente. Je suis tellement amoureuse que je me laisserais presque tenter, mais mon père, si mon père apprenait, il ne s'en remettrait pas, ce serait le deuxième AVC assuré. C'est vrai que je m'entends merveilleusement bien avec vous deux, mais…

Elle releva la tête, rougit encore plus lorsqu'elle croisa le regard de Noor.

— Mais non… c'est au-dessus de mes forces. Je n'ai pas ton mental, chérie.

— Tu vois, tu m'appelles déjà chérie.

— C'est parce que tu es une fille adorable. Si je fréquente encore Antoine, c'est grâce à toi.

Noor souleva la main d'Adeline et la porta à sa bouche, y déposa un long baiser.

— Je ne te demande pas de m'aimer, Adeline, aime Antoine comme tu le désires, laisse-moi l'aimer aussi, cela devrait suffire.

Adeline retira sa main.

— Non, ma morale me l'interdit. Je crois que l'on va rester ainsi. Je rencontrerai Antoine de temps à autre à l'hôtel. Antoine et moi, nous ne te trahissons pas, puisque tu es consentante.

— Et tu crois que ta morale est meilleure ainsi ? Il faut être honnête avec soi-même pour être heureux. De cacher ton amour à cause de ton père, à cause des « qu'en dira-t-on », c'est ridicule. La vraie morale, c'est la sincérité, l'intégrité de ta personne. Vois-tu, il n'y a pas besoin d'apprendre la philo pour connaitre le vrai chemin. Tu sais quoi, Adeline… la nature, elle est beaucoup plus ouverte d'esprit que nous. Crois-moi, ce n'est pas elle qui nous juge.

— Je suis lasse de cette conversation, je voudrais rentrer chez moi.

Mais Noor avait envie de se confier autrement :

— Quelquefois, je me demande si je fais bien de tout accepter, Adeline.

Elle jouait distraitement avec son verre cartonné froissé.

— Je veux que tout le monde soit heureux, mais parfois… parfois, je me demande si je ne m'oublie pas un peu.

Adeline posa sa main sur la sienne.

— Tu es plus forte que moi. Je n'ai pas ton courage.

Noor sourit tristement.

— Peut-être. Mais le courage, ça ne remplace pas le bonheur.

Adeline se leva pour emporter son plateau vide sur le rayonnage des déchets.

— Arrête-toi à la maison, on discutera tous les trois, dit Noor.

— Non, je suis épuisée par cette journée, je voudrais vraiment rentrer chez moi, une autre fois peut-être.

Peu de conversation lors du retour à Pontarlier. Noor somnolait à côté de la conductrice. Une certaine confiance traversait son esprit. Certes, Adeline ne semblait pas accepter cette union à trois, cependant l'espoir de Noor, dans son demi-sommeil, se transformait en rêve. Adeline n'avait pas refusé catégoriquement, la marocaine imaginait donc que cette fille intelligente saurait prendre, le jour venu, le virage de la volupté et de la satisfaction, il en allait de leur bonheur à tous trois. Alors, elle sourit, un sourire étrange, un sourire inhabituel, un sourire sensuel.

Avant de sortir de la C3 devant la maison d'Houtaud, Noor se pencha vers la conductrice, déposa un baiser au coin de ses lèvres, comme un tampon qui scellait une amitié bien particulière en devenir. Antoine, derrière les carreaux, regardait s'avancer sa compagne avec le secret espoir qu'Adeline suivrait. Mais la Citroën démarra dans la nuit d'hiver, quelques flocons de neige tombaient sur le pare-brise.

— Alors ta journée shopping s'est bien passée ?

Noor sauta au cou de son chéri, laissant tomber ses sacs de courses sur le sol de la cuisine.

— Merveilleusement bien, comme à chaque fois que je passe une journée avec Adeline.

Il posa ses mains sur les reins de Noor, l'embrassa avec avidité.

— Je vais finir par être jaloux, ma petite chipie serait capable de me piquer ma maitresse.

Elle lui caressa la joue :

— Ne l'appelle pas ta maitresse, s'il te plait, ça fait vulgaire, dis plutôt... hum... voyons voir... ma compagne Adeline.

— Mais dis voir, tu n'aurais pas progressé dans ta démarche pour convaincre ma compagne Adeline ?

— Non, pas vraiment.

Elle se détacha des bras de son chéri et ajouta :

— Je croyais que l'on se disait tout. Que tu ne m'aies pas raconté que tu faisais l'amour avec Adeline hier après-midi, passe encore, je comprends ta discrétion, mais que tu ne m'aies pas rendu compte de son refus à partager notre foyer, ce n'est pas sympa. J'avais l'air de quoi, moi, quand je lui ai posé la question ?

— Excuse-moi, ma chérie d'amour, je ne suis pas encore habitué.

— Pas habitué à quoi ? À être sincère ?

196

— L'amour libre, ça me dépasse un peu. Laisse-moi du temps, tout le monde n'a pas la même ouverture d'esprit que toi.

Elle ramassa ses sacs de courses sur le carrelage.

— Ce soir, ce sera pizzas congelées, ça te va ? Est-ce qu'Adel dîne avec nous ?

— Va lui demander, il est dans sa chambre.

Elle monta l'étage vers le grand ado, posa ses fesses sur le bord du lit. Allongé sur la couette, le casque musical sur les oreilles, les bras en éventail derrière la nuque, Adel lui sourit et baissa son casque à hauteur du cou.

— Papa t'a dit ? J'ai eu les résultats du repêchage de mon exam. C'est OK, je suis diplômé pour travailler en forêt. Papa va m'embaucher début janvier.

— Décidément, ton père est bien avare de paroles envers moi. Il m'en veut ou quoi ?

— C'est normal qu'il ne t'ait rien dit, il ne le sait que de ce matin.

— N'empêche. Je suis certaine qu'il m'en veut un peu parce qu'Adeline n'accepte pas de venir habiter vers nous.

Adel soupira en fixant Noor :

— Je ne comprends ni papa ni toi. Adeline a raison de refuser. Un ménage à trois dans la région, ça craint, d'autant que papa a pignon sur rue.

Il se redressa sur le lit, puis se pencha vers Noor tout en souriant.

— Papa n'a pas besoin de deux femmes. Ce que je propose, c'est qu'il reste avec Adeline, genre, c'est plus de son âge. Et toi, eh bien, tu sors avec moi, nous avons presque le même âge et… et…

— Et ?

— Et tu me plais.

Noor lui tapa gentiment sur l'épaule.

— Garnement ! Ton père t'étriperait s'il apprenait ça.

Elle se leva, mais le sourire malicieux d'Adel resta gravé dans sa tête, comme une ombre qu'elle ne pouvait ignorer.

— Oui mais nous, genre, on ne fera pas comme lui, on ne se montrera pas en plein jour, on se cachera, sourit-il.

— Arrête de délirer, Adel. Tu es mignon, mais c'est ton père que j'aime, c'est ainsi.

— Donc tu es partante pour un ménage à trois, mais pas à quatre, c'est ça ?

— Y a de la pizza, tu en veux ?

— Oui, mais je veux que tu me la livres à domicile, je ne bouge pas de ma chambre, je boude.

— Et pourquoi boudes-tu ?

— Tu le sais bien, dit-il avec un sourire malicieux, tout en jouant machinalement avec un fil de sa couverture.

Noor leva les yeux au ciel en riant, mais l'instant d'après elle détourna son regard, légèrement troublée. Elle se leva pour rejoindre la cuisine, puis se retourna avant d'ouvrir la porte de la chambre.

— J'ai proposé à ton père de te payer une location de studio en ville. Un peu d'autonomie te fera du bien.

Il bondit du lit, sauta au cou de Noor.

— Chouette. Comme ça, genre, tu pourras venir me voir en cachette, tu m'apprendras plein de trucs.

— Calme-toi, sinon je cafte à ton père.

Noor quitta la chambre en rigolant, laissant en plan le grand ado avec son sourire plein de malice. Elle descendit l'escalier en souriant, mais avec une drôle de sensation dans la poitrine. « Il plaisantait, hein ? Bien sûr qu'il plaisantait… enfin, peut-être pas tant que ça. » Elle secoua la tête, chassant cette pensée. « Il est bien trop jeune, et puis... c'est le fils d'Antoine. Mais quel garnement ! »

— Je vous entendais rigoler et chahuter dans la chambre, qu'est-ce qu'il y a de si marrant ? demanda Antoine alors qu'elle pénétrait dans la cuisine.

— Rien, des conneries de gamins.

Pour une fois, Noor se disait que toute chose n'était pas forcément bonne à dire.

16

Minuit, le père Noël s'apprêtait à descendre par la cheminée dans la maison d'Houtaud. Mais ce fut la mère Noël qui se présenta, et directement par la porte d'entrée. Elle était précédée de Noor qui lui avait ouvert dès le coup de sonnette.

Elle s'avança jusqu'à la salle à manger. Antoine et Adel dévisageaient la surprise. Dans sa robe rouge où la peluche blanche délimitait le rose des cuisses, Adeline rayonnait de beauté. Une fourrure blanche entourait un bonnet rouge au pompon immaculé, bordait un visage d'ange tombé du ciel, les yeux bleus effilés par un maquillage délicat souriaient devant le regard ébahi de son amant.

— Tu… tu es venue ?

— Oui, tu le vois bien.

Noor passa son bras droit sous la poitrine d'Adeline, du bras gauche, elle enveloppa ses jambes légères et fit semblant de soulever la belle et grande fille souriante.

— C'est ton cadeau de Noël, mon chéri.

Elle poussa Adeline dans les bras de son amant.

Alors que la belle avançait gracieusement dans sa robe rouge, elle glissa légèrement sur le tapis devant le sapin. Noor éclata de rire, tendant la main à son amie pour l'aider à retrouver son équilibre.

— C'est ça, une vraie mère Noël, toujours sur le point de tomber du traîneau, plaisanta Noor.

Antoine se leva d'un bond, feignant un sérieux :

— Si tu te casses une jambe, qui va distribuer mes cadeaux ?

Ils n'hésitèrent pas à s'embrasser éperdument devant Noor ravie, devant Adel médusé. L'instant de surprise passé, un joyeux badinage s'en suivit. Bientôt, Noor, enjouée, suspendit la dernière guirlande dorée au sapin, une étoile lumineuse déjà scintillante à son sommet. Adeline, à ses côtés, tendit un bol de vin chaud à Antoine, un sourire complice sur les lèvres. Le parfum des épices, mêlé à la chaleur du feu de cheminée, donnait à la maison une ambiance presque magique. Adel, le visage malicieux, s'amusait à dissimuler les cadeaux derrière les coussins du canapé. »

Antoine s'avança sous le sapin, s'empara d'une enveloppe entourée d'un ruban rouge. Il la tendit à son fils.

— C'est pour toi.

Adel retira les deux documents pliés en quatre, c'était le bail pour son studio ainsi que son contrat de travail. Il embrassa son père sans oublier l'ironie à venir :

— Tu t'es pas foulé, papa, juste le SMIC, t'aurais pu faire un effort pour ton fils préféré. Par contre, j'adore le logement, je vois où il est situé, tout près de la porte Saint-Pierre, dans le même immeuble où se trouve le duplex du père d'Adeline.

— Parce que tu connais l'appartement d'Adeline et de son père ?

— Oui, papa, genre, elle m'invite régulièrement.

— Non, il plaisante certainement, intervint Adeline, il n'est venu que deux fois pour…

— On s'en fiche, intercéda Noor, chacun fait ce qu'il veut de sa vie.

— C'est un pur hasard, je ne savais même pas qu'Adeline habitait précisément là, vu que je suis interdit de séjour chez elle à cause de son père grincheux, dit Antoine.

— Tout s'arrange, déclara Noor qui prit son amie par l'épaule, tout s'arrange puisque Adeline va vivre avec nous.

— Doucement, doucement. Je n'ai pas vraiment accepté une vie à trois, je préfère rester discrète. C'est déjà bien que je vienne ici. Je me sens encore gênée de perturber votre foyer.

— Tu veux dire : notre foyer.

Adeline s'assit en face de son amant, Noor installée à la droite d'Antoine, faisait face à Adel.

— Regardez-moi ça ! s'exclama le fiston entre fromage et dessert, voilà mon père, genre sultan de la rue des Lilas au beau milieu de sa campagne franc-comtoise, le premier harem créé sur notre douce terre natale !

— Je sais que tu n'apprécies pas cette situation, mon fils, mais qu'aurais-tu fait de plus intelligent à ma place si tu étais amoureux, terriblement amoureux de deux filles qui veulent impérativement me garder ?

— Je ne tomberai jamais amoureux de deux filles, même d'une seule, c'est trop. Regarde dans quelle débauche nous mène ce genre d'émotion.

— Pour toi, l'amour, c'est juste un genre d'émotion ou de la débauche ? s'émut Noor. Attends de connaitre cela, et tu ne diras plus pareil. Tu raisonnes encore comme un gamin.

— Et toi, comme une gamine pourrie gâtée.

Antoine intervint en essayant de garder le sourire.

— Allez, c'est Noël, on ne s'enguirlande pas ce jour-là. On garde les guirlandes pour le sapin.

Adel soupira, se leva, s'avança vers le sapin fraîchement décoré, en retira la plus belle des guirlandes, une rouge pas lumineuse, juste joliment pailletée. Il s'approcha de son père, se pencha sur son dos, entoura sa poitrine de cette décoration particulière, l'embrassa sur la joue.

— Tu es le plus beau des sultans, papa, et je t'aime quand même. J'espère juste que tu n'agrandiras pas ton harem et que tu me laisseras tout de même une meuf du Haut-Doubs disponible.

— En attendant d'apprendre à bien connaitre l'amour, apprends déjà à bien connaitre ton métier, fiston. Dès le 2 janvier prochain, tu empoignes la tronçonneuse, il te faudra couper deux grands sapins sur la parcelle du grand Baud. Ils sont presque aussi gros que le sapin président.

— J'espère que tu m'aideras ?

— Bien sûr, je préfère t'aider dans ton travail que dans tes amours, ce sera plus simple, et puis je manque de finesse dans ce domaine-là.

Trois heures du matin, tout le monde se couchait. Adel s'assoupit seul dans son lit à ruminer sur l'avenir de ses amours, à rêver d'Adeline avec son logement si près de son studio, à Noor qui viendrait l'aider à aménager et décorer son nid douillet. Nu sous les draps, il passa ses mains entre ses cuisses, en imaginant qu'il remplaçait son père.

Quant à Noor et Antoine, ils s'endormirent sans faire l'amour, comme un respect pour Adeline qui avait souhaité dormir seule dans la chambre d'amis.

Le jour de Noël, Antoine et son fils Adel se rendirent au traditionnel repas de famille chez madame Jacquet, à Besançon, accompagnée de Noor.

Adeline, quant à elle, retournait chez elle pour un repas également en famille. Il y aurait à table son père, deux de ses oncles et tantes, les deux sœurs de monsieur Ferret. Des filles du monde, disait-on, qui avaient épousé l'une et l'autre des hommes bien sous tous rapports, l'un se vantait de côtoyer la crème du Haut-Doubs. Banquier en Suisse, c'est lui qui avait pistonné Adeline, laquelle avait dû interrompre ses études de philosophie pour entrer au Crédit Agricole. Nul besoin de la forcer à l'époque, elle aimait la finance. La finance, elle en ferait son métier, la philo lui servirait dans sa vie de tous les jours, ce serait son deuxième passe-temps, son chemin vers le questionnement et peut-être le bonheur. Quant au deuxième oncle, c'était carrément le politicien, sénateur dans le bas Jura. Il appréciait le fort caractère de son beau-frère et aimait lui rendre visite, plus encore depuis son AVC. Et comme Raphaël s'était lié d'amitié avec Romain Perez, l'acheteur de la scierie, celui-ci avait été également invité. Raphaël et Romain partageaient la même conviction politique, Marine Le Pen leur plaisait. Quant au sénateur socialiste, il avait l'intelligence d'éviter les sujets politiques en famille.

Chez Raphaël, les décorations semblaient froides et impersonnelles. Les guirlandes électriques clignotaient faiblement, comme si elles hésitaient à illuminer le salon austère. Le silence régnait malgré la présence des oncles et des tantes. Le père d'Adeline, installé dans son fauteuil, scrutait sa fille avec un regard sévère, ses doigts tambourinant contre l'accoudoir. Seule la lumière blafarde d'un chandelier éclairait la table, accentuant l'atmosphère rigide.

Tout se déroulait bien pendant le repas, mais à l'heure du comté et du morbier, le sénateur posa la question qui fâche, en toute naïveté.

— Et toi, ma jolie nièce, toujours célibataire ?

Silence. Puis Adeline souleva ses grands yeux bleus vers son père, comme si la réponse la plus cohérente pouvait découler de lui. Elle se lança tout de même :

— Oui, parrain, je suis seule, enfin… disons que j'ai une aventure, mais est-ce sérieux ? Je ne sais pas, je suis une fille compliquée.

Raphaël fronça les sourcils, il passa sa main valide dans ses cheveux gris roux.

— Ne nous dis pas que tu continues de voir ce dévergondé ?

Adeline se redressa sur sa chaise, jaugeant le silence de la pièce qui tombait sur elle.

— Papa, au risque de te décevoir et malgré tout le respect que je te dois, mes amours ne regardent que moi, nous ne sommes plus au XIXe siècle.

— Et l'honneur de notre famille ? Et le respect pour ta mère défunte, qu'en fais-tu ?

— De qui parles-tu ainsi, Raphaël ? intervint sa sœur ainée qui s'essuyait la bouche avec sa serviette, manière de se donner bonne contenance.

— Je parle de ce coquin d'Antoine Jacquet, ce riche exploitant forestier de Pontarlier qui se permet un peu trop de liberté, qui trompe sans scrupules sa compagne pour flirter avec ma fille.

En fixant son père, Adeline sentit son cœur battre à tout rompre. Elle savait qu'elle devait parler, mais chaque mot semblait alourdir l'atmosphère déjà tendue.

— Ça existe encore le verbe flirter ? As-tu honte, papa, de dire que je couche avec Antoine ?

Raphaël pâlit.

— Comment oses-tu ? Tes hormones te travaillent-elles autant que cela pour dérailler ainsi ?

Adeline ne répondit rien, se leva de table pour aller à la cuisine. Malgré l'ambiance, il fallait tout de même profiter du dessert, un framboisier qu'elle avait confectionné avec amour le matin même. Elle s'était levée de bonne heure à Houtaud, avait fait le tour du lit de la chambre du couple pour embrasser Antoine qui dormait comme un prince, avait déposé un baiser sur la joue de Noor, puis elle avait quitté la chambre sur la pointe des pieds. Elle avait peu dormi. Est-ce pour cela qu'elle répondait si mal à son père ? Non, c'était l'amour qui la guidait, rien que l'amour, et cela lui autorisait tout.

Lorsqu'elle entra dans la salle à manger avec le plat dans les mains, son parrain achevait sa remarque envers son beau-frère.

— Oui, ta fille, quelque part, a raison, même si je te comprends, Raphaël, mais il faut mettre ton poing dans ta poche, tu ne vas tout de même pas gâcher ta bonne relation avec Adeline sous prétexte que tu voudrais diriger sa vie amoureuse.

— Je ne dirige rien du tout. Je dis… euh… qu'elle fait fausse route, c'est mon de…devoir de père que de lui dire, elle me remerciera plus tard.

Adeline posa le framboisier au milieu de la table. Alors qu'elle n'avait pas encore lâché le plat, elle fixa des yeux son dessert appétissant, comme pour chercher refuge auprès de lui. Elle serra les mains sur le plat, ses pensées tourbillonnant. Elle savait qu'elle allait choquer, mais elle ne pouvait plus vivre dans le mensonge. Il fallait que ça sorte, même si le prix à payer était élevé. Elle croisa brièvement le regard de son père, mais il n'y avait que sévérité et incompréhension dans ses yeux. Inspirant profondément, elle murmura presque :

— Papa, je vais partir vivre chez Antoine.

Tous les regards se tournèrent vers elle. Le silence devint pesant. Alors, levant un peu la voix :

— Et on fera ménage à trois, sa compagne, lui et moi.

Elle se sauva à la cuisine, comme si son père bancal pouvait la suivre pour la frapper, voire l'enfermer à tout jamais dans sa chambre. Pourtant, jamais son père, malgré sa rudesse et son autorité, ne s'était permis de lever la main sur sa fille chérie.

Le framboisier resta intact au centre de la table, une œuvre d'amour devenue symbole de discorde.

Pendant ce temps, à l'autre bout du département, du côté de Besançon, on se goinfrait d'une bûche de Noël préparée par madame Jacquet, une pâtisserie à la crème au beurre pralinée. Là, au moins, on put apprécier le dessert, mais dès que le café coula dans les tasses, ce fut la mère qui mit les pieds dans le plat.

— Le moment n'est pas idéal pour parler de cela, mon fils, cependant j'avoue avoir encore besoin d'un peu d'argent.

— Ah non, maman ! Nous nous étions mis d'accord, tu devais faire avec la pension que je t'alloue mensuellement. Je t'assure que je ne peux pas faire plus.

Les yeux subitement humides, madame Jacquet se leva de table et s'engouffra dans sa chambre tout près de là. Antoine la suivit.

— Arrête de pleurer, maman.

Elle s'assit sur le lit, lui à ses côtés. Il passa une main autour de son épaule.

— Il faut que tu arrêtes de jouer, ce n'est plus tenable, maman.

Elle s'essuya les yeux avec son mouchoir en tissu.

— Je ne joue plus.

— Alors que fais-tu de tout cet argent ? répéta Antoine, plus inquiet qu'agacé.

Elle détourna les yeux, comme si le mur était plus intéressant que son fils.

— C'est compliqué… Tu sais, parfois, on a des obligations qu'on ne peut pas ignorer, murmura-t-elle avant d'essuyer ses joues creuses.

— Tu ne veux pas m'en dire plus ? C'est mon argent tout de même.

— Oui et non. Je t'ai laissé tout mon héritage pour développer ton affaire.

— Tu ne vas tout de même pas me rabâcher ça jusqu'à la fin de mes jours.

— Excuse-moi mon chéri.

Elle sombra sur son lit, pleura tout son saoul et plus encore.

Antoine s'efforçait de ne pas lever les yeux au ciel. Il en avait assez de ces éternels pleurs, mais c'était sa mère. Comment pouvait-il dire non ?

Il la consola à sa façon, il lui signa un chèque de deux-mille euros. Elle sanglota de plus belle.

Le mois de janvier sous la neige à Pontarlier, sous la pluie à Besançon, et la vie forestière plaisait à Adel. Il coupa ses deux sapins presque "Président" avec l'aide de son père, aménagea son studio avec la participation de Noor, salua Adeline qu'il croisa dans la cage d'escalier, sa valise à la main. Zut alors ! lui qui pensait côtoyer régulièrement la belle Adeline dans son immeuble de Pontarlier, la voilà qui dégageait définitivement de chez son père pour aller vivre chez son père à lui, quelle guigne ! Que croyait-il ? Peut-être juste le plaisir de croiser de temps à autre la plus jolie fille de Pontarlier. En fait, il en pinçait plus pour Noor, d'autant qu'il lui semblait que la jeune libertine serait plus propice à écouter ses compliments, ses avances à peine déguisées. Adel se demandait comment un vieux comme son père pouvait satisfaire une fille aussi canon que Noor. Peut-être qu'elle s'ennuyait avec lui ? Peut-être qu'elle rêvait d'un jeune de son âge, plus frais, plus doux ? « Et si je lui faisais une déclaration enflammée, façon Roméo ? Non… Elle se moquerait. » Il soupira et se contenta d'imaginer ce qu'il dirait, un jour, peut-être.

— Dis, papa, Noor te parle-t-elle souvent de ses ex ? demanda Adel, les mains dans les poches, l'air innocent, ce soir d'hiver au coin de la cheminée à la maison d'Houtaud.

— Pourquoi cette question ?

— Pour rien. Juste pour savoir si elle préfère les jeunes… Enfin, je veux dire, si elle a déjà été avec un mec plus jeune qu'elle.

Antoine fronça les sourcils.

— Ne te fais pas de film, gamin. Noor est avec moi, et elle y reste.

Adel haussa les épaules, feignant l'indifférence. « Pas encore, vieux, pas encore », pensa-t-il.

En ce début d'année, les bonnes résolutions battaient leur plein. Outre qu'Adel s'était donné pour mission de baiser la bonne dans l'année, Antoine s'était juré de mettre les deux filles en même temps dans son lit avant la fin du mois, en accord avec Noor. Adeline planait dans le lit d'Antoine lorsque son amie dormait seule dans la chambre d'amis. Sa tête embrouillée ne l'autorisait pas à une telle débauche. Elle voulait Antoine pour elle, mais pas que, juste pour elle dans leurs nuits d'amour, grosso modo, une nuit sur deux, pas de plan établi, juste une norme qui semblait couler de source.

L'entente fut parfaite entre les trois complices tout au long du mois de janvier, sauf que le trente-et-un, le couple amoureux n'avait toujours pas pu glisser l'amoureuse entre eux dans ce grand lit réservé pour les trois. Noor avait cassé sa tirelire à Noël, et un lit aussi large que long avait été livré le 28 décembre au matin sous les applaudissements d'Antoine. Adeline avait apprécié modérément ce cadeau du père Noël. Adel, lui, n'avançait guère dans son projet de coucher avec Noor avant la fin de l'année, mais il en souriait, sachant qu'il lui restait encore onze longs mois.

Février ne comportant que vingt-huit jours, cela suffit largement pour qu'enfin Adeline se décidât à sauter sur le lit conjugal vers Noor et Antoine un soir de bringue. Elle s'agenouilla à côté de son chéri. Mais elle hésitait encore, jouant nerveusement avec le bord de sa robe de chambre.

Noor, allongée nonchalamment, souriait.

— Tu attends quoi ? Une invitation officielle ? ironisa Noor.

— Je ne sais pas... Ce n'est pas mon genre. C'est... bizarre.

— Laisse-moi te dire un truc, Adeline : tu réfléchis trop. Fais comme moi, écoute ton cœur... ou ton corps.

Adeline ferma les yeux, se forçant à sourire. Elle n'avait jamais rien vécu de tel. « Peut-être que Noor a raison, je réfléchis trop. » Mais une petite voix en elle murmurait que quelque chose clochait.

— Dit à Noor de se pousser, dit-elle en déposant un baiser sur les lèvres d'Antoine, je veux que tu te mettes entre nous deux, je n'ai pas envie que ta petite chipie me tripote toute la nuit.

Antoine, entre deux anges, planait au ciel. Les caresses de Noor restaient toujours aussi magiques, les baisers d'Adeline délicieux. Il leur fit l'amour l'une après l'autre, puis l'autre après l'une. Noor essaya bien une ou deux caresses lesbiennes.

— Non, Noor, je suis amoureuse d'Antoine, pas de toi, désolée.

Noor, taquine, glissa une main sur l'épaule d'Adeline.

— Tu sais, tu devrais te détendre un peu. Si tu veux, je peux te montrer comment faire.

— Non, Noor, arrête. Je suis là pour Antoine, pas pour toi.

— Dommage, murmura Noor avec un sourire malicieux. Puis, elle ajouta :

— Tu connais la MAAF ?

— Qu'est-ce que ça vient faire ici ?

— Tu ne connais pas la pub ? « Je t'aurai un jour, je t'aurai », chantonna la pétillante magrébine.

La lumière tamisée baignait la pièce. Antoine, entre ses deux amantes, ferma les yeux, un sourire béat aux lèvres. Noor, la tête sur son ventre, murmurait une chanson, tandis qu'Adeline fixait le plafond, une main posée sur l'épaule de son amant. Trois corps dans un même lit, mais trois esprits dans des mondes différents.

17

Le printemps s'éveillait et filait parmi les bourgeons, les fleurs et les parfums de la vie. Les premières vaches broutaient l'herbe verte, les grenouilles chantaient au bord des marais, les jonquilles étalaient leur tapisserie jaune dans les immenses prairies autour de La-Vrine.

En mai, fais ce qu'il te plait, alors Adeline embrassa Noor dans le grand lit pendant qu'Antoine bravait les intempéries en piochant au fond de la forêt pour planter de jeunes mélèzes. Une pluie douce tombait autour de la maison, Houtaud se parait de gris, et la chambre bleue sublimait l'amour, le rouge des culottes s'harmonisait à la pâleur d'Adeline, à l'ébène des nattes chatouilleuses. Noor lui fit l'amour sans honte, Adeline resta pâle tout l'après-midi. Elle lui semblait courir de débauche en débauche, pourtant tout cela était si bon ! Était-ce le bonheur ?

— Tu es divinement belle, Adeline.

— Et toi, merveilleusement bonne, Noor, répondit-elle dans un éclat de rire inhabituel.

La jeune magrébine se leva, resta debout nue devant le lit, sans pudeur. Elle posa son index devant ses lèvres.

— Chut ! faudra rien dire à Antoine.

Adeline s'assit sur le lit.

— Pourquoi ? Je croyais que l'on se disait tout.

— Je ne sais pas trop pourquoi. En fait, si. Je crois qu'il serait jaloux.

— Antoine, jaloux ?

Noor sauta à nouveau sur le lit, déposa un baiser sur les lèvres de son amie.

— Pour qu'il ne soit pas jaloux, on recommencera ce soir avec lui.

— Je ne suis pas certaine que cela me plairait, je crois que je serais mal à l'aise.

— Je saurai t'exciter, Adeline.

— Antoine suffit à m'exciter.

— Pourtant, cet après-midi…

— Je sais. L'amour à deux, ça me va, au-delà, je ne suis pas à l'aise, même si vous me plaisez tous les deux.

— Bon, répondit Noor, je prends une douche et je pars au boulot. Il ne faut pas que je profite trop de la liberté de mon emploi du temps, toi, tu as de la chance, tu fais le pont.

Adeline se regarda dans le miroir de la salle de bain, encore tremblante. Elle se demandait ce qu'Antoine penserait s'il savait tout. Mais la question qui la hantait davantage était plus simple : était-elle encore la même personne ?

Puis sous la douche, elle ruminait sur sa nouvelle existence, sur cette pente infernale où elle se laissait glisser. Pourquoi avait-elle maintenant envie de cette pétillante magrébine ? Rien jusqu'à ce jour ne lui laissait présager de telles déviances, songeait-elle. « Mais qu'est-ce qu'il m'arrive, moi, la petite fille qui se croyait bien sous tous rapports ! Allons, ne réfléchis pas trop, comme le dit si bien mon amante. »

Noor fixait le plafond de la chambre. Pourquoi tenait-elle tant à Adeline ? Était-ce l'amitié, l'attraction, ou simplement le goût du défi ? Elle n'en était pas sûre elle-même.

Ce début d'été chaud, très chaud, incitait le personnel d'EFJ à flâner sous les noisetiers en lisière de bois, à s'attarder sous les grands sapins qui n'avaient pas besoin d'entretien. Le patron décida alors que tout ce beau monde, lui compris, commencerait le travail sous la relative fraîcheur de l'aube.

À cinq heures du matin, tout le personnel attaquait le boulot, tronçonneuses en main ou les fesses sur les sièges des engins forestiers. Les abatteuses abattaient, les rogneuses rognaient, les défonceuses défonçaient, les élagueuses taillaient.

Les hommes buvaient des bières en milieu de matinée, rentraient à la maison dès treize heures sans passer par le hangar. La canicule empêchait le moindre travail, y compris pour le patron, si bien que ce dernier trainait dans les bureaux à ne presque rien faire, sinon contourner le siège de sa comptable, l'embrasser sur la nuque, caresser ses longues nattes, lui chuchoter des « je t'aime ».

Le soir, Antoine faisait parfois l'amour avec Adeline, plus souvent avec Noor. Était-ce de la rébellion ? Était-ce un moyen de pression envers la belle pour l'obliger à participer à une débauche à trois, comme Noor et lui le souhaitaient ? Mais Adeline s'accommodait de sa situation, heureuse de sa vie dans la maison d'Houtaud auprès de son chéri.

Ils se baladaient fréquemment tous trois dans les rues de Pontarlier, et le bruit courait, un peu comme un grondement de tonnerre, que le patron d'EFJ se permettait des choses… des choses que l'on murmurait, que l'on ne chantait pas trop fort. La mélodie semblait trop discordante, pourtant une romance à trois pourrait tout aussi bien s'écrire avec des notes pétillantes, sensuelles, harmonieuses. Mais cette musique-là n'était pas à la mode, on préférait encore et toujours l'égoïsme, la jalousie, la mesquinerie, cette quintessence humaine, cette soupe de défauts que l'on avalait toujours avec plaisir.

La vie amoureuse coula ainsi tout l'été, mais un soir de fin de canicule, Adeline s'incrusta dans le lit conjugal, bien décidée à rompre avec ses dernières vertus, un peu comme les nuages gris au-dessus de Pontarlier qui annonçaient l'orage après un si long ciel bleu.

— J'aime vous regarder toutes les deux, c'est beau l'amour lesbien.

Les deux filles à genoux sur le lit de chaque côté de la poitrine d'Antoine ne répondirent rien, pas facile de toute façon de causer lorsque les langues sont occupées par l'amour. Noor appréciait de se laisser admirer dans ses jeux de caresses, Adeline semblait avoir tout oublié, ignorant Antoine, ne savourant que le délice des jeux interdits. Puis les petits culs roulèrent sur les cuisses et le ventre de l'homme, les langues se multiplièrent, les caresses décuplèrent. Antoine profita de l'une et de l'autre.

Il en fut ainsi les quelques jours et les quelques nuits suivants. Le plus enjoué fut Antoine, il demandait du spectacle, encore et toujours le même spectacle. Et les filles amoureuses le contentaient.

Sous le soleil de mi-septembre, Antoine accompagné de Macron s'enfonça dans la forêt qui surplombait le village de Levier. Une énorme coupe de bois occupait son adjoint sur l'abatteuse. Le patron resta à distance du chantier, le temps qu'Arsène le remarque. Antoine prenait plaisir à faire courir son berger belge dans les ronces à la recherche d'un hypothétique gibier, et Macron s'amusait de rien, sachant que son patron adoré avait su créer une entreprise prospère ayant recruté une vingtaine de chômeurs.

Les sapins coupés en quelques secondes grimpaient dans les airs sous la fourche de l'abatteuse, la griffe épluchait les branches vertes à grande vitesse, puis la lame coupait la bille de bois en morceaux de deux mètres, lesquels s'effondraient sur le sol, prêts à être empilés. Arsène coupa le moteur de son énorme engin.

— T'as vu, patron, il semblerait qu'il y ait plus de bois que prévu.

Antoine s'approcha de l'abatteuse.

— Oui, c'est vrai, mais faut bien ça. Avec tout ce bostryche, ces sapins ne vaudront pas très cher.

Comme c'était le dernier jour de travail de la semaine, ils prirent le temps d'une bonne bière, assis tous deux sur une bille de bois fraîchement ébarbée.

Antoine poussa amicalement du coude son adjoint.

— Alors, y parait que tu ne payes pas l'apéro pour ton anniversaire ce soir ?

— Ben oui, je ne peux pas. Par contre, je le fêterai vendredi dans huit jours.

— On le sait… on le sait… oui, tu nous l'as dit, mais tu ne nous as pas dit pourquoi tu reportais, c'est aussi important que cela ?

— Oui, ce soir, je sors en agréable compagnie.

— Oh là ! Tu te déciderais enfin à te caser ?

Arsène souriait tout en regardant étrangement son patron.

— Caser ! tout de suite les grands mots. Laisse-moi un peu de temps, cette fille est tellement belle qu'il ne faut pas la brusquer.

— Je la connais ?

— Au fait, je ne t'ai pas encore dit. Ce soir, si tu bois l'apéro avec les collègues, surveille bien qui te rendra visite au hangar. Mon petit doigt me dit qu'il faut t'attendre à une mauvaise surprise.

— Ah bon !

— Raphaël Ferret veut venir te casser la gueule ce soir pendant ton apéro.

— Ah, ha… il ne s'est toujours pas remis des escapades de sa fille !

— Il te traite de goujat, de démon du Haut-Doubs, il t'en veut à mort. Fais gaffe tout de même.

Antoine resta silencieux, Arsène ajouta :

— Il dit qu'il va te faire bouffer tes couilles.

— Ah, ha ! Pour l'instant, c'est sa fille qui me les bouffe.

— Arrête de parler ainsi, c'est vrai que tu es devenu un sale goujat. Raphaël Ferret a quelque part raison.

Antoine se leva de sa grume de bois.

— Qu'est-ce qui te prend, Arsène, t'es jaloux ou quoi ? Pourtant, tu as été le premier et un des rares à me soutenir.

— Tu as changé, Antoine, je ne te reconnais plus. Je comprenais ton amour à trois, mais maintenant, tu déjantes.

— Comment ça, je déjante, que sais-tu réellement de mes parties de jambes en l'air ? Rien, que je sache.

— Plus que tu crois. Enfin, là n'est pas le problème, surveille tout de même ta personne, Raphaël Ferret est vraiment capable de te faire du mal.

Antoine s'en retourna soucieux vers son 4X4 alors qu'Arsène regrimpait sur son abatteuse.

Et comme annoncé par Arsène, l'apéritif de ce vendredi soir fut houleux.

Raphaël, de sa jambe bancale, s'approcha jusqu'au banc où Antoine buvait l'apéritif au côté de Noor, entouré de ses employés. De son bras tremblant, monsieur Ferret empoigna le col du patron d'EFJ qui venait de se lever.

— Je t'interdis de revoir ma fille, tu m'entends, espèce de salopard !

— Votre fragilité m'interdit de vous brusquer, monsieur Ferret, mais votre fille est une adulte, c'est à elle d'en juger, me semble-t-il.

— Tu… tu as volé ma fille, tu l'as entraînée dans une vie de… de… dépravée. Elle mérite mieux que ça… mieux que toi, bégaya Raphaël, son visage rouge de colère.

— Écoutez, monsieur Ferret, ironisa méchamment Antoine, si vous voulez participer à notre ménage à trois, les places sont malheureusement déjà prises.

Raphaël tenait toujours le col de chemise d'Antoine. Il le lâcha brusquement, pour mieux lui administrer une gifle cinglante. Antoine n'osa pas répliquer, soulagé

219

quelque part de savoir que sa maitresse Adeline n'assistait pas à cette scène honteuse.

— Maintenant, je vous demanderai de quitter ce lieu, monsieur Ferret, votre agitation m'inquiète. N'allez pas nous faire une syncope, ce serait dommage, puisque vous êtes un peu mon beau-père, et il me faudrait aller à votre enterrement.

— Espèce… espèce… tu es encore pire que je ne l'imaginais. Et d'ailleurs, où est-elle ? Tu la caches ? Tu la retiens prisonnière, t'es pire que les Arabes, quand vas-tu l'obliger à passer le voile ?

— Pourquoi me chercher querelle ? Et qui plus est, devant tout mon personnel, c'est un affront. Je vous croyais plus correct, plus discret. Une discussion entre quatre yeux entre adultes m'aurait paru plus intelligent.

— Et toi, tu… tu es discret ? Coucher avec ma fille, et pis avec…

Il montra du doigt Noor.

— Avec cette traînée de musulmane en minijupe.

Il tapa de son poing le plus valide sur la poitrine d'Antoine.

— Tu, tu as foutu en l'air la vie de… de ma fille, mais tu… tu ne perds rien pour at… attendre.

Raphaël fit demi-tour sous les regards quelque peu amusés des employés, sous les prunelles médusées de Noor, devant le visage passablement agacé d'Antoine.

Alors que Raphaël s'éloignait en boitant, Antoine resta silencieux, serrant son verre de vin. Et si cet homme avait raison ? Et si tout cela finissait mal…

Dans ce luxueux restaurant de Pontarlier, Arsène posa sa main sur les doigts fragiles de sa voisine de table. Le gâteau d'anniversaire entre les deux assiettes à dessert, Arsène souffla la bougie de son vingt-neuvième printemps. Adeline frappa dans ses mains.

— Bravo, Arsène. Tu as le souffle d'un jeune homme.

— Mais je suis un jeune homme, Adeline. Six ans de moins qu'Antoine, cela compte. Notre couple serait déjà mieux assorti, qu'en penses-tu ?

— S'il te plait, Arsène, parlons d'autre chose, je suis suffisamment mal à l'aise ainsi.

Elle retira sa main de dessus la table, Arsène laissa glisser ses propres doigts pour les porter à son nez comme pour se gratter, une manie lorsqu'il se sentait mal à l'aise.

— Pourtant, ne me dis-tu pas qu'Antoine a changé, qu'il devient un malotru ? Et moi, et le personnel, tout le monde a remarqué comment l'homme a changé depuis sa relation avec toi et Noor. Il ne sait plus s'amuser avec nous tous, il devient prétentieux, il se croit tout permis. Pourquoi continues-tu à vivre avec lui ?

— Je l'aime.

— Moi aussi, je t'aime. Et je saurais tellement mieux te rendre heureuse. J'en suis certain, bafouilla Arsène, ses doigts jouant nerveusement avec la cuillère à dessert.

Il regardait ses beaux yeux, il avait repris sa main qu'elle avait retirée aussitôt. Elle bafouilla :

— Je ne sais pas où j'en suis, j'ai accepté ce dîner pour ton anniversaire, mais… mais je sais que je ne sortirai pas avec toi. Tu es un garçon adorable, Arsène, mais je ne suis pas amoureuse de toi, c'est ainsi.

Elle sourit faiblement : « Dommage que je ne puisse pas décider d'aimer quelqu'un comme on choisit un dessert. » Mais pourquoi avait-elle accepté ce dîner ? Pourquoi s'imposait-elle ce supplice, elle qui savait qu'Arsène n'avait aucune chance ? Peut-être cherchait-elle, dans ses mots maladroits, une issue qu'elle n'avait pas encore su trouver seule.

Une larme glissa sous l'œil de la belle. Une goutte de pitié ? De désespoir ? Le savait-elle elle-même, mais ce dont elle ne doutait pas, c'était de son propre naufrage. Sa vie actuelle n'était qu'une suite de réactions imprévisibles. Pourquoi poursuivre ces débauches dans le lit conjugal d'Houtaud ? Pourquoi cette dérive, elle, si sage, si bien éduquée ? Pourquoi accepter l'éloignement de son père, un homme réactionnaire certes, mais un homme malade qui aurait tant besoin de son soutien ? Elle se sentit brusquement ignoble, voulut quitter la table, elle n'en fit rien par respect pour l'aimable amoureux au visage blanc et aux yeux vides, assis en face d'elle.

Lorsque Adeline rentra à Houtaud tard dans la nuit, elle se coucha seule dans sa chambre, laissant dans leurs rêves les deux autres amoureux enlacés dans le lit conjugal.

— Alors, tu as pu te rabibocher avec ton père hier soir ? demanda Antoine en tapotant les fesses d'Adeline qui emplissait la bouilloire d'eau pour son thé du matin.

Elle avait recouvert son shorty d'une ample robe de chambre malgré la chaleur de ce mois de septembre.

— Depuis quand as-tu décidé de cacher tes si belles jambes à ton chéri éternel ?

— Éternel, éternel, tu vas vite en besogne, Antoine, répondit-elle en s'essuyant les yeux encore collés de sa courte nuit.

Elle s'assit pour se tartiner une biscotte, Antoine en profita pour l'embrasser sur la nuque et vint s'asseoir en face d'elle.

— Noor roupille encore. Faut dire que l'on n'a pas dormi beaucoup. Tu es rentrée tard cette nuit, non… ou je me trompe ?

Elle croqua dans sa biscotte trempée sans rien dire.

— Voilà trois questions que je te pose et tu ne me réponds rien.

Elle souleva son regard bleu vers Antoine.

— Laisse-moi me réveiller, tu sais bien qu'il me faut du temps pour émerger.

Du temps, elle en avait besoin pour préparer sa réponse, puisqu'elle allait lui mentir une deuxième fois. La veille déjà, elle avait laissé croire à son chéri qu'elle passerait la soirée vers son père pour s'expliquer, pour essayer d'arranger les bidons, pour que Raphaël accepte son union à trois. Ce matin, elle persisterait dans son mensonge, pas question d'avouer son escapade avec l'adjoint de Raphaël dans le plus luxueux restaurant de Pontarlier.

— Alors, répéta-t-il, ça s'est bien passé avec ton père ?

— Oui, très bien, mieux que prévu.

— Crois-tu vraiment que je vais gober cette histoire ?

Il soupira et ajouta :

— Tu es restée bien longtemps avec lui hier soir. Par contre, ce que je ne m'explique pas, c'est comment tu

223

pouvais causer avec ton père à Pontarlier alors qu'il était en train de me faire la morale au hangar le même soir à la même heure.

Prise au piège, Adeline tordit la bouche, puis plongea la tête dans sa tasse de thé.

Comme un ange tombé du ciel, Noor s'avançait vers Adeline. Elle se pencha, l'embrassa tendrement sur les lèvres, puis s'approcha d'Antoine, l'embrassa juste sur la joue.

— Je vois qu'Adeline a plus de considération que moi, pourtant elle ne le mérite pas, elle me dit des mensonges, déclara Antoine en dévisageant Noor.

Adeline grimaça une nouvelle fois, inutile de faire la belle devant son homme qui ne savait pas se contenir, où la colère sourdait, où l'explosion de reproches approchait à la vitesse de l'orage.

— Si je t'ai dit un mensonge, c'est pour protéger ton adjoint Arsène. D'ailleurs, je te ferai remarquer que Noor ne fait pas le même scandale que toi. Toutefois, à elle aussi, j'ai menti, et je suppose qu'elle l'a compris.

Antoine se racla la gorge.

— Tu n'avais pas besoin de me mentir. Je sais que je ne suis pas parfait, mais je pensais qu'on s'était promis d'être honnêtes, tous les trois.

Noor souriait, elle s'approcha de son amante, l'embrassa sur la nuque, entoura ses épaules de ses bras.

— Tu as raison de protéger ton ami. Donc, tu étais avec lui cette nuit ?

Adeline lançait un regard inquiet tout à la fois vers Antoine et vers Noor qui s'était approchée du plan de travail pour verser de l'eau chaude dans son bol empli de poudre de café.

Noor prit une gorgée de café, haussa les épaules et déclara avec un sourire :

— Allez, Antoine, ne joue pas les détectives. Adeline est incapable de tenir un secret, elle finira par tout avouer avant la fin de la matinée.

— Oui, j'étais au restaurant avec Arsène, mais il ne s'est rien passé. D'ailleurs, je ne suis pas amoureuse d'Arsène, je suis sortie avec lui parce que j'ai voulu lui faire plaisir. Et puis, zut, je fais ce que je veux.

Elle se leva et se précipita dans sa chambre, Noor sur ses talons. Antoine resta figé sur sa chaise, la colère collée à son estomac et tournée cette fois-ci vers son adjoint Arsène.

Sous les premiers rayons de soleil qui traversaient les vitres de la fenêtre de la chambre, Noor s'assit sur le bord du lit, caressa la chevelure foncée de son amie.

— Nous nous étions juré tous trois de ne jamais nous mentir, mais je te pardonne, Adeline. Tu as bien fait d'essayer de protéger Arsène, Antoine est capable de le renvoyer, simplement par jalousie. Tu n'aurais même pas dû lui avouer tout à l'heure.

Adeline, couchée sur le lit, le visage sur l'oreiller, se souleva. Elle dévoila ses yeux bleus humides devant le regard de Noor.

— Dommage qu'Antoine n'ait pas le même caractère que toi, il serait parfait.

— Tu cherches encore la perfection chez les hommes, ma tendre Adeline, mais tu devrais savoir que ça n'existe pas. Fais comme moi, profite de l'instant, chaque minute est bonne à prendre, laisse de côté les défauts d'Antoine, prends juste ce qui est bon en lui.

— Je ne sais pas faire.

Puis Adeline soupira :

— Tu es mille fois plus agréable que lui, Noor, tu es gentille, tu es belle, tu acceptes tout.

— Tu sais, Adeline, je t'ai toujours admirée. Tu es forte, mais tu as aussi le droit de craquer.

Elle marqua une pause avant de sourire :

—Et si on s'échappait un peu, juste toi et moi ?

La jolie Marocaine lui chatouilla le menton en ajoutant :

— On va faire une petite vacherie à Antoine, on va prendre une semaine de congé au mois d'octobre et on partira toutes les deux quelque part à l'étranger, au Maroc par exemple. Une semaine de vacances à faire l'amour, loin de lui, cela le fera peut-être réfléchir et redevenir l'homme qu'il était : doux, affable, discret, distingué.

Adeline soupira.

— Une semaine loin de lui ? Et si on faisait une erreur ?

Noor haussa les épaules :

— Si tu veux continuer à tout supporter, libre à toi. Moi, j'ai besoin de respirer… et puis… j'ai des choses à faire, là-bas, au Maroc.

— Tu as raison. Une semaine loin de tout, juste nous deux, ça pourrait m'aider à réfléchir. Et si Antoine craque… Eh bien, ce sera sa faute, pas la nôtre. C'est vrai… quoi ! Il se croit sultan, et si on le laisse faire, il est capable d'agrandir son harem.

Noor, les yeux pétillants, s'étira sur son lit, son téléphone toujours dans la main.

— Adeline, tu te rends compte ? Une semaine, rien que nous deux. Pas d'Antoine, pas d'obligations. Juste toi, moi, et les étoiles du désert marocain.

Adeline sourit timidement.

— Je crois que je vais vraiment aimer ces vacances.

Elle n'osa pas questionner Noor. Pourtant, sa chérie lui avait bien dit qu'elle avait des choses à faire au Maroc. Que pouvait donc bien lui cacher cette fille si coquine ?

Noor s'allongea sur le lit, prête pour un éclat de rire :

— Tu sais quoi ? Pendant notre absence, on pourrait lui laisser une liste de règles. Genre : pas de nouvelles conquêtes. Pas de cuites. Et surtout : pas de déclarations d'amour à Macron... Macron, le chien.

Puis, elle prit un air faussement fâché :

— Mais tu sais quoi, Adeline ? Parfois, je me demande si Antoine mérite vraiment qu'on revienne...

Elles éclatèrent de rire puis s'enlacèrent chaleureusement, leur manière à elles de sceller ce pacte vengeur.

Adeline put poser une semaine de congé pour la mi-octobre. Noor dut batailler auprès de son patron pour obtenir ces quelques jours de vacances, puisque Antoine acceptait difficilement la décision des deux filles de le laisser tomber pour une semaine de plaisirs sans lui.

— Et où allez-vous en vacances ?

— On ne sait pas encore, au Maroc peut-être.

— Et qu'allez-vous faire ?

Noor sourit et ne put s'empêcher une petite pique :

— Faire l'amour, et encore l'amour sous le soleil d'Afrique, dans ma chambre, tout à côté de celle de ma mère.

— Et ta mère acceptera ça ?

— Que crois-tu ? Il y a longtemps que je lui ai dit que je vivais avec toi et Adeline ici en France.

— Ah bon ! Et elle accepte ?

— Mais il n'y a pas que toi dans la vie qui as une large ouverture d'esprit.

Elle se leva de derrière son bureau pour embrasser son amant sur le coin des lèvres.

— Quoique… on dirait que ton ouverture d'esprit a pris un sale coup dans l'aile depuis quelques semaines. Tu commences à faire chier tout le monde et tu ne sais même plus apprécier ton bonheur de vivre avec deux filles que tu adores. C'est pour cela qu'Adeline et moi prenons le large quelques jours.

— Et vous allez vraiment faire l'amour les deux sans moi ?

Noor éclata de rire.

— Bien sûr que non… on fera des pauses pour manger des tajines.

Elle ajouta, sur un air un peu plus sérieux :

— C'est bien ce que je dis, ton ouverture d'esprit s'est bigrement rétrécie. Est-ce qu'Adeline se pose ce genre de question lorsque tu fais l'amour avec moi ? Et moi, sais-tu seulement si ça me dérange de te savoir de temps à autre dans le lit conjugal avec Adeline et sans moi.

— Mais il faut venir nous rejoindre, j'aime bien lorsque nous faisons l'amour à trois.

— Adeline n'aime pas, alors respecte sa décision.

— Allez ! Foutez-moi le camp, hurla-t-il.

Il claqua la porte du bureau et traversa la cour pour rejoindre le hangar. Mais à peine dans le 4X4, il écrasa le volant de ses mains, sentant que sa colère cachait quelque chose de pire : une peur sourde de les perdre pour de bon.

Quelques instants plus tard, Noor vit le 4X4 quitter le hangar, Antoine au volant, Arsène côté passager. Elle décrocha le téléphone pour appeler le Crédit Agricole de Pontarlier.

— Allo ! Adeline, je te dérange dans ton travail.

— Non, je viens de finir avec un client, je bois un thé avec un collègue à la machine à café.

— J'ai pu arracher une semaine de vacances à Antoine pour le 15 octobre. Je lui ai dit qu'on irait au Maroc. Ça te dit le Maroc ? Nous serions hébergées par ma mère, ça ne nous couterait pas très cher, je te présenterai à mes amis, y a des beaux mecs dans ma ville, ha, ah !

— Va pour le Maroc. Je suis heureuse que nous ne partions que toutes les deux.

— Moi aussi, tu sais. Au fait, Antoine a quitté le bureau furax et il vient de partir je ne sais où, au bois peut-être, avec Arsène. Y a de l'eau dans le gaz entre eux deux depuis qu'Antoine sait qu'Arsène cherche à nouveau à te séduire. J'ai comme un mauvais pressentiment, Antoine peut être violent, surtout avec son caractère de chien de ces jours-ci.

— Une semaine loin de nous deux lui fera le plus grand bien, je suis certaine que ce ne sera pas le même homme à notre retour.

— À ce soir à la maison, je t'aime.

— Moi aussi, je t'aime, Noor. Il me tarde de partir avec toi.

Octobre passait vite, si vite qu'Adeline avait à peine remarqué, lorsqu'elle passait au hangar, que son ami Arsène montrait un visage décomposé. Il venait d'apprendre deux mauvaises nouvelles. Il ne verrait pas Adeline durant huit jours, même si les seuls contacts entre eux se limitaient à une bise par jour dans la cour d'EFJ et à quelques mots gentils. La deuxième mauvaise nouvelle, moins affective mais plus pratique, concernait son licenciement.

Ce jour-là, Arsène avait déplié lentement la lettre devant les autres employés. Son visage s'était crispé, mais il n'avait rien dit. En silence, il avait retiré ses gants de travail, les avait posés sur une pile de bois, et avait lancé un regard glacé à Antoine avant de quitter le hangar.

Qu'il s'en aille, ce traître, avait pensé Antoine en l'observant partir. Mais une petite voix au fond de lui murmurait autre chose : tu viens peut-être de te débarrasser du dernier allié que tu avais.

Adeline ragea, tout comme Noor d'ailleurs, contre l'infâme amant qui, décidément, pétait les plombs, mais la perspective pour les deux filles de partir en vacances ensemble leur permit d'oublier toute compassion. Alors, comme le vent d'autan, elles se laissèrent porter au-delà de la Méditerranée.

L'avion fut plus rapide que le vent et se posa sur une piste de l'aéroport de Marrakech avec deux folles amoureuses à son bord.

Oui, elles étaient folles amoureuses, et Antoine à l'écart de leurs petits culs, elles allaient se les partager, ces petits culs cachés à mille lieues de la susceptibilité et de la rage de leur amant.

Discrètes dans la chambre contigüe à celle de maman, Noor et Adeline s'aimèrent jusqu'à en oublier Antoine.

Sous le soleil écrasant, les ruelles de la médina vibraient d'une effervescence unique. Les épices colorées formaient des montagnes odorantes, les artisans martelaient le cuivre, et le murmure des négociations se mêlait aux cris des enfants qui jouaient.

Noor attrapa la main d'Adeline.

— Laisse-moi te guider, chérie. Tu vas voir, il y a une boutique qui vend les plus beaux tissus du monde.

Adeline sourit, ses doigts s'enroulant doucement autour de ceux de Noor.

— Je te suis. De toute façon, je crois que je te suivrais n'importe où.

La médina bourdonnait de vie sous le soleil matinal. Noor tenait la main d'Adeline, l'entrainant avec enthousiasme dans les ruelles étroites bordées d'échoppes multicolores. Les étals de fruits confits, les bijoux scintillants et les tapis brodés défilaient sous leurs yeux émerveillés. Mais Noor semblait un peu trop concentrée, ses yeux noirs scrutant chaque visage, chaque silhouette.

— Tu marches vite, Noor, qu'est-ce qui t'arrive ? demanda Adeline, un peu essoufflée.

Noor ralentit aussitôt et se tourna vers son amante avec un sourire radieux.

— Désolée, je me laisse emporter par l'excitation. Je veux te montrer un endroit spécial. Un vieil ami de ma famille tient une boutique par ici, et je pense qu'il pourrait nous offrir un thé à la menthe.

Adeline haussa les épaules en riant.

— Du moment qu'il a aussi des pâtisseries…

Noor lui vola un baiser avant de bifurquer dans une ruelle plus sombre. À peine eurent-elles pénétré dans l'échoppe poussiéreuse qu'un homme trapu au regard perçant se redressa derrière un comptoir encombré de babioles en cuivre. Noor lâcha la main d'Adeline et s'avança, son sourire s'effaçant légèrement.

— Monsieur Karim, murmura-t-elle en arabe. Je suis Noor… vous avez travaillé pour mon beau-père.

L'homme blêmit, puis se ressaisit en fixant d'un œil curieux Adeline qui suivait Noor.

— Oui, je me souviens de vous, Noor. Mais pourquoi venir ici ? Ce n'est pas prudent.

— Je dois savoir, répondit-elle fermement. Il est toujours à Marrakech, n'est-ce pas ?

L'homme hésita avant de jeter un regard rapide à Adeline. Noor ajouta aussitôt :

— Elle est avec moi, vous pouvez lui faire confiance, de toute façon, elle ne comprend pas l'arabe.

— Oui, il est toujours là, mais je ne peux pas en dire plus. Il a des yeux partout. Faites attention, Noor, cet homme est dangereux.

Dans la boutique, Noor s'adossa au comptoir, ses yeux fixant Karim avec insistance.

— Vous ne pouvez pas savoir, mais il a brisé ma famille. Et maintenant, je sais que je peux me venger.

Adeline, bien qu'elle ne comprît pas un mot, fronça les sourcils en observant l'échange tendu. Noor se tourna alors vers elle, reprenant aussitôt son sourire éclatant.

— Prends un thé, ma chérie. Je veux juste discuter un peu avec cet ami de la famille.

Mais dans son cœur, Noor savait qu'elle venait de franchir une nouvelle étape dans sa quête de vérité.

Les jours suivants, les deux amoureuses se promenèrent dans le palais de la Bahia et sur la place Jemaa el-Fna, se payèrent une excursion aux cascades

232

d'Ouzoud. Fascinée par l'ampleur et la grâce des chutes vertigineuses, Adeline ne put s'empêcher de penser à Antoine. Avait-il remarqué qu'elle ne lui avait pas envoyé de message depuis leur départ ?

Le dernier jour fut réservé à une balade à chameau à la palmeraie de Marrakech en compagnie de deux amis de Noor, heureux de retrouver la jolie Marocaine tout épanouie, déçus de la savoir en trop bonne compagnie.

Adeline fut enchantée par le charme des deux garçons, séduite par la gentillesse de la maman de Noor au même sourire que sa fille. Alors, elle regretta le retour trop rapide, et dans l'avion, elle s'endormit sur l'épaule de sa chérie, pleine de rêves fous où Antoine n'avait pas sa place.

Au retour du Maroc, Adeline loua un petit appartement dans le village de Doubs tout à côté de Pontarlier. En posant ses cartons dans son nouveau studio, Adeline sentit une bouffée de liberté l'envahir. Ce n'était pas grand, ce n'était pas luxueux, mais c'était à elle. Pour la première fois depuis longtemps, elle se sentait maîtresse de son propre destin.

Elle reçut régulièrement sa chérie de plus en plus amoureuse, rarement son chéri de plus en plus acariâtre.

— Tu as trop joué avec le feu, lui avait récemment avoué Adeline, tu voulais un spectacle, Antoine. Tu voulais nous voir, nous admirer dans le lit. Mais tu n'as rien vu. Tu ne vois jamais rien. Pendant que tu nous regardais, Noor et moi, on a trouvé quelque chose que tu ne pourras jamais comprendre : l'amour.

18

La neige tombait à gros flocons sur le pavé de la rue principale à Doubs. Noël sera blanc, lui avait prédit, quelques jours avant, sa douce chérie, la tête sur son épaule dans leur lit douillet de la chambre mauve d'Adeline.

— C'est aussi ta chambre, mon amour, maintenant que tu vis avec moi, déclara Adeline cette avant-veille de Noël.

— Cela me fait tout bizarre de ne plus partager avec Antoine.

— Tu regrettes ?

Noor se cala encore plus près de sa chérie.

— Non, bien sûr que non, mais je reconnais qu'Antoine m'a apporté beaucoup de choses. Même si c'est moi qui l'ai dévergondé par de nouvelles postures amoureuses, avec des petites perversités qui le faisaient rougir, mais c'était là tout son charme. Il a su me canaliser, m'apporter sa douceur, sa tendresse, ce brin de pudeur qui se mariait si bien avec son dévergondage naissant. Il m'a aidée financièrement, je n'ai manqué de rien peu de temps après mon arrivée en France, et tout cela grâce à lui. Et surtout, surtout, les premiers temps, il semblait terriblement amoureux. Mais il est certain que ces derniers mois, tout a foiré. Et visiblement, c'est bien sa faute, puisque tout le monde s'accorde à dire qu'il est devenu invivable.

— Et cela n'a rien arrangé depuis que nous l'avons quitté.

Puis Adeline soupira en caressant les nattes de Noor.

— Tu l'aimes encore ?

— Pas autant que je t'aime, murmura la magrébine à l'oreille d'Adeline.

Ses lèvres se posèrent sur la bouche de son amour. Les filles s'embrassèrent, puis une énième envie les roula dans les draps, et après caresses lentes et caresses humides, après le temps de l'indolence et de la tendresse, Noor éclata de rire juste à l'idée de ce qu'elle allait dire :

— Le seul regret d'avoir quitté Antoine, c'est qu'il nous manque un morceau lorsque nous baisons toutes les deux.

— Tu le penses vraiment ?

— Non, plaisanta-t-elle à nouveau, ton doigt magique fait parfaitement l'affaire.

Ce fut au tour d'Adeline d'éclater de rire :

— Quand je pense qu'il se vantait d'en avoir une grosse, qu'est-ce qu'on en a à foutre !

— Tu crois qu'il nous imagine ici, dans le lit de ton nouvel appartement ?

— S'il nous imagine, ce n'est que justice. Il avait tout, et il a tout gâché.

Elles s'endormirent en pensant au réveillon de Noël du lendemain soir. Noor ressentit un pincement au cœur en sachant qu'Antoine allait descendre seul avec son fils à Besançon pour retrouver sa mère.

Quant à Adeline, elle aimait Noor, cela lui suffisait pour être heureuse, elle passerait la veille de Noël avec elle dans un joli restaurant blotti dans la neige au pied des pistes de ski de Métabief. Pourtant, elle ressentait, elle aussi, une douleur au cœur parce qu'elle ne réveillonnerait pas avec son père, son père si fragile, si seul. Elle lui souhaitera tout de même un joyeux Noël par SMS. Inutile de l'appeler au téléphone, il lui raccrocherait au nez, pire encore, si elle se rendait à la maison, il ne lui ouvrirait même pas la porte. Quoi ! Sa fille si bien éduquée avait fait ménage à trois, et maintenant, elle se transformait en gouine ! Elle voudrait le faire mourir qu'elle ne s'y prendrait pas mieux. Néanmoins, sa santé s'améliorait, plus aucune séquelle de son AVC, sinon peut-être un bras légèrement tremblant. Raphaël se remettait plus facilement de son accident cérébral que de sa blessure mentale.

La soirée de Noël se passa encore plus mal que prévu chez la maman d'Antoine à Besançon, cette dernière suppliant une fois de plus son fils de lui donner encore un peu d'argent. Cependant, cette même soirée de réveillon ne se passa pas si mal chez le papa d'Adeline, puisqu'il avait invité sœurs et beaux-frères à partager sa table et qu'il avait décidé de cacher dans un coin de sa tête les égarements de sa fille. Mais l'absence d'Adeline à ses côtés le contrariait plus qu'il ne voulait se l'avouer, plus encore que les frasques de sa fille chérie.

Tout le monde gardait un morceau de peine dans son cœur, chacun dans son coin, y compris Noor et Adeline. Mais les deux lesbiennes passèrent une soirée délicieuse : le repas fut somptueux, cependant pas de petit Jésus dans la crèche, mais deux fausses vierges qui cherchèrent l'Esprit-Saint tard dans la nuit au fond des draps.

Janvier, le mois des bonnes résolutions. Antoine n'attendit même pas minuit pour vivre ses nouvelles décisions. En cette nuit de Saint-Sylvestre, il savait où retrouver les deux lesbiennes. Il les repéra à onze heures du soir, assises au bar de la boite de nuit La Grange, devant chacune, une Desperados.

— On fait la paix, déclara-t-il en bisant ses deux anciennes compagnes.

— On ne t'a jamais fait la guerre, Antoine, on voulait justement que tu nous fiches la paix.

Il tira un siège haut et s'installa en face des deux filles et commanda une bière.

— Pourquoi m'en veux-tu autant que cela, Adeline ?

— Parce que tu es devenu con.

— Au moins, c'est dit.

— Mais tu es toujours aussi mignon, ajouta Noor avec son plus beau sourire.

Jusqu'à presque minuit, Antoine se chamailla, pas tout à fait gentiment avec Adeline, plus aimablement avec Noor.

Au passage de la nouvelle année, tous trois à se tortiller sur la piste de danse, Antoine s'empressa d'enlacer Noor pour lui souhaiter une bonne et heureuse année avant même qu'Adeline puisse esquisser le moindre geste. La jeune fille en fut vexée, d'autant que Noor avait accepté un baiser un peu trop appuyé sur la commissure de ses lèvres.

— Viens, chérie, on va s'asseoir. Et toi, Antoine, fiche-nous la paix, Noor et moi avons besoin de nous câliner dans un petit coin sombre de cette boite pour bien débuter l'année.

Le visage d'Antoine clignotait rouge et vert sous les spots psychédéliques.

— Et si elle ne veut pas ? Peut-être préfère-t-elle rester avec moi ?

Adeline haussa les épaules, sa robe pastel frôlait le jean troué de Noor. Elle tendit la main à sa chérie.

— N'importe quoi ! Tu viens, Noor.

— Vous n'êtes pas sympa, bougonna Antoine, vous ne vous rappelez donc pas tous ces beaux mois passés ensemble ? Faut-il, lorsque l'on s'est aimé, se haïr sans même savoir pourquoi ?

— Ne commence pas à nous saouler avec tes conneries de prince déchu, dit Adeline, puis elle tira sa chérie par le bras :

— Viens.

Noor suivit, Antoine aussi.

Adeline se retourna.

— Je t'ai dit de nous foutre la paix.

— Pourrais-tu au moins respecter la décision de Noor ?

Noor s'arrêta et se retourna devant Antoine dans la pénombre du fond de la salle.

— Adeline a raison, laisse-nous, ne gâche pas notre soirée. On se reverra plus tard.

Antoine hésita, puis fit demi-tour, un brin de nostalgie au creux de son ventre noué.

Il se souvenait de ces matins où Noor riait en faisant des crêpes, où Adeline, encore à moitié endormie, traînait son plaid jusqu'à la cuisine. Tout semblait si simple alors. Comment en était-il arrivé là ?

Tout semblait chaotique dans la tête d'Antoine en ce début d'année 2022. Il avait cru renouer avec l'amour, ou du moins récupérer Noor. Mais cette petite sotte l'avait humilié devant tout le monde, avec l'aide d'Adeline. Deux femmes qu'il avait aimées, chéries, gâtées, et qui aujourd'hui osaient le rejeter.

Était-ce sa faute ? Peut-être. Était-ce la leur ? Très probablement. Elles n'avaient pas compris ce qu'il représentait. Elles n'avaient pas vu à quel point il avait été généreux, patient. Elles n'avaient pas mesuré la chance qu'elles avaient de l'avoir dans leur vie. Alors quoi ? Il devait simplement les laisser vivre leur petite idylle lesbienne, rire de lui dans leur appartement douillet, pendant qu'il essayait de colmater les brèches de son entreprise et de sa propre vie ?

Mais le plus insoutenable restait cette promiscuité sur le lieu de travail : déposer juste une bise sur la joue de Noor chaque matin lorsqu'il pénétrait dans son bureau, donner des ordres à sa secrétaire sans oser poser la main sur son épaule, croiser de temps à autre son regard coquin lorsqu'il restait une heure ou deux assis à sa place non loin de son ancienne chérie. Quelque chose devait changer, et vite.

Dès la fin de cette première semaine de l'année, Antoine décida que cette situation n'était plus tenable. Assis sur son tracteur forestier, entouré par le calme glacé des hauteurs de Sombacour, Antoine décrocha son téléphone. Son index hésita un instant au-dessus de l'écran. Puis, d'un geste sec, il composa un numéro, son cœur battant la chamade. Tout devait changer. Maintenant.

— Noor…

— Oui ?

— Tu ne peux pas me faire ça, Noor, je t'aime trop.

— Écoute, Antoine, je suis au bureau, il y a des employés et un client vers moi. Je passe te voir ce soir à Houtaud. Dis-moi quelle heure ?

— Mais comment viendrais-tu ? Ne veux-tu pas que je passe te prendre au travail à dix-huit heures ?

— Non, j'ai des courses à faire après le boulot, je me débrouillerai pour venir à Houtaud par mes propres moyens.

— Ne me dis pas que c'est Adeline qui t'accompagnera ?

— Non, t'inquiètes.

— Mais tu n'as pas ton permis, tu ne vas pas venir en vélo électrique avec ce verglas !

— Quelqu'un m'emmènera, et je saurai comment rentrer chez moi dans la soirée.

— À moins que je ne te garde pour la nuit, osa déclarer Antoine.

La réponse fut un rire sonore, alors il ajouta :

— Au fait, qui est-ce qui t'emmène ?

— Une amie. À ce soir vingt heures, ça te va ?

— OK.

Antoine descendit de son tracteur, posa les pieds sur la fine couche de neige gelée, leva les yeux vers les feuillus dénudés de l'autre côté de la clairière. Les branches nues et les brindilles fines décoraient le ciel bleu de mille filaments de soie dorée.

— C'est qui cette connasse qui l'accompagne ! murmura-t-il en serrant les mâchoires.

Il trouva un bouc émissaire en une branche de houx aux boules écarlates qui scintillaient au soleil. Elle reçut un coup de serpe à mi-hauteur, le pied meurtri branla sur sa base sans se plaindre et la branche tomba sur un tapis de ronces. Antoine s'acharna sur l'épi de billes rouges, et deux nouveaux coups de serpe laissèrent mourir en terre les jolies graines de Noël, comme un rappel ironique de son propre cœur éclaté.

Vingt heures précises, Noor arrivait devant la maison d'Antoine. Le patron d'EFJ l'attendait sur le palier sous la lumière de la LED solaire. Elle claqua la portière et s'avança vers son ex-compagnon :

— Je te présente ma nouvelle amie, c'est une Peugeot 307.

Noor embrassa Antoine sur les deux joues. Il essaya d'approcher sa bouche de ses lèvres.

— Mais… mais je ne savais pas que tu avais passé ton permis, petite cachotière !

— Je l'ai depuis la semaine dernière. C'est une Peugeot break.

— Mais pourquoi une si grande voiture pour une petite fille comme toi ?

Elle rit de bon cœur en donnant une explication :

— Comme je n'ai pas réellement de chez-moi, un break est bien pratique, par exemple, un soir de boite si j'ai besoin de m'étendre aux côtés d'un beau mec.

Il allongea son bras pour indiquer le chemin à Noor.

— Entre, ma chérie, puisque tu n'as pas de maison, les portes de celle-ci te sont grandes ouvertes.

Ils s'installèrent dans le canapé du salon devant une bouteille de macvin.

— J'espère que nous n'allons pas achever cette bouteille ce soir, sinon je crains de finir dans ton lit, plaisanta-t-elle.

Il entoura les épaules de Noor comme il aimait tant le faire lorsqu'ils vivaient ensemble.

— Que la bouteille soit vide ou pas, rien n'empêche.

— Si ! Adeline tout de même !

— Encore celle-là !

Puis il siffla d'une traite son verre de liqueur, se resservit, se donna brusquement un air soumis en se rapprochant une nouvelle fois de Noor, il lui prit la main.

— Tu ne peux pas me faire ça, chérie, je t'aime comme un fou, reviens ici, s'il te plait, reviens ici.

— Ce n'est pas moi que tu aimes, ce sont les jolies filles.

Elle avala une gorgée de macvin et ajouta :

— Moi, ça me va de faire l'amour avec toi, tu es beau et tu fais bien l'amour, mais vois-tu, Adeline est amoureuse de moi, et je l'aime bien aussi.

— Elle est amoureuse de toi pour me faire chier.

— C'est toi qui l'as dévergondée avec ce ménage à trois, tu sais très bien qu'elle n'en voulait pas, puis de jouer avec le feu, elle est tombée dans mes bras.

— Tu as un sacré culot, n'y es-tu pas pour quelque chose ? N'as-tu pas souhaité toi aussi ce ménage à trois ?

— Je le voulais parce que j'avais envie de connaitre plein de trucs, toi aussi d'ailleurs, mais faut reconnaitre qu'Adeline ne voyait pas les choses de la même façon. Ce fut une erreur. On aurait pu se voir tous les trois comme ça, de temps à autre, ou alors que tu ailles retrouver Adeline dans son lit chez elle.

— Tu n'aurais pas supporté.

— Tu te trompes. J'ai une autre idée que toi sur les relations entre les humains. J'accepte l'amour libre, je ne suis pas jalouse. J'aime les beaux mecs, j'aime les belles filles, j'aime le sexe, j'aime vivre, je ne me pose pas de questions. J'avoue que c'est compliqué. Mais toi et Adeline, ainsi que la plupart des gens, vous ne fonctionnez pas ainsi. Il y a toujours la crainte des médisances, et puis l'éducation chrétienne, et j'en passe.

— L'éducation musulmane n'est-elle pas pire ?

— Je me fous des religions. Je ne suis pas plus musulmane que tu n'es un vrai chrétien. Tu vois bien que je bois de l'alcool, je mange du porc, je fais l'amour quand et comme je veux. Comment peux-tu croire encore une seconde que j'ai accepté mon éducation religieuse ? Heureusement que ma mère a su me laisser tranquille avec toutes ces singeries. Elle me disait que les religions étaient toutes les mêmes, juste bonnes à élever la morale au-dessus de toutes choses, même au-dessus du bonheur.

— Par chance, on essaie de vivre dans un monde moral, sinon que serait la société ? soupira Antoine.

Elle acheva son verre de macvin.

— Une bonne morale doit aller de pair avec un réel bonheur, pas contre lui.

— La morale aide à réguler nos sociétés.

— Et toi quand tu t'envoies en l'air avec deux femmes en même temps, qu'est-ce que tu régules, dis voir, tes désirs ?

Il chatouilla Noor sur le côté du ventre.

— Viens avec moi dans le lit, je vais te montrer comment je peux réguler ton petit cul.

Dans la chambre, dans le lit, il dérégula, et la morale de la société et le petit cul en un tour de langue. Enfin, au sommet du plaisir, il inonda les principes rigoristes dans un soupir sauvage.

Quelques instants plus tard, les têtes sur l'oreiller et la morale dans le bon sens, ils parlèrent douceurs :

— Je suis content que tu sois revenue dans mon lit.

— Je suis heureuse de me sentir libre.

— Mais si Adeline apprend, elle n'appréciera peut-être pas.

— Comme on se dit tout, je pense lui avouer, chuchota Noor dans un demi-sourire.

Elle caressa les cheveux courts de son amant et ajouta :

— Par contre, je ne suis pas sûre qu'elle appréciera.

— Tu envisages de ne rien dire ?

— Pour une fois, j'hésite.

Antoine s'assit sur le lit, alluma le plafonnier.

— Il faut que tu lui dises, sinon que deviendraient tes bonnes manières, toi qui jures tout le temps de ne jamais mentir.

— Je ne mentirai pas, je ne dirai rien, c'est différent.

— Ne joue pas sur les mots, Noor. Tu me déçois. Reste la belle personne que tu es, avoue-lui ton écart, elle te pardonnera.

Elle s'assit à son tour, le dos contre le bois de lit, fixa Antoine avec un regard froid inhabituel :

— Tu connais Adeline, tu sais très bien qu'elle me pardonnerait difficilement. Que cherches-tu ? Rendre Adeline jalouse ? Ou bien espérer qu'elle rompe avec moi ?

Il fit un signe militaire, façon plaisanterie :

— Les deux, mon adjudant.

Elle sauta du lit.

Alors qu'elle enfilait culotte et jean, elle explosa :

— Je te connais, tu ne plaisantes pas, je sais que tu souhaites vraiment cela. Je me demande même si cette soirée n'était pas un piège.

Mais Noor resta un instant immobile, ses mains tremblant légèrement en boutonnant son jean. Elle regardait Antoine, cherchant une trace de l'homme qu'elle avait aimé autrefois.

— Tu es révoltant, je me casse.

Il voulut la retenir. Peine perdue, autant Noor respirait la générosité, autant elle haïssait la félonie. Elle claqua la porte de la chambre puis celle de l'entrée.

Elle l'entendit crier depuis son lit :

— Tu aimes trop la baise et mon gros sexe, je sais que tu reviendras.

L'arrogance d'Antoine ne l'empêcha pas de cogiter. Resté seul dans sa chambre, il fixait le plafond. Pourquoi ne pouvait-il pas juste la laisser partir ? Était-ce de l'amour, ou simplement une peur de la solitude qui le poussait à s'accrocher ? Il se frotta les yeux, incapable de répondre.

Dans sa voiture, Noor serra le volant. Une larme roula sur sa joue, mais elle l'essuya d'un revers de main. Elle savait qu'elle faisait ce qu'il fallait. Pourtant, une petite voix au fond d'elle lui murmurait : « Je laisse derrière moi une partie de mon histoire que je ne pourrai jamais récupérer. »

Quelques jours plus tard, alors qu'Antoine venait d'achever de défricher une parcelle à la Rivière-Drugeon, il passa au Crédit Agricole de Pontarlier en fin de journée pour... pour tout simplement rencontrer Adeline qu'il n'avait pas revue depuis des lustres.

— Pourquoi as-tu demandé à me voir ? Je ne suis pas ta conseillère en patrimoine, c'est avec le directeur de l'agence que tu négocies tes affaires ?

Assis en face de son ex-compagne autour d'une petite table ovale dans un box de la banque, Antoine toussota, le poing devant sa bouche.

— Tu me manques, Adeline.

Elle tordit sa bouche.

— Tu veux vraiment parler de ça dans une banque ? Tu crois qu'on va faire notre déclaration d'amour dans un box vitré entre deux virements ?

Antoine toussota.

— Eh bien… ça a toujours son charme, non ? Toi, dans ton tailleur de banquière, moi en bûcheron des bois… Adeline, ça pourrait être romantique si tu y mettais du tien.

— Antoine, sérieusement. On parle ici ou tu veux que je te fasse un crédit en prime ?

— Je t'invite au restaurant dans la semaine.

Elle le fixa dans les yeux, hésitant à donner une réponse.

— Allez ! Dis-moi oui, s'il te plait. Pourquoi m'en veux-tu autant que cela ? On s'aimait, on s'aime toujours, hein, dis-le-moi, dis-le-moi que l'on s'aime ?

Une collègue d'Adeline frappa à la porte du box, présenta sa tête.

— Peux-tu venir trente secondes dans le hall, j'ai quelque chose à te demander.

— J'arrive, Amandine.

Adeline se tourna à nouveau vers son client :

— Tu vois ! Ce n'est pas sain de parler ici, nous sommes constamment dérangés. OK, j'accepte ton invitation au resto.

246

Antoine se leva, déposa un baiser sur la joue d'Adeline.

— Super ! Demain soir, café de la poste.

— Pas le soir. Entre midi et deux, si tu veux.

— OK, merci.

Elle raccompagna Antoine jusque dans le hall où elle devait retrouver sa collègue Amandine. Il salua les deux filles et se retira, tout heureux de son rendez-vous du lendemain.

— Mais c'est ton ex ou je me trompe ? demanda Amandine à sa collègue.

— Oui, je crois qu'il vient pour recoller les morceaux, mais ce n'est pas gagné.

— Tu l'aimes toujours, c'est ça ?

— C'est à cause de lui que je fais n'importe quoi avec ma vie sentimentale. Je suis tombée amoureuse du mauvais garçon, faut que j'oublie.

Il lui fut facile d'oublier, car le lendemain, au café de la poste, Antoine se comporta comme un goujat. À l'heure du dessert, il se lança :

— Noor t'a dit ?

Adeline fronça les sourcils.

— M'a dit quoi ?

Il fit tourner son verre entre ses doigts, prenant un air faussement innocent.

— Eh bien… disons que nous avons partagé un moment assez… intime récemment.

Adeline posa lentement sa fourchette.

— Tu veux dire que vous avez couché ensemble ?

Il sourit, un sourire cruel.

— C'était magique, vraiment. Tu sais combien elle est douée.

Le regard d'Adeline s'assombrit. Elle se redressa sur sa chaise.

— Je suppose que tu es heureux de m'avoir piqué cette gentille fille.

— Mais je ne t'ai rien piqué, tu sais bien que Noor est une fille libre.

Elle observa les yeux gris cruels de son ancien amant.

— Pourquoi me le dire ? Pourquoi me faire du mal ?

— Noor aime les garçons, pas les filles. Si elle est sortie avec toi, c'était pour me faire enrager. Tu sais, Noor… elle m'a permis de me sentir moins seul, au moins pour un moment. Mais toi… toi, tu m'as laissé tomber. Pourquoi ?

Adeline se leva, le cœur battant à tout rompre. Une vague de colère et de tristesse l'envahissait, mêlée à un dégoût profond. Elle se sentait trahie une nouvelle fois, et pas seulement par Antoine. Elle attrapa son sac, les mains tremblantes.

— C'est toi qui m'as invitée, c'est donc toi qui payes. Salut.

Et sans un regard en arrière, elle quitta le restaurant, son esprit envahi par mille pensées contradictoires, laissant le mauvais garçon à ses réflexions.

C'était l'heure de la sortie au Crédit Agricole. Adeline rangea son bureau, s'empara de son manteau trois-quarts et de son sac à main.

— À demain, Adeline.

— À demain, monsieur le directeur.

L'air glacial du soir la surprit sur le trottoir alors qu'elle réfléchissait à quelle décision prendre. Pas besoin de réfléchir longtemps, elle décida de rentrer à son appartement de Doubs, elle attendrait Noor qui devait sortir du boulot un peu plus tard.

En effet, Noor arriva chez Adeline peu de temps après. Elle retira sa parka et l'accrocha au porte-manteau du hall, avança rapidement vers Adeline penchée sur l'évier de la cuisine. Toujours avec son sourire légendaire, elle embrassa sur les lèvres sa chérie qui relevait la tête. La réponse fut moins enthousiaste, et la belle détacha ses lèvres plus rapidement que Noor ne l'aurait souhaité.

— Tu as passé une belle journée, Adeline chérie ?

Son amante tordit la bouche et Noor ne s'y trompa pas, elle n'était pas de très bonne humeur. Adeline passa au salon, Noor sur ses talons. Elle posa les deux mains sur le dos d'une chaise comme si celle-ci allait lui servir d'appui pour le cas où elle se sentirait mal. Noor, plus détendue, prit le temps de s'installer sur le divan.

— J'étais en train de préparer une soupe de légumes. J'espère que tu l'apprécieras, en ce qui me concerne, je n'ai pas faim, déclara Adeline.

— Qu'est-ce qu'il y a ? Tu as la tête de tes mauvais jours.

— Il y a que j'ai vu Antoine tout à l'heure. Il s'empressait de venir me raconter que tu couchais de nouveau avec lui. Et de cela, tu n'as pas osé m'en parler. Comment te faire confiance maintenant ?

Noor quitta son sourire. Elle se leva pour venir entourer les épaules d'Adeline.

— Ne me touche pas, s'il te plait.

Elle posa néanmoins une main sur la naissance du bassin.

— Je suis désolée, Adeline, je n'ai pas osé, je savais que tu le prendrais mal. Mais ce fut une erreur. Antoine m'a attirée dans un piège et je me suis laissée faire. Tu me connais, j'aime tellement ça, et Antoine sait si bien séduire. Et puis il est allé au bout de sa forfaiture, il avait tout prémédité. Sur l'oreiller, il m'avait demandé de tout t'avouer, mais comme je ne voulais pas, il s'est empressé de te le dire. Il voulait te rendre jalouse et il voulait que nous rompions, c'est... c'est un manipulateur.

Adeline se redressa, les yeux brillants de colère et de tristesse.

— Ce n'est pas lui qui m'a trahie, Noor. C'est toi. Lui, je savais qu'il était un salaud. Mais toi... toi, je te faisais confiance.

Noor pencha sa tête sur l'épaule d'Adeline, les nattes caressaient la longue chevelure de sa compagne. Mais Adeline contourna la chaise et vint s'y asseoir.

— Laisse-moi, j'ai besoin de réfléchir.

— Comment ça, laisse-moi ? Tu veux que je quitte ton appartement ?

— Je veux que tu me laisses tranquille ce soir. Mange ta soupe, va dans la chambre, moi, je coucherai dans le canapé, je suis fatiguée de tout cela. On en causera ce week-end.

Elle plongea la tête dans ses mains, les coudes sur la table. Oui, elle avait besoin de réfléchir.

Noor, pourtant si déraisonnable au lit, montrait dans le reste de sa vie une intuition souvent juste. Elle obéit donc à sa compagne et s'en alla à la cuisine.

Elle se tenait seule dans le salon, le regard perdu sur la soupe de légumes qui bouillonnait sur la cuisinière. Elle imaginait Adeline cachant des larmes qui ruisselaient sur ses mains.

Adeline s'était enfermée dans la chambre, la porte claquée. Elle soupira, passa une main dans ses cheveux. Tout ce qu'elle voulait, c'était retrouver l'harmonie qu'elles avaient partagée, mais elle savait que ce ne serait pas si simple. Noor ne savait pas maitriser ses pulsions, songeait-elle. Noor n'était pas fiable, Noor la trahirait encore et encore, Noor gentille, mais incontrôlable, Noor fille facile qui aimait trop de monde. Après ce démon d'Antoine, c'était ce trop bel ange qui était en train de laisser partir sa vie à la dérive.

Adeline sortit de son lit au petit matin, s'approcha de Noor qui buvait un thé devant la table du salon. Elle savait ce qu'elle devait dire, mais les mots restaient bloqués dans sa gorge. Elle l'aimait. Mais pouvait-elle vraiment continuer à aimer quelqu'un en qui elle ne pouvait plus avoir confiance ?

— Noor, je t'aime, mais ce n'est pas suffisant. J'ai besoin de stabilité, de confiance, et toi… toi, tu es comme le vent. Tu passes, tu tournes, tu changes de direction. Moi, j'ai besoin d'ancrage, pas de tempêtes. Le mieux est que tu te trouves un logement et que tu reprennes ta liberté. Tu n'auras pas besoin de mentir, le mensonge te va si mal. Ou alors, retourne vers Antoine. Moi, à ta place, j'opterais pour la première solution, Antoine ne te mérite pas.

Noor avait passé la semaine à chercher un logement. Chaque visite la replongeait dans ses souvenirs : l'appartement qu'elle partageait avec Adeline, la maison

251

d'Houtaud, même la chambre d'hôtel où elle avait parfois dormi après une soirée trop arrosée. Tout lui semblait vide. Alors, quand Antoine l'avait appelée, elle avait cédé. Mais elle savait que ce n'était pas une victoire. Quinze jours plus tard, elle quittait l'appartement de Doubs pour rejoindre la maison, la chambre et le lit d'Antoine.

Antoine s'était fait livrer la veille son canapé tout neuf en cuir noir sorti du plus beau magasin de meubles de Pontarlier. Noor s'y prélassait en compagnie de son compagnon. Elle entourait de son bras les épaules d'Antoine.

— Ce n'est pas bien ce que tu as fait. Adeline t'en veut terriblement, mais du coup, elle m'en veut à moi aussi. Pourtant, je sais qu'elle m'aime, pire, elle t'aime aussi. Tu t'es débrouillé comme un manche, tu n'aurais jamais dû jouer à ce jeu-là. Je crois que tu as définitivement perdu Adeline. En ce qui me concerne, tant pis pour moi, je saurai rebondir, de toute façon, je ne suis pas faite pour être lesbienne.

— Tu as raison, ma petite chérie, sourit Antoine, tu sauras rebondir, d'ailleurs, tu as commencé à le faire dans notre lit, et sur mon gros sexe.

Noor posa sa tête sur l'épaule d'Antoine, un sourire mi-moqueur, mi-nostalgique.

— Tu sais, Antoine, si tu étais un peu moins obsédé par ta grosse quéquette, peut-être que tu comprendrais pourquoi tout le monde finit par te quitter.

Il haussa un sourcil, feignant l'amusement, mais une lueur d'agacement traversa son regard.

— Pourtant, toi, tu es revenue, ma petite Noor.

— Je suis revenue, oui. Mais pas pour toi. Je suis revenue parce que je ne sais pas où aller.

Noor étira ses jambes sur le canapé, un sourire faussement détendu aux lèvres. Elle plaisantait, riait, jouait le jeu. Mais une petite voix à l'arrière de son esprit lui murmurait qu'elle n'avait pas sa place ici. Elle chassa rapidement cette pensée en taquinant Antoine, comme pour noyer son malaise dans leur complicité bancale.

Adel qui passait le week-end en famille, traversa le salon. Il s'arrêta devant le couple qui plaisantait.

— À part parler de cul, c'est tout ce dont vous êtes capable ?

— Es-tu jaloux ?

— M'en fous.

Adel ne s'attarda pas, il gravit l'escalier pour rejoindre sa chambre après avoir jeté un dernier regard vers sa presque belle-mère. Mais il s'arrêta dans l'escalier et se retourna, fixant son père :

— Tu sais, genre, tu te crois malin, mais un jour, tu seras vraiment seul. Et ça ne sera pas parce que les autres t'auront abandonné, mais parce que tu les auras tous poussés à partir.

Noor adressa un sourire à Adel accompagné d'un rapide clin d'œil.

Adel s'assit sur son lit, les jambes en tailleur, mais les mots qu'il avait dits à son père résonnaient encore dans sa tête. Pourquoi se donnait-il la peine de lui parler, alors qu'il savait qu'Antoine ne changerait jamais ? Peut-être parce qu'il voyait en Noor une lueur d'espoir, une chance que les choses soient différentes.

Une fois la jeune fille sortie du salon, Antoine resta seul sur son canapé. Le cuir froid lui collait à la peau. Était-ce ça, sa victoire ? Reprendre Noor, mais perdre Adeline pour de bon ? Il avait voulu tout garder, mais à force de tout vouloir, il avait peut-être tout perdu.

Ce même soir, Adeline téléphonait à son père.

— Qu'est-ce que tu me veux ? On s'est tout dit, je crois. J'ai voulu te donner une bonne éducation, ta réponse a été de te fourvoyer avec ce... ce salopard et avec cette gouine à moitié négresse.

— C'est fini, papa...

— C'est trop tard pour te racheter, il fallait y penser avant.

— Papa, s'il te plait... écoute-moi juste une minute. Je sais que j'ai fait des erreurs, mais je suis toujours ta fille. Je veux qu'on puisse se parler, qu'on puisse se voir.

— Ma fille est morte, Adeline. La fille que j'ai élevée, que j'ai aimée, elle n'existe plus. Tout ce qu'il reste, c'est...

Il s'interrompit, incapable de terminer sa phrase. Le silence pesait comme une enclume. Il ne voulait pas être cruel. Mais comment lui faire comprendre qu'elle avait détruit tout ce qu'il avait essayé de bâtir pour elle ? Peut-être que les mots qu'il avait choisis étaient trop durs. Peut-être qu'il aurait dû l'écouter. Mais une colère sourde lui nouait la gorge, et il ne pouvait que l'éloigner davantage.

— Je t'aime quand même, papa, chuchota Adeline, les larmes coulant sur ses joues. Mais il avait déjà raccroché.

Raphaël fixait son téléphone, les mains tremblantes. Il avait voulu la repousser, lui montrer qu'elle l'avait déçu au-delà du pardon. Mais maintenant que le silence emplissait la pièce, il ne ressentait plus que le vide. Son regard se porta sur le cadre photo posé sur le meuble en face de lui : Adeline en robe de communiante, un bouquet de roses dans les mains, un sourire doux sur ses lèvres, une fillette innocente, pleine de promesses. Une larme roula sur sa joue creusée. « Qu'est-ce que j'ai fait de toi ? », murmura-t-il.

Raphaël cacha son visage dans ses mains pour ne rien voir, ni du présent ni du passé. Il ne savait pas pleurer.

19

La semaine sainte approchait à grands pas, mais les saints priaient encore au ciel pendant que les seins de la bonne Noor dansaient devant les yeux d'Antoine. Ce dernier ne se lassait pas du spectacle alors que, couché sur le dos, il caressait les reins de sa chérie tandis qu'elle se cabrait sur son corps.

Entre les longues journées de travail et les non moins longues nuits de voluptés, le Vendredi Saint arriva, laissant les deux amants sur leur faim. En effet, une plaisanterie ou un soudain besoin de jeûner, toujours est-il qu'Antoine refusa de faire l'amour ce soir-là.

— Pas grave, je me caresserai au fond du lit en pensant à Adeline.

— Tu penses toujours à elle, coquine ?

— Et toi, coquin, ne me dis pas que tu ne penses plus à elle.

Le lendemain midi, le patron d'EFJ organisait un repas du personnel au hangar pour fêter Pâques. Comme le soleil et la douceur étaient au rendez-vous, on déjeuna carrément dans la cour sous le soleil d'avril. Tout le monde était là, sauf le fils du patron. Adel s'était excusé, promettant de passer pour le dessert.

Vers seize heures, l'ambiance battait son plein. Quelques employés commençaient à chanter, d'autres à sortir leurs bêtises à deux balles, Antoine riait, assis sur son banc à côté de Noor. Alors qu'il achevait son verre de vin rouge, sa bonne humeur se transforma brusquement en cauchemar lorsqu'il vit se garer une Toyota 4X4 noire qu'il reconnut aussitôt.

Arsène jaillit, claqua la porte côté conducteur, tandis qu'Adeline sortait côté passager. Elle fit basculer le dossier de son siège pour laisser sortir Adel. Le fils du patron se courba pour descendre de l'arrière de l'habitacle. Le brouhaha autour de la grande table cessa lorsque la belle et les deux gars traversèrent la cour, sourire aux lèvres, pour s'approcher d'eux.

Antoine força un sourire en les voyant avancer. Il voulait garder la tête haute, mais chaque pas d'Adeline, chaque regard échangé avec Arsène, lui serrait davantage la gorge. Ses doigts crispés sur son verre trahissaient son calme apparent. Quelque part, il se dit que c'était bien de revoir Adeline en ces fêtes de Pâques, et de surcroît une fille si radieuse, comme si elle avait oublié son irritation au restaurant un jour de janvier.

Il ne quittait pas Arsène des yeux, notant chaque sourire crispé, chaque geste emprunté. Cet homme, son ancien adjoint, n'était pas à l'aise, mais il avait quelque chose en tête. Et cela ne plaisait pas du tout à Antoine.

Noor se serra tout contre Antoine pour laisser une place sur sa gauche, puis elle tapota sa main sur le banc à côté d'elle.

— Viens t'asseoir près de moi, Adeline. Et puis toi, Nicolas, pousse-toi plus loin pour laisser Arsène s'asseoir à côté d'Adeline.

Mais Adel fut le plus prompt et piqua la place d'Arsène. Celui-ci partit s'installer à l'autre bout de la table, loin du patron, de Noor, d'Adeline et d'Adel.

— Pourquoi ne reste-t-il pas vers toi, Adeline ?

La belle sourit.

— Il préfère bavarder avec ses anciens collègues, il y a longtemps qu'il ne les a pas vus.

Les nattes frôlèrent la chevelure d'Adeline lorsque Noor se pencha tout près d'elle pour parler à voix basse.

— Alors comme ça, tu sors avec Arsène ?

— Ça va pas ! se récria Adeline. Qui est-ce qui t'a dit ça ?

— Ben… personne. Tu viens ici accompagnée d'Arsène, je croyais…

— Tu fais des déductions bien rapides ! C'est vrai que toi, si tu te balades avec quelqu'un, tu couches vite avec lui.

Adeline n'avait pas répliqué méchamment ni même ironiquement, juste une plaisanterie. Tout en gardant le sourire aux lèvres, elle ajouta :

— Et Adel tiendrait donc la chandelle ? Tu as tout faux, ma chérie.

— Oh là ! Tu m'appelles toujours, ma chérie, es-tu donc revenue pour renouer avec moi et Antoine ?

Nicolas passait le plat de dessert à Adel. Ce dernier se pencha à l'oreille d'Adeline.

— Tu veux un morceau de tarte ?

— Non, merci.

— Alors, je peux prendre ta part.

— Oui, bien sûr.

— Super ! Mais croque un coup dedans, genre, j'aurai le goût de tes lèvres lorsque je la mangerai.

Sitôt dit, Adel présenta la part de gâteau vers la bouche d'Adeline. Elle croqua sans hésiter. Il mangea le reste de la part, bien décidé à apprécier les deux saveurs. Il souriait en regardant Adeline. Il aurait voulu que ce moment dure plus longtemps, qu'elle voie dans ses gestes maladroits plus qu'une simple camaraderie. Mais il savait qu'elle ne voyait en lui qu'un gamin. Pour l'instant.

Noor fronça légèrement les sourcils en voyant Adel poser une main sur le bras d'Adeline. Elle joua avec sa fourchette, les dents légèrement serrées, avant de tourner la tête comme si de rien n'était. Pour la première fois, elle sentit une légère pique au cœur. Ce n'était pas de la jalousie, se dit-elle, mais peut-être un regret, celui d'avoir perdu la confiance de son ancienne chérie.

Puis Adeline se tourna vers elle.

— Pour répondre à ta question, non, je ne suis pas là pour chercher une nouvelle relation à trois, ni d'ailleurs avec toi seule ou avec Antoine. Je vous aime bien tous les deux, mais j'ai tourné la page. J'essaie même de reprendre contact avec mon père, mais ce n'est pas gagné, il est borné comme un mulet.

— Dommage ! En te voyant revenir ici, je me prenais à espérer.

— Si je suis là, c'est parce que l'on déjeunait au Buffalo, et Adel a insisté pour que l'on passe ici, il l'avait promis à son père. D'ailleurs, on ne traine pas, on repart se balader tous les trois à la source de La Loue, et ce soir, on se refait un resto à Ornans.

— Oh là, mais vous voilà inséparables !

— On s'entend super bien, c'est tout. Tu sais, en dehors d'une collègue de travail et eux deux, je n'ai pas d'autres amis.

— Si, moi et Antoine, quand même un peu.

Adeline tordit son beau visage.

— Vu ce qui s'est passé entre nous, nos cochonneries, tout ça, plus rien ne sera comme avant, ni l'amour ni même l'amitié. Je suis heureuse lorsque je discute avec toi, mais dans ma tête, y a quelqu'un qui me dit qu'il ne faut plus.

— Pourquoi dis-tu « nos cochonneries » ? Crois-tu vraiment que c'étaient des cochonneries ? Pourtant, tu aimais ça, que je sache ?

Adeline enferma une main de Noor dans les siennes.

— Excuse-moi, ce n'est pas le bon terme. Je voulais juste dire que je regrette cet amour à trois. J'ai aimé, mais ça me gêne. Ça me gêne dans ma vie civile, ça me gêne dans ma vie professionnelle, ça me gêne dans ma vie familiale, mes oncles, mes tantes, mon père, mes cousins, bref, tout ça me dérange.

Adeline avait quitté son sourire avec cette explication, mais elle le retrouva bien vite :

— J'avoue que pour ma vie sentimentale, je n'ose pas dire ma vie sexuelle, oui, là, c'était bien, c'était même merveilleux, mais vois-tu, ce ne sont que des morceaux de vie !

— Tu te poses bien trop de questions, ma chérie, je t'ai pourtant toujours dit de prendre la vie plus simplement.

Noor passa une jambe par-dessus le banc, une main appuyée sur l'épaule d'Antoine.

— Je te laisse quelques minutes, je vais aux toilettes.

Puisque la place était libre, Antoine se laissa glisser jusque vers Adeline.

— Merci d'être passée nous voir, je croyais, depuis ta brusque sortie au restaurant en janvier dernier, que tu avais définitivement mis une croix sur moi.

— Il s'est passé beaucoup de belles choses entre nous et je t'aime bien, mais je ne suis pas revenue ici pour toi. En fait, je ne sais pas faire la mauvaise tête, donc je voulais quelque part m'excuser de t'avoir laissé tomber ainsi au restaurant, mais faut dire que ta façon de vouloir me récupérer n'était pas des plus sincères, tu as été cruel avec moi, tu as dénigré Noor qui pourtant couchait dans ton lit. Je n'ai pas admis ta manœuvre grossière, Noor non plus d'ailleurs, sauf que c'est une fille tellement spontanée qu'elle n'a pas, contrairement à moi, hésité à retourner vers toi. Peut-être que c'est pour ta grosse queue, comme tu le dis si bien, mais moi, ton instrument, je sais m'en passer.

— Tu dis ça parce que tu es encore en colère, mais tout peut s'arranger, reviens dîner un soir à la maison, on discutera tous les trois.

— Non. Comprends-tu que c'est fini entre nous ?

— Tu sais, Adeline, je ne sais même pas pourquoi je me bats encore. Peut-être parce que je n'ai rien d'autre. Toi et Noor, c'est tout ce que j'ai connu de beau.

Adel assis de l'autre côté d'Adeline, écoutait d'une oreille.

— Papa, tu ne peux pas lui foutre la paix, tu vois bien qu'elle ne veut plus de toi !

Le père ouvrit ses mains à hauteur de ses épaules en regardant Adeline.

— OK, n'en parlons plus.

— Tu as Noor, ça ne te suffit pas ?

— J'ai dit OK, fiston, pourquoi continuer à me faire la morale ?

Pour toute réponse, Adel embrassa Adeline sur la joue.

— Tu viens, Adeline, on y va. Je vais appeler Arsène, si on veut se balader à la source de La Loue, il faut y aller avant la fraîcheur.

Adeline se leva du banc, tapa la bise à Antoine, puis à Noor qui revenait des toilettes. Adel déposa un baiser appuyé sur la joue de Noor, afficha un rapide signe de la main vers son père et rejoignit le 4X4 avec Adeline. Arsène n'avait même pas serré la main de son ex-patron, juste un signe de politesse et un sourire forcé depuis le siège de son véhicule alors qu'il quittait lentement le parking.

Adeline sentit la main d'Adel frôler son bras, un geste à la fois innocent et protecteur. Elle se tourna brièvement vers Antoine, croisant son regard. Il y avait autrefois de la tendresse dans ces yeux-là, pensa-t-elle, mais tout cela semblait maintenant si loin.

Le dimanche de Pâques, Antoine remarqua le changement d'attitude de sa chérie. Noor avait perdu son sourire légendaire, avait refusé de faire l'amour avec lui la veille au soir, prétextant que lui, il avait bien refusé de baiser le vendredi Saint sous prétexte qu'il jeûnait.

Elle accepta toutefois de partager le repas de fête avec Antoine et son fils Adel, déclarant qu'elle en profitait pour souffler ses dix-neuf bougies.

— Pourtant, ton anniversaire, c'est mercredi prochain.

— Je sais, mais je ne serai pas disponible ce jour-là, je sors avec des amis.

Antoine fronça les sourcils.

— Comment ça, tu sors avec des amis ? Mais j'ai réservé une table au restaurant ce soir-là pour nous deux.

— Première nouvelle, dit Noor en haussant les épaules. Mais bon, si ça te dérange tant, je peux annuler… ou pas.

Antoine serra les poings sous la table.

— Tu joues à quoi, Noor ? Tu crois que ça m'amuse, moi, de te voir traîner avec je ne sais qui, je ne sais où ?

— On fête mon anniversaire aujourd'hui, c'est bien, non ?

— Non, ce n'est pas bien, ce n'est pas le jour. Qu'est-ce que tu me caches, Noor ? Tu es distante. Je le vois. Est-ce elle ? Est-ce Adeline ? Qu'est-ce que cette grande peste a bien pu te raconter pour te séduire à nouveau ?

Adel déposa son verre avec une lenteur presque calculée, croisant les bras en regardant son père.

— Tu n'as pas toujours dit que c'était une peste, surtout dans ton lit, hein ! Un peu de respect pour Adeline, s'il te plait, et puis Noor, fous-lui la paix aussi. C'est une fille sincère qui te dit tout, c'est une fille libre, tu le dis toi-même.

Antoine frappa un grand coup sur la table.

— Ça suffit, Adel, de toujours te mêler d'histoires qui ne te regardent pas.

— Tu sais quoi, papa ? Depuis que maman est partie, je pensais que tu étais un type génial, un exemple… Mais aujourd'hui, je me dis que tu devrais vraiment apprendre à respecter les femmes. Noor et Adeline méritent mieux que tes coups de gueule et tes jeux de jalousie.

Il jeta un rapide coup d'œil à Noor, un sourire fugace sur ses lèvres, avant de rajouter :

— Si elles cherchent un homme sympa, elles savent où me trouver.

Antoine se tourna vers Noor, grimaçant :

— Puisqu'il parait que tu me dis tout, avec qui donc fêtes-tu ton anniversaire mercredi soir ?

Noor baissa les yeux sur le verre de vin qu'elle n'avait même pas terminé. Elle se sentait fatiguée, lasse de ces disputes absurdes. Antoine ne comprenait rien, ne voulait rien comprendre. Tout ce qui comptait pour lui, c'était d'avoir raison, de dominer, de posséder. Elle repensa à Adeline, à leur douceur, à leurs rires. L'idée de passer encore une soirée à se battre pour un semblant de paix lui donnait envie de partir… ailleurs, loin.

Puis, elle se décida à répondre à Antoine :

— Avec ton fils, Adeline et Arsène.

Antoine sentit une boule se former dans sa gorge. Depuis des mois, tout lui échappait : sa relation avec Adeline, la complicité qu'il avait autrefois partagée avec son fils, et maintenant, Noor, la dernière ancre qui l'empêchait de sombrer.

Il se leva d'un bond, serrant les poings. Il regarda Noor, puis Adel, comme s'il cherchait un soutien dans leurs regards. Mais il n'y trouva rien, ni compassion, ni solidarité, seulement une neutralité qui le glaça. Alors, il s'empara de la bouteille de Pommard, qu'il fracassa contre le mur dans un éclat de rage.

— Allez-y ! Allez fêter ce putain d'anniversaire entre vous !

Sa voix tremblait, entre colère et désespoir. Il passa ses doigts sur ses lèvres, tentant de rassembler ses pensées. Peut-être qu'ils avaient raison. Peut-être qu'il était devenu insupportable. Mais cette idée lui semblait insoutenable, alors il l'étouffa comme il l'avait toujours fait.

Noor lui lança un regard triste, presque désolé, tandis qu'Adel haussait les épaules. Sans un mot, ils quittèrent la table, le laissant seul au milieu du désordre. Antoine regarda les morceaux de verre sur le sol. Pour la première fois depuis longtemps, il se sentit vieux, dépassé, et surtout… seul.

20

* Je suis mandaté par mon confrère de Marrakech pour intercéder dans l'affaire opposant madame Mésime Jalila sis à El Afak, résidence de l'hippodrome...

Antoine laissa tomber le courrier recommandé sans lire la suite. Peu importait ce qu'allait réclamer son ex-femme, les seuls mots qui résonnaient dans sa tête suffisaient à le détruire : *madame Mésime, El Afak, résidence de l'hippodrome.* Noor était donc bien sa fille, son nom de famille était bien Mésime, il connaissait son adresse depuis le jour où il avait rédigé son contrat de travail : Noor Mésime, adresse El Afak résidence de l'hippodrome. Nom de Dieu ! Pourquoi à l'époque Noor lui avait-elle laissé croire que sa mère habitait à l'opposé de la ville ? s'exclama-t-il avec effroi. Pourquoi Noor lui avait-elle caché cela alors qu'elle savait pertinemment qu'elle couchait avec lui, qu'elle couchait avec son père ? Pourquoi ces incestes à répétition ? Ce n'était plus de l'ouverture d'esprit, ce n'était même pas de la perversité, il s'agissait carrément de démence !

Un rapide sourire acide traversa son trouble. Une seule chose le consolait amèrement, il ne coucherait plus avec elle, il avait rompu la semaine précédente et le dernier mot qu'il lui avait adressé, c'était « salope ». Et même ce mot lui paraissait bien faible en cet instant.

Il s'effondra dans son canapé de cuir noir tout neuf. Il ruminait sans une larme, juste une brûlure infernale dans son ventre, une colère qu'il ne pourrait pas contenir longtemps.

Rien n'allait plus pour lui en cette fin de mois d'avril. Il apprenait le pire aujourd'hui, alors que quelques jours plus tôt, il avait épié Noor qui fêtait son anniversaire au café de la poste à Pontarlier. Il l'avait suivie depuis le logement d'Adeline où elle avait retrouvé le gite. Les deux filles étaient sorties de l'appartement de Doubs accompagnées d'Arsène, tous trois avaient rejoint le studio d'Adel, et la petite troupe était retournée au café de la poste à pied.

Il avait dîné seul dans un petit restaurant tout à côté, était sorti tôt, avait fait les cent pas devant le café de la poste, guettant les quatre convives qui semblaient bien s'amuser autour de leur table. Il avait remarqué une belle intimité entre Arsène et Adeline, il en fut jaloux. Il se souvint maintenant, affalé dans son canapé, que tout compte fait, Noor et son fils Adel paraissaient particulièrement bien s'entendre. Lorsqu'il avait jeté un œil sur eux, il avait ressenti une nausée sourde. Elle riait, penchée vers lui, son bras frôlant le sien. Juste une blague, probablement… juste une blague. Mais :

« Nom de Dieu ! Et si mon fils sortait avec Noor, pire, s'il couche avec elle, il ne sait pas que c'est sa sœur ! ».

Le mois de mai, le temps des désirs et des grandes amours, des narcisses blancs. Le mois de juin, le temps des balsamines de Balfour et encore des amours. Mais Antoine ne connut rien de tel, seul dans sa maison, seul dans ses bois, seul pour son anniversaire, seul pour la Saint-Jean. Loin de lui, les amours passion, les amours pervers, et isolé au fond de son lit, il essayait de s'endormirent sur des fantasmes tumultueux.

Il ne lui restait que maman pour souffler ses trente-six bougies, alors il descendit à Besançon le soir du vingt-quatre juin. Sa mère l'avait imploré de venir vers elle, et au moment du dessert, elle réclama une fois de plus un peu d'argent, oh ! pas beaucoup, juste mille euros.

— À ce train-là, je t'aurai bientôt rendu tout ce que tu m'as donné lorsque tu as vendu ton fonds de commerce en ville. Mais bon sang, que fais-tu donc de tout cet argent ? Tu ne joues plus au casino, je ne vois pas ton train de vie changer, que fais-tu donc de tout ce pognon que tu me réclames ?

— C'est pour une bonne cause, un jour, tu comprendras.

Puis madame Jacquet pleura dans les bras de son fils. Antoine quitta l'appartement le soir même, laissant un chèque de mille euros sur le coin de la table. Sur la route du retour il songeait à tout cet argent laissé régulièrement à sa mère depuis maintenant plus de dix ans. Maman lui cachait quelque chose, il en était sûr.

En ce début d'été, Antoine retrouva son nouvel adjoint Nicolas, sur un chantier, un jeune homme sérieux et bon vivant, juste un peu médisant, formé à l'entreprise EFJ.

Le soleil frappait les troncs dénudés, peignant les écorces d'un éclat aveuglant. Antoine plissait les yeux, mais il sentait le poids de ses pensées bien plus oppressant que la chaleur d'un juillet caniculaire.

Antoine approchait de l'abatteuse, une glacière à la main. Lorsqu'il vit son patron avancer, Nicolas arrêta son engin forestier et le rejoignit. Antoine s'assit sur une souche de sapin à l'ombre d'un chêne. Macron se coucha à ses pieds, la langue pendante, haletant sous la canicule. Il tendit une canette de bière fraiche à son adjoint.

— Tiens, tu l'as bien méritée, je vois que tu as presque fini.

Un pivert qui venait d'achever sa sieste s'envola d'une haute branche du chêne pour rejoindre, d'un vol élastique, un bouquet d'acacias. La vieille chienne qui tournait souvent autour de Macron vers le hangar restait couchée là au pied de l'abatteuse.

— Je vois que ta chienne te suit partout.

— Oui, c'est comme Macron avec vous.

La chienne se leva, vint renifler le mâle.

— Tiens, voilà Brigitte qui lèche le derrière de Macron, ironisa Nicolas.

— Tu l'as donc appelée Brigitte ?

— Disons que c'est le surnom que je lui donne depuis que Macron a élu domicile dans le luxueux hangar. Tiens, justement, regarde, Macron pisse contre ce gros sapin, du coup, c'est un sapin "Président".

Antoine sourit de la plaisanterie, puis Nicolas changea de conversation :

— Ces billes de bois, croyez-vous que nous allons en tirer un bon prix ?

— Certainement pas, un sapin sur deux est bostryché. Et d'abord, je t'ai déjà dit de me tutoyer, on a des relations de travail quotidiennes tous les deux, il faut arrêter de me faire des courbettes.

— C'est que j'ai du mal, patron.

— Je suis peut-être ton patron, mais mon prénom, c'est Antoine.

Nicolas baissa la tête dans un geste de pudeur :

— OK, Antoine.

Toujours assis sur sa souche, le patron passa ses doigts sur sa bouche, signe d'inconfort. Il releva la tête pour fixer son adjoint debout devant lui.

— Dis voir, toi qui es resté bon pote avec mon ancien adjoint, est-ce que c'est vrai qu'Arsène sort avec Adeline ?

Nicolas fixa son patron avec un sourire ironique.

— Je crois que ça peut l'faire.

— T'es au courant ou t'es pas au courant ?

— On dirait que tu prêches le faux pour savoir le vrai.

— Oui, c'est vrai. Alors ?

Nicolas soupira.

— Pour tout te dire, ces deux-là sont souvent ensemble, mais je ne les ai jamais vus s'embrasser, encore moins baiser, ah… ah.

— Ça ne me fait pas rire. Arsène m'a piqué Adeline, et ça, il me le paiera.

— Encore heureux qu'il ne t'ait pas piqué Noor, sinon tu l'aurais envoyé en prison direct… ou pire.

— Tais-toi avec tes idioties.

— T'es sûr que c'est une idiotie ?

— Je vais aller lui foutre mon poing dans la figure et lui couper sa queue de cheval, comme ça, sa tête sera moche devant comme derrière.

— Coupe-lui donc la queue de devant, ce sera plus efficace.

— Tu parles, je peux pas. Faudrait déjà que j'la trouve, elle est tellement petite.

— Pourquoi, tu l'as déjà vue ?

— Non, mais il a une tronche de petite bite.

— Faut que je lui répète tout ça ?

Antoine haussa les épaules, acheva sa canette de bière d'une traite. Il s'en servit une deuxième, en refila une autre à son adjoint qui avait achevé la sienne depuis quelques minutes. Nicolas s'essuya le front.

— C'est fou comme il fait chaud !

— À partir de la semaine prochaine, si ce temps-là persiste, tout le personnel attaquera à cinq heures trente du matin et on arrêtera à quatorze heures.

Puis Antoine passa une nouvelle fois ses doigts sur sa bouche.

— Tu vas quelquefois chez Adeline avec Arsène ?

— Ça m'arrive.

— Noor est-elle là-bas ?

— Ta copine ? Non, rarement.

Antoine poussa une écorce de bois du bout de sa chaussure de sécurité, comme pour chercher ses mots.

— C'est ma secrétaire comptable, ce n'est plus ma copine, et du coup elle ne me dit presque rien de sa vie privée. Je ne pense pas qu'elle ait pris un appartement, et tu dis qu'elle n'est pas souvent chez Adeline. Où peut-elle donc crécher ?

— Et lorsque tu lui demandes, qu'est-ce qu'elle te répond ?

— Elle me dit qu'elle vit avec Adeline, mais je sens bien que ce n'est pas vrai.

Il se leva et fit face à Nicolas.

— Rassure-moi, elle ne vit pas chez mon fils Adel ?

— C'est ton fils, tu devrais mieux le savoir que moi.

— Il me fait la tronche depuis que j'ai traité Noor de salope. Et puis un peu aussi, parce que je l'ai traité de sale petit con.

— En effet, tes coups de colère ne permettent pas vraiment d'arrondir les angles. Bon, c'est pas l'tout, si je veux finir ce soir, faut que j'y aille.

Alors que Nicolas remontait sur son engin forestier, il se tourna vers son patron debout au milieu de la coupe.

— Si tu veux mon avis, je pense qu'Arsène se tape Adeline. S'il te plait, ne fais pas de scandale, ça ne sert à rien. Ce n'est pas ainsi que tu récupèreras Adeline, encore moins Noor. Quant à elle, il est possible qu'elle sorte avec ton fils.

Les deux hommes étaient séparés de dix mètres. Antoine enjamba à toute vitesse les écorces et les branches à terre au risque de tomber. Au pied de l'abatteuse, il hurla :

— Mais il ne doit surtout pas coucher avec Noor, c'est sa sœur ! T'entends, c'est sa sœur !

Estomaqué, Nicolas ne trouva pas de réponse et regarda son patron s'enfiler sous une sapinière, comme si ce dernier cherchait le sombre pour cacher sa détresse. Avant qu'Antoine ne disparaisse sous les sapins, il eut le temps de l'apercevoir qui jetait un coup de pied à son chien, accompagné d'un juron :

— Avance plus vite, saloperie de Macron !

Le soir, en rentrant à la maison, il poussa négligemment la lettre de l'avocat envoyée quelques jours plus tôt de Marrakech et qui trainait sur le buffet de l'entrée. Il n'avait toujours pas lu la suite du courrier, sachant pertinemment que son ex réclamait encore de l'argent.

Marre de toujours sortir du pognon, songeait-il, je ne travaille bientôt plus que pour verser de l'argent à maman, et maintenant voilà Jalila qui s'en mêle. Furieux, il s'empara du courrier et le jeta dans la poubelle sans même chercher à trier les déchets. La lettre se glissa entre un reste de pâtes et une peau de banane.

Pour se changer les idées, il décida de sortir en ville. Il irait manger un kébab, finirait la soirée au ciné. Il avait le choix entre une comédie sentimentale ou un thriller, il choisit le second afin de broyer un peu plus de noir. Il n'aurait pas dû, non pas choisir ce film, mais rentrer dans cette salle. Au premier coup d'œil, il remarqua la présence d'Arsène, installé deux rangs devant lui, sur sa gauche Noor, sur sa droite Adeline.

— Putain ! murmura-t-il si fort qu'une bonne partie des spectateurs se retournèrent, y compris Arsène et ses femmes.

Antoine n'attendit pas la fin du film, ni même le début d'ailleurs, il détala, bousculant une ou deux personnes confortablement installées dans sa rangée sans même s'excuser. L'air même pas frais du dehors lui fit le plus grand bien. Il courut jusqu'à sa voiture du dimanche. La Mégane RS démarra sur les chapeaux de roue, Antoine plia sa belle Renault Sport dans une ruelle de la ville, laissa celle-ci sur place sans s'occuper des conséquences, rentra à pied chez lui. Il mit plus d'une heure pour rejoindre sa maison à Houtaud. Se laissant klaxonner par d'innombrables automobilistes, il zigzaguait sur le bas-côté de la grand-route comme un gars bourré, sans gilet fluo, sans le moindre signalement lumineux. Il leur répondait par un bras d'honneur dans la nuit ou par un juron destiné à lui seul. Lorsqu'il poussa la porte d'entrée de sa maison, son chien l'accueillit en remuant de la queue et en lui sautant dessus.

— Dégage, Macron, tu fais chier !

Le pauvre chien le regarda, la tête penchée, ses grands yeux brillants d'une incompréhension muette. Antoine se laissa tomber sur le canapé, la tête entre les mains. Il voulait hurler, mais aucun son ne sortait.

Il se coucha sur le lit sans se déshabiller, songea, médita, marmonna, jura, ne pleura pas. Une seule consolation quelque part dans sa tête : Noor ne sortait pas avec son frère, c'était au moins déjà ça. Mais tout continuait à tourner en rond dans sa tête déglinguée. Quel salaud, cet Arsène ! À son tour, il se tapait Adeline et Noor. Ah, qu'il avait donc su trop bien les éduquer à la perversion, ces deux petites garces ! Noor, c'était dans ses gènes, se dit-il. Une fille bâtie pour trahir, avec ce sourire enjôleur et ces yeux trop innocents pour être honnêtes. Et Adeline… Adeline, cette fausse prude, ce petit ange qui avait découvert qu'elle aimait les démons.

Il était furieux, bien sûr. Mais derrière la rage, il sentait aussi une nausée sourde, un vide immense qui le tirait vers le bas. Et si, finalement, tout cela était sa faute ? Était-il celui qui avait tout brisé ? Non, c'était Adeline. Et Noor. Et cet Arsène, ce sale opportuniste. Mais… peut-être qu'il n'était pas si innocent après tout.

21

Adeline marchait d'un bon pas en approchant de la porte Saint-Pierre. Elle grimpa l'escalier, frappa à la porte d'Adel. Elle ne pouvait pas ne pas dire bonjour à son ami, voisin de son père. Après le café croissant du dimanche matin, elle parla de tout et de rien avec Adel, ils délirèrent sur des blagues de jeunes, évoquèrent leurs bonnes relations, notamment leur ami Arsène. Elle le quitta, lui avouant qu'elle se rendait chez son père à l'étage inférieur pour essayer de ressouder des liens familiaux perdus depuis trop longtemps.

Raphaël attendait sa fille, celle-ci l'avait prévenu de sa visite et il avait accepté. Certes, bourru, rancunier évidemment, mais plus que tout, il lui restait cette douleur due à la trop longue absence d'Adeline à ses côtés. À qui la faute ? À sa fille, bien sûr, songeait-il, donc à elle de faire le premier pas, et encore, faudra-t-il qu'elle trouve les bons mots, qu'elle lui avoue qu'elle a définitivement rompu avec cet abruti d'Antoine et cette petite gouine de Noor.

— Oui, répondit-elle, assise en face de son père autour de la table de la cuisine.

Raphaël garda sa tête renfrognée, doutant de la réponse de sa fille.

— J'ai rompu avec Antoine depuis le début de l'année et avec Noor depuis Pâques. J'ai décidé de rentrer dans le rang, je me sentais souillée et mal à l'aise. Toutefois, je suis restée amie avec Noor, c'est une fille sympathique. Et puis elle a un nouveau copain.

— Tu ne devrais pas continuer de fréquenter cette fille. Ne joue pas avec le feu, c'est une diablesse.

— Écoute, papa, je suis venu ici pour me rabibocher avec toi. Ne sois pas si rigoureux, je ne voudrais pas que nos relations en pâtissent, tout cela parce que je côtoie encore Noor. J'ai vingt-quatre ans maintenant, on ne va pas se faire la tête éternellement pour… pour si peu, c'est ridicule.

— Vivre une vie de débauche, tu trouves donc que c'est peu de chose ?

Adeline essaya de sourire à son père tout en posant sa main sur le bras si longtemps protecteur.

— C'est du passé, n'en parlons plus.

— Tu es donc seule désormais ?

— Elle lâcha le bras de son père qui reposait sur la table.

— Non, papa, mais c'est un garçon très bien.

— Je le connais ?

Adeline baissa la tête, puis la releva, tordit son beau visage en une grimace désagréable.

— Je ne crois pas, je te le présenterai plus tard, quand tout cela sera sérieux.

— C'est encore un vieux ?

— Perdu, papa ! il est plus jeune que moi.

— Donc, ce n'est pas Arsène. Dommage, je l'aime bien celui-là, il est sérieux, travailleur, joli garçon et je crois qu'il est amoureux de toi.

— Oui, c'est vrai, papa, mais je ne suis pas amoureuse de lui. Dommage, mais ça reste un bon pote. Il

276

espère toujours, pourtant j'ai mis les points sur les i avec lui.

Elle se leva.

— Bon, j'y vais, papa.

— Déjà ! Tu ne bois pas de café ?

— Non, je viens d'en boire un chez Adel.

Elle embrassa son père et le quitta, toute heureuse d'avoir renoué avec lui. Des liens encore fragiles, certes, d'autant que la belle n'était pas sûre de la réaction de papa lorsqu'il saurait la nouvelle vérité. Néanmoins, avant d'entrer dans l'appartement de son père, elle se persuadait qu'elle lui dirait tout. Elle en fut incapable. Il fallait donc y aller par étapes, retourner prochainement voir papa, l'inviter une fois ou deux au restaurant, retrouver les oncles et les tantes autour d'une bonne table un de ces prochains dimanches, ne pas attendre trop longtemps tout de même pour avouer cette drôle de vérité.

Alors qu'Adeline quittait son père le cœur plus léger, à quelques kilomètres de là, Antoine, plus sombre, luttait contre sa propre colère en bordure de forêt. Il venait de retrouver son nouvel adjoint, Nicolas, en lisière d'un bois de résineux. Celui-ci plantait des espèces peu connues dans la région, lesquelles permettaient de remplacer les sapins bostrychés. La conversation avait débuté sur le boulot.

— Tu crois que ça poussera par ici, ces nouvelles essences ? questionna Nicolas.

— On peut toujours essayer puisque c'est financé par les fonds européens, mais je ne donne même pas un an pour que tout ça végète. Ça ne poussera pas ici.

Nicolas, plié sur un plant, se releva, un sourire ironique au coin des lèvres.

— Je ne sais pas si ces plants-là vont végéter, mais par contre le couple Adeline et Arsène, lui, il n'a pas l'air de végéter.

Antoine lâcha la pioche qu'il tenait entre les mains, son plant tomba à terre.

— Ai-je bien compris ? Ce saligaud d'Arsène coucherait donc avec Adeline ?

— Il semblerait qu'elle soit d'accord, ce n'est donc pas un saligaud.

Nicolas regarda Antoine avec un mélange d'amusement et de malaise. L'air pesait lourd, tant sur le plan météorologique que psychologique, alors il s'approcha de la glacière, se servit une bière, tendit une canette à son patron.

— Allez ! Calme-toi, Antoine. Oublie cette fille, tu es jeune, tu referas ta vie avec une autre qui te plaira tout autant.

Des grumes de sapins s'étiraient le long du chemin forestier tout à côté. Ils s'installèrent sur une bille de bois et avalèrent leur bière cul sec.

Antoine laissa glisser ses doigts sur sa bouche :

— Je sais. Mais ça fait quand même mal. Se faire piquer cette belle nana par ce connard, il a bien pris sa revanche, celui-là.

— On fête tout de même les vacances demain soir dans la cour du hangar comme prévu ?

— Bien entendu. Seule condition : dis bien à Arsène de ne surtout pas se pointer au repas comme il osa le faire la dernière fois, et surtout pas avec Adeline.

— Je le vois ce soir, je passe le message.

278

Antoine leva son derrière de la grume.

— Je te laisse finir, je retourne au frais à la maison, j'ai besoin d'accuser le coup.

Alors que Nicolas, muni de sa pioche et de ses plants, se penchait à nouveau sur la terre de la clairière, Antoine regagna son 4X4. Il prit le temps de passer au garage Renault pour prendre connaissance de sa voiture du dimanche. Épave, lui répondit-on. Rideau sur une vie passée, songeait Antoine, il perdait définitivement sa belle bagnole, tout comme il perdait tout à la fois Adeline et Noor.

Il s'installa au frais dans son canapé de cuir noir, posa les talons sur la table basse, se frotta encore la bouche tout en retirant ses lunettes de soleil.

« Est-ce que je mérite tout cela ? Je ne voulais que le bonheur de ces deux filles. Où ai-je déconné ? Et maintenant, Adeline et Arsène... Ça fait mal, putain. »

Rien n'allait plus dans sa tête jusqu'à oublier que Noor était sa fille. Il patienta néanmoins jusqu'à l'heure de sortie des bureaux, se planta devant le Crédit Agricole de Pontarlier à dix-huit heures.

— Salut Adeline, faut que j'te cause.

Il la suivit jusqu'à la petite Citroën.

— Qu'est-ce que tu me veux, Antoine ?

— Je veux voir Noor, elle est chez toi, je suppose.

— Pas du tout.

— Pourtant, tu fais bien ménage à trois avec Arsène et Noor.

Adeline haussa les épaules alors qu'elle ouvrait la portière de la C3.

— N'importe quoi !

— Où est-elle alors ? Chez Arsène ?

— Va plutôt voir chez ton fils.

— Qu'est-ce qu'elle ferait chez mon fils ? C'est quoi cette connerie ?

— Devine.

Adeline s'installa sur son siège puis démarra. La Citroën quitta le parking, laissant Antoine pantois au beau milieu de la place, les bras ballants.

Il lui sembla plus rapide de courir chez son fils à pied plutôt que de retourner au 4X4. Cinq minutes plus tard, il grimpait l'escalier. Il sonna à la porte. Quelques secondes d'attente, puis le visage de Noor s'afficha dans l'entrebâillement.

— Oh, quelle belle surprise ! entre.

— Mon fils n'est pas là ?

Noor lui sourit :

— Non, Adel est encore au travail. Tu devrais le savoir, c'est toi le patron tout de même.

— Et que fais-tu seule dans son appartement ?

— À ton avis ?

Il soupira, demanda à s'assoir sur la banquette avant qu'il ne se trouve mal.

— Putain, mais qu'est-ce qui m'arrive ! Ne me dis pas que tu couches avec mon fils.

Elle vint le rejoindre et se colla tout près de lui, comme au bon vieux temps.

— Ne me dis pas que c'est interdit, sourit-elle.

— Ben si, justement, l'inceste, c'est interdit.

Silence. Deux gros yeux ronds fixaient Antoine.

— Qu'est-ce que tu me chantes là, grand jaloux ?

Antoine donna toutes les explications, les adresses communes, le même nom : Mésime, le même prénom :

Jalila, la même adresse : rue de l'hippodrome à El Afak. Pourquoi lui avoir menti ?

— Non, tu te trompes, il doit y avoir erreur, je ne suis pas ta fille, j'en suis certaine.

Antoine haussa le ton :

— Comment peux-tu en être sûre ? Et puis, quand nous couchions ensemble il y a bien longtemps, tu m'as fait voir la carte d'El Afak sur ton téléphone, tu m'as montré l'adresse de ma femme près de l'Hippodrome, la tienne à l'opposé de la ville. Et ça, ce n'était donc pas un mensonge ?

Noor perdit son sourire, s'écarta d'Antoine en se calant à l'autre bout de la banquette. Elle détourna le regard, jouant nerveusement avec le bord de son pull. Sa voix était à peine un murmure, mais chaque mot portait un poids écrasant :

— Oui, c'était un mensonge, un mensonge pour nous protéger, parce que je sais, et je suis certaine que tu n'es pas mon père. Lorsque je suis venue ici, en France, il y a plus de deux ans, ce fut par la force des choses. Mon père, enfin pas vraiment mon père, plutôt mon beau-père… il a… il a abusé de moi. Je te jure que c'est vrai.

— C'est peut-être exact ce que tu me dis là, mais ce n'est pas ça qui prouve que tu n'es pas ma fille.

Elle se rapprocha de lui, des larmes dans les yeux, elle lui prit la main.

— Je ne suis pas ta fille, je le sais. Si j'avais eu le moindre doute, comment aurais-je osé coucher avec mon père et maintenant avec mon frère ?

Il se leva sans plus réfléchir et quitta le salon. Il ouvrit la porte d'entrée, se tourna vers Noor :

— Je vais de ce pas prendre rendez-vous avec mon avocat. Je porte plainte, Noor, dit-il, alors qu'il savait qu'il n'irait pas.

Une fois la porte refermée, Noor resta immobile, son cœur battant à tout rompre. Elle n'avait dit qu'une moitié de vérité à Antoine, mais que pouvait-elle faire d'autre ? Il fallait que son enquête aboutisse avant toute chose.

Antoine descendit les marches quatre à quatre, retrouva son 4X4, s'effondra sur son siège, la tête dans ses mains, les coudes sur le volant. « Il faut que je sorte mon fils des griffes de cette tigresse. »

Il roulait doucement sur la quatre-voies avant Houtaud, le soleil couchant, rouge sur fond rose, se reflétait dans ses lunettes fumées derrière la colline de Sombacour. Amorphe, il se déplaçait au pas, cette longue journée étant la plus éprouvante de toute sa vie. « Je n'y crois pas : Adeline couche avec Arsène, Noor couche avec mon fils, mon fils couche avec sa sœur, et Arsène, ce salopard d'Arsène, il fait pire que moi, je suis sûr qu'il fait ménage à quatre avec Adel, Noor et Adeline. Mais qu'est-ce que j'ai fait au bon Dieu ! »

Arrivé chez lui, il voulut se changer les idées, décida de vider et de sortir la poubelle ménagère. Alors qu'il allait serrer les liens du sac plastique, il se ravisa, se rappelant que la lettre de l'avocat de Marrakech pourrissait entre pâtes daubées et peau de banane. Mais il eut beau chercher, retourner le sac, étaler les débris partout sur le carrelage, nulle trace de cette lettre.

Il fronça les sourcils, passa ses doigts le long de sa bouche, leva les yeux au ciel dans un moment de réflexion. Pourquoi a-t-on voulu reprendre ce courrier ? Il comprit que Noor et Adel avaient encore une clé de la maison, mais surtout, Noor souhaitait récupérer le reste de ses affaires personnelles dans la maison la veille au soir alors qu'il était absent. Cette lettre… elle détenait peut-être la clé de toute cette histoire. Quelque chose qu'elle ne voulait pas qu'il sache.

22

Antoine, bien décidé, quitta la maison pour se rendre au hangar, mais surtout au bureau de l'autre côté de la cour pour discuter sérieusement avec sa secrétaire. Avant de franchir la porte de la maison, son portable sonna. Son ex l'appelait du Maroc. Il rentra au salon, resta debout devant le canapé, écoutant les premiers mots de Jalila.

— Bonjour Antoine. Je ne t'appelle pas souvent, mais aujourd'hui, c'est important, il faut que tu m'envoies de l'argent parce que j'ai besoin d'aider notre fille Nono. Elle est partie depuis plus de deux ans de la maison pour rejoindre Pontarlier en France. Elle a travaillé comme bonne chez un industriel de la ville, puis maintenant, elle est employée comme secrétaire à l'entreprise EFJ de la même ville. Je suppose que tu sais à qui appartient cette entreprise, n'est-ce pas ?

— C'est quoi ces conneries ? Qu'est-ce que tout cela veut dire ? Tu sais donc que notre fille Nono travaille chez moi et tu ne m'en as jamais parlé ?

— C'est-à-dire que j'ai appris récemment que non seulement c'était ta secrétaire, mais aussi ta maitresse. C'est pourquoi tu as reçu dernièrement un courrier de mon avocat parce que je portais plainte pour inceste. Il semblerait que tu l'admettes volontiers, puisque ton silence prouve cette immonde perversité.

À l'autre bout du fil, quelque part au Maroc, Jalila s'effondra sur son canapé, les larmes ruisselant sur ses joues. « Comment me sortir de toute cette comédie ? J'ai vraiment un pistolet sur la tempe, et puis ce texte que l'on m'a quasiment dicté et que j'ai dû réciter à mon cher Antoine, qu'aurais-je pu faire d'autre ? »

Antoine raccrocha au nez de son ex-femme. Le téléphone toujours à la main, il serra la mâchoire. Il fallait que ça s'arrête. Il fallait qu'il sache. Son esprit bouillonnait. Jalila était une femme imprévisible, mais cette accusation… Cette accusation était une flèche empoisonnée qu'il ne pouvait pas ignorer. Noor devait avoir des réponses.

Lorsqu'il entra dans les bureaux de l'entreprise, il poussa la porte du bureau de sa secrétaire. Elle n'était pas là.

— Quelqu'un a-t-il vu Noor ce matin ? cria-t-il depuis le hall.

Non, personne ne l'avait vue et ce n'était pas dans ses habitudes d'être en retard.

— S'est-elle au moins excusée de son absence ?

Non, personne n'avait reçu de coup de fil de la part de la secrétaire.

Il sortit des bureaux en trombe, bousculant au passage Nicolas qui venait prendre les consignes.

— Pas l'temps, fais comme tu l'sens.

— Mais pour le repas cet après-midi, faudrait…

— Débrouille-toi, de toute façon, je ne serai sûrement pas là.

Il s'arrêta brusquement.

— Ah… Adel doit arriver au boulot d'une minute à l'autre, dis-lui qu'il reste au hangar tout le matin, j'ai besoin de lui causer.

Les rayons du soleil déjà haut derrière les montagnes du Larmont éclaboussaient le pare-brise de la Toyota qui roulait à vive allure dans les rues de la zone industrielle de Pontarlier pour rejoindre le centre-ville. Le 4X4 chevaucha le trottoir et stationna carrément devant la porte de l'immeuble où logeaient Adel et Noor.

Antoine monta les marches quatre à quatre, le souffle haletant. Il fallait qu'il sache. Qu'est-ce qu'elle mijotait encore ? Noor. Cette femme était un mystère, un poison, et pourtant… Il serra le poing. Il était temps de la confronter, coûte que coûte.

Il sonna à la porte du studio. Pas de réponse. Il insista, il insista tellement qu'il finit par secouer la poignée de toutes ses forces. Costaud, tel un grand et fort bucheron, il donna de violents coups d'épaule dans la porte. Puisque la porte semblait résister, il envoya de violents coups de pied avec ses chaussures de sécurité, si bien qu'il réussit à fracasser le bas de la porte. Antoine se retourna au son de la forte voix dans son dos.

Raphaël croisait les bras, s'appuyant contre la rampe de l'escalier.

— Que faites-vous là, monsieur Jacquet. Vous n'êtes pas là comme sur vos engins forestiers : brutal et incapable de réparer ce que vous détruisez !

Antoine grimaça.

— Fermez-la, vieux fou. Ce n'est pas votre affaire.

Mais Raphaël ne bougea pas, son sourire sarcastique creusant ses rides.

— Ah si ! C'est mon affaire. Noor mérite mieux. Et Adel aussi.

Antoine jura entre ses dents, mais Raphaël poursuivit :

— Ce n'est pas la peine de chercher votre fils dans cet appartement, il est parti dormir chez ma fille Adeline à Doubs hier. Hé oui ! Vous ne le savez peut-être pas, monsieur le violent, mais Adel sort avec ma fille. Lui, au moins, c'est un gars bien, gentil, attentionné, poli, tout l'inverse de son père.

Antoine ne prit pas le temps d'une réplique, il voulait en savoir plus, et tout de suite, il devait rencontrer Adeline et Adel. Il dévala l'escalier, remonta dans son 4X4, fila direction Doubs. Huit heures moins le quart, avec un peu de chance, Adeline serait encore à son logement de Doubs. Mais Adeline avait déjà quitté l'appartement et Adel n'y était plus. Il se gara à nouveau sur le trottoir devant la banque, attendit l'ouverture des bureaux, s'engouffra dans celui d'Adeline, fit un scandale, on le mit dehors. Il rentra au hangar à toute vitesse au risque de bousiller son autre voiture. Ouf, Adel était là.

— Quand est-ce que tu comptais me le dire ?

— Quoi ?

— Que tu m'avais piqué Noor !

Adel, assis sur une roue de tracteur au fond du hangar, se releva d'un bond et fit face à son père.

— Noor est assez grande pour savoir ce qu'elle doit faire. Pis d'abord, c'est une fille de mon âge, pas du tien, que croyais-tu, qu'elle allait passer toute sa vie avec un vieux ?

Paf ! une claque. La tignasse noire d'Adel trembla puis se souleva, ce qui eut l'avantage de placer la tête du fils à hauteur de celle du père. Le jeune métis n'hésita pas à envoyer un coup de boule au vieux. Nicolas, proche de l'altercation, s'interposa, repoussant les deux protagonistes.

— Vous n'allez tout de même pas vous battre entre père et fils devant le personnel, ce n'est pas sérieux.

Antoine s'essuya la bouche d'un revers de main, comme si le coup de boule avait atteint ses lèvres. Les yeux rouges de rage bouffaient le regard d'Adel. Il s'approcha de son fils, écartant au passage la poitrine de son adjoint qui faisait barrage.

— Je pense que tu as compris qu'il ne te reste que huit jours à courir les bois aux frais du patron.

Adel essaya un sourire ironique.

— Tu mériterais un deuxième coup de boule, père, mais je garde un minimum de respect pour toi. C'est vrai que tu m'as donné une bonne éducation, tu m'as appris à aimer deux femmes à la fois. Sauf que moi, je fais ça légalement. Je vais de ce pas me convertir à la foi et aux lois musulmanes, je pars prochainement au Maroc et j'emmène Adeline et Noor, mes deux femmes que je marierai là-bas.

L'instant de stupeur permit à Antoine de reculer en tremblant sur ses jambes jusqu'à bousculer un grand bidon d'huile de deux cents litres qui se renversa sur le sol. Le patron tomba sur le dos, sur le bidon, sur l'huile, sur sa détresse, dans un désastre identique à la noirceur du liquide et de sa sale odeur.

Le repas pour fêter les vacances fut réduit au strict minimum, organisé par Nicolas, mais il manquait la moitié des employés ainsi qu'Adel, et bien sûr, le patron. Celui-ci continuait de tremper dans sa baignoire après prélavage, lavage, décrassage de partout, surtout entre les jambes où l'on aurait dit des bas de caisse particulièrement coriaces, le short s'accrochant désespérément aux bonbons comme la terre sous les garde-boues. Il médita ensuite durant le séchage en terrasse, à poil sur le transat à la vue des passants dont il n'avait rien à faire. « Adel, c'est bien le fils de sa mère, susceptible, imprévisible. Mais lui, au moins, il l'avait prévenu de son départ. Quand il apprendra qu'il couche avec sa sœur, je voudrais bien être là pour voir sa tête. Quand je pense que sa mère veut me poursuivre pour inceste, laissez-moi rire ! »

Alors les vacances d'été furent mémorables de tristesse pour le patron d'EFJ. Il déprima tout ce mois d'aout caniculaire, perdant toutes ses envies, y compris le sexe qu'il avait tant apprécié avec Adeline et Noor. Il savait que son fils avait rejoint El Afak avec Adeline, laquelle avait laissé tomber son boulot de banquière pour suivre son amour. Il avait appris que le jour où il cherchait désespérément Noor entre le studio d'Adel et l'appartement d'Adeline, la bonne magrébine venait de descendre à l'aéroport de Genève pour rejoindre sa mère rue de l'hippodrome à El Afak avec quelques jours d'avance sur son chéri Adel et son amie Adeline. Comment Adeline avait-elle pu changer si vite en si peu de temps ? Deux petites années pour passer de la belle jeune fille vierge et pudique à la femme la plus dévergondée qu'il lui fut possible de connaitre, hormis bien sûr Noor la bonne. Adeline musulmane, Adeline portant le voile, non... inimaginable !

289

Les doigts de pieds en éventail sur le transat, les yeux gris derrière les lunettes de soleil, un sourire sincère traversa le visage d'Antoine en songeant à Adeline. Ce n'était pas dans la nature de cette jolie fille, non... impossible, elle allait bientôt revenir dans sa région. Elle ne pouvait pas tout laisser ainsi, ses amis, son père malade, sa culture franc-comtoise, impossible... impossible. Il l'attendrait, la belle sautera dans ses bras grands ouverts dans moins d'un an.

Il se laissait croire qu'il se prélassait, méditait, mais en fait, les deux filles le faisaient tourner en bourrique. Seul Arsène, l'amoureux transi, redorait son blason à ses yeux. Il admit qu'il avait fait fausse route avec son ancien adjoint. Il l'avait renvoyé par erreur, une méprise due à son propre caractère de cochon, à sa susceptibilité, à sa bêtise. Il comprenait que par ses égarements et ses coups de colère, il avait perdu ses deux belles et bonnes chéries, perdu Arsène, un ami fidèle, perdu la confiance de la plupart de ses employés, seul l'hypocrite Nicolas semblait l'apprécier, mais était-ce pour de bonnes raisons ? Il imagina son fils Adel apprenant la vérité auprès de sa mère, l'énorme surprise qu'il ne réussirait pas à avaler, il le voyait déjà de retour auprès de lui pour implorer son pardon. Il pensa à sa mère, madame Jacquet, seule comme lui, dans son luxueux appartement de Besançon. Il avait envie d'aller pleurer dans ses bras, de vider ses comptes en banque pour elle, puis de finir clochard dans les rues de Pontarlier pour humilier tout cet entourage qui ne l'aimait plus.

Il sortit de son transat, toujours abattu, se traîna jusqu'à la boite aux lettres qu'il n'avait pas relevée depuis plusieurs jours. Pas grand-chose à part un peu de pub. Ah si ! une enveloppe blanche sans timbre. Il décacheta celle-ci en remontant l'escalier qui débouchait sur la terrasse, s'assit sur un siège en rotin en face d'une table basse du même matériau. Quelle ne fut pas sa surprise lorsqu'il déplia la feuille sale, légèrement accrochée à l'enveloppe par une nouille purulente qui imitait la colle ? Il s'essuya la bouche de ses longs doigts tout en bougonnant :

— C'est quoi encore cette connerie ?

Cette fois-ci, il prit le temps de parcourir le courrier jusqu'au bout.

Je suis mandaté par mon confrère de Marrakech pour intercéder dans l'affaire opposant madame Mésime Jalila, sise à El Afak, résidence de l'hippodrome. Maître El Macham m'informe d'une retenue forcée de votre part envers Noor Mésime, sise résidence de l'hippodrome à El Afak au Maroc, mineure en 2020 et 2021, libre de ses choix depuis ses dix-huit ans, soit le 21 avril 2021. Ce qui s'apparente à un kidnapping de votre part, doublé de viol et d'inceste, vous est opposé par madame Mésime Jalila, résidence de l'hippodrome à El Afack au Maroc. Ce que de droit, nous vous informons du crime dont vous êtes accusé, sans toutefois aucune intervention de police. Veuillez trouver un arrangement amiable avec ma cliente par procuration, et ce, sous quinzaine, faute de quoi police et justice interviendront...

Suivi d'une petite note manuscrite en bas de page :

Je pars à El Afak au Maroc pour régler ce délicat courrier avec ma mère. Sois patient et ne te tracasse pas plus que cela. Noor.

Antoine décrocha son téléphone sans plus attendre, se servant de l'application WhatsApp, mais la jeune Marocaine ne répondit pas. Il essaya jusque tard dans la soirée, toujours le même bip, le même silence, la même angoisse.

« Mais qu'est-ce qu'y se passe ! » s'affolait-il. Noor lui avait donc volé ce courrier et se proposait de régler le problème, n'empêche, il ne se sentait guère rassuré pour autant. Il ruminait ses soucis, assis sur le canapé noir, la tête dans ses grosses mains, les coudes sur ses fortes cuisses. Noor qui couchait avec son frère, Noor, sa fille avec laquelle il avait lui-même couché si longtemps, avec laquelle il avait fait l'amour avec passion, avec obscénité parfois ! Et puis cette menace d'être poursuivi en justice pour enlèvement d'enfant, viol et inceste ! Et puis son fils Adel converti à la foi musulmane, se mariant avec ses deux anciennes compagnes à lui. Mais que lui arrivait-il donc ? Était-ce la punition de Dieu pour s'être livré à trop de débauches, à se comporter de manière colérique jusqu'à jeter hors de son entreprise son meilleur employé, son ancien adjoint et son grand ami ? Pourquoi avoir rencontré cette satanée Noor à La Grange en cette soirée costumée ? Pourquoi avoir donné suite aux prières amoureuses de cette jolie magrébine ? Pourquoi avoir poursuivi cette relation avec cette fille, SA FILLE ? Pourquoi toute cette déviance qui lui apportait aujourd'hui tant de drame ?

Ce grand et costaud garçon ne pleurait jamais, il chiala comme un gamin. Il se leva du canapé pour mieux contrôler ses hoquets de désespoir, rien à faire, les sanglots s'accrochaient à sa gorge, à son ventre, à son esprit, il marcha jusqu'en terrasse, rentra de nouveau dans le salon, puis s'allongea sur le ventre dans son lit, et toujours les sanglots longs et sonores du désespoir. Il ne se contrôlait plus, approchait dangereusement de la panique, dut se relever, marcher, chercher sa respiration.

Brusquement, ce fut une grande expiration, deux jambes qui flageolèrent, un corps qui s'affaissa à nouveau sur le lit. Il s'effondra, le dos sur la couette, sans plus aucune larme, l'esprit vide, chaque muscle se relâchant par magie. Amorphe, il devina le ciel étoilé par la fenêtre ouverte.

Après cet état de transe invraisemblable, il quitta brusquement ce monde fou pour des rêves merveilleux dans une nuit enchantée avec des forêts sans bostryches où couraient les biches et les marcassins, il les mitraillait avec son appareil réflex dernier cri, toujours ces illusions où ses enfants Noriane et Adel se promenaient dans les clairières vertes et lumineuses, main dans la main, si jeunes, si beaux, si tendres.

Lorsqu'il se réveilla au petit matin, il ne comprit pas pourquoi, vu son état de la veille au soir, son sommeil ne fut pas empli de cauchemars, de filles aux visages de sorcières, de juges en robes noires, ses pieds enchainés à la même boule noire que celle des Dalton, des bébés difformes, plein de bébés immondes qui sortaient du ventre de sa maitresse voilée, mais aussi son fils Adel qui se promenait dans les rues de Marrakech recouvert d'un voile diabolique.

Il se leva, sourire aux lèvres, s'approcha de la fenêtre grande ouverte. En caleçon devant l'ouverture, il se pencha, tourna la tête du côté des grandes prairies de La Rivière-Drugeon. Le soleil éclaboussait les marais et caressait les bêtes. Les montbéliardes, lourdes et sereines, se régalaient de l'herbe tendre. Plus loin, il devinait le clocher de l'église, plus loin encore, il imaginait l'ancienne scierie du vieux Ferret. Il savait que dès aujourd'hui il traverserait la cour, se rendrait vers son

293

ancien pote qui sûrement serait penché sur les chiffres de l'entreprise, assis derrière son bureau de directeur, il s'assiérait en face de lui, mais auparavant il ferait le tour du bureau pour le saluer, et dans une poignée de main ferme, il parlerait à son ancien ami : « Excuse-moi, Arsène, j'ai joué au con. Tu es un mec bien et moi, je ne vaux rien. Est-ce suffisant de te dire cela, pour que tu pardonnes toutes mes erreurs ? »

23

Antoine reprit le travail début septembre avec son peu fiable adjoint. Nicolas ne lui avait-il pas laissé croire qu'Arsène couchait avec Adeline ? Que ce même Arsène couchait également avec Noor ? Il était vrai que tout le comportement d'Arsène montrait un homme aux petits soins pour ces deux filles, notamment Adeline dont il était éperdument amoureux, un amour malheureusement sans retour, simplement une belle amitié entre eux. Antoine regrettait encore et toujours de ne pas avoir fait confiance à son ancien et fidèle adjoint.

Entouré de son personnel devenu méfiant à son égard, de ce nouvel adjoint qu'il fallait surveiller, Antoine reprit étrangement goût à la vie tout l'automne, entre clairières lumineuses, futaies odorantes, hangar organisé, bureaux accueillants. Malgré ces déboires, il retrouvait de l'allant. Faut dire que sa mère ne le sollicitait plus pour de nouvelles ponctions à son porte-monnaie, que police et justice restaient étonnamment discrètes, que les filles, belle et bonne, s'étaient envolées vers d'autres cieux, ainsi il ne matait plus leurs petits culs, ne voyait plus leurs sourires coquins, ne contemplait plus les yeux bleus ou noirs si malicieux. Il se contentait d'essayer d'oublier en se tuant au travail, en rêvant d'une nouvelle vie sans femmes et sans reproches.

Les fêtes de fin d'année approchaient, et chaque matin, en quittant son lit, Antoine sentait ce pincement au cœur, ce rappel lancinant de tout ce qui lui manquait : une vie de famille, une vie de couple, ces « Joyeux Noël » et « Bonne année, chérie » qui résonnaient désormais comme des échos lointains. Pourtant, une intuition, presque un sixième sens, lui soufflait qu'un retournement inattendu l'attendait, comme un cadeau de Noël tombé du ciel.

Ce matin-là, dans la maison silencieuse d'Houtaud, la sonnerie du téléphone brisa le froid ambiant. Convaincu qu'il s'agissait d'un appel d'El Afack, Antoine décrocha, un sourire déjà prêt sur ses lèvres.

— Bonjour monsieur Jacquet... Vous connaissez Noor et...

Une voix rocailleuse, teintée d'un fort accent arabe, résonnait à l'autre bout du fil. Antoine fronça les sourcils.

— À qui ai-je l'honneur ?

— Ne m'interrompez plus, monsieur Jacquet, s'il vous plaît. Je suis un homme d'affaires très occupé et je n'ai pas de temps à perdre avec vous.

Un frisson glacé lui parcourut l'échine.

— Je suis le beau-père de Noor... et le mari de votre ex-femme Jalila. Vous avez reçu, il y a plusieurs semaines, un courrier de mon avocat. Visiblement, vous avez choisi de l'ignorer. Mauvaise idée. Je me vois donc contraint de prendre des mesures plus directes.

Un silence pesant. Puis les mots tombèrent, implacables :

— Refus de versement de pension alimentaire, kidnapping, viol suivi d'inceste... Vous êtes bon pour perpétuité, ou presque.

Le souffle d'Antoine se bloqua.

— On va éviter d'en arriver là. Je vais vous faire une proposition, une seule, avant d'enclencher la procédure : vous me versez deux cent mille euros. Pas un de moins. Pas un mot à mon avocat, c'est un arrangement amiable. Croyez-moi, c'est dans votre intérêt.

— Non, mais… ça va pas ?! s'étrangla Antoine.

— Je ne suis pas un monstre, poursuivit l'homme d'un ton presque conciliant. Je vous laisse un délai. Vous pouvez vendre votre affaire… ou faire un emprunt.

Un rictus mauvais accompagna la suite :

— Ou alors, vous payez en plusieurs fois… disons quatre mensualités de cinquante mille euros. Vous avez jusqu'à la fin du mois pour réfléchir.

Le silence s'étira, glacial.

— Inutile d'appeler Jalila, elle ne vous répondra pas.

— Mais… comment puis-je vous joindre, monsieur… monsieur…

— C'est moi qui vous rappellerai, début janvier. J'espère que vous aurez su prendre la bonne décision. Sinon…

Un déclic sec. Ligne coupée.

Antoine resta figé, le combiné à la main. Il baissa la tête, fixant le carrelage sans le voir. Juste le vide. Juste sa chute.

« Je commençais à sortir la tête de l'eau, à oublier mes erreurs, à retrouver ma bonne humeur avec mes employés, à rigoler avec Arsène. Je ne me sortirai donc jamais de ce guêpier ! »

Les minutes s'étirèrent avant qu'il ne se décide enfin à ramper jusqu'à son téléphone, posé sur la table basse. Ses doigts hésitants composèrent un numéro familier.

— Allô, Jalila… Allô ! Mais réponds, nom de Dieu !

Rien.

Son smartphone lui échappa des mains, tombant sur le carrelage. À travers le silence oppressant du salon, seule la voix douce de Jalila résonna sur le répondeur, écho lointain d'un passé à jamais perdu.

De l'autre côté de la Méditerranée, durant tout le mois d'août, le harem savourait sa nouvelle vie, et le sultan Adel faisait l'amour tantôt avec la bonne, tantôt avec la belle. Mais après un mois de présence dans la région de Marrakech, Adeline, qui avait apprécié ses vacances, voyait s'essouffler la magie qui ne ressemblait pas vraiment à l'orient. Elle commença à refuser le lit, prétextant que l'air chaud du Maroc l'indisposait, elle imposa de plus en plus souvent son envie de liberté et d'autonomie auprès du sultan Adel.

Quant à Noor, heureuse d'avoir retrouvé sa mère, après un mois de vacances heureuse à El Afak, les soucis de son adolescence passée ressurgirent bien vite.

En ce matin de fin d'automne, sous la chaleur africaine, elle errait place Jemaa el Fna. Elle déambulait dans une allée du souk presque aussi sombre que les forêts comtoises tellement les babioles se collaient les unes aux autres. Elles envahissaient le chemin de pierre où les pieds de la jeune fille se frayaient un passage. Sa tête frôlait la multitude de chapeaux de paille accrochés au bleu du ciel comme par magie, cachant la couleur du soleil et de l'éther. Elle frôlait les corbeilles de pain ou autres paniers, du rotin, plein de rotin, des luminaires de paille, plein de fausses ou vraies lampes, mille choses utiles ou pas. Dans l'ombre du souk planqué sous le ciel azur, un chat maigre traversait l'allée. À droite, assis sur un tas d'on ne sait trop quoi, un homme bien en chair, sans âge, la tête avancée par-devant un monceau de paille et d'osier, fixait Noor jusqu'à se lever brusquement tellement l'apparition lui parut surréaliste.

— Noor !

Les yeux noirs et noirs se croisèrent.

— Je te cherchais, monsieur le mécréant et l'impur.

Il se souleva péniblement pour passer par-dessus la bimbeloterie colorée, empoigna le bras de la jeune magrébine. Il la fixa, un sourire presque paternel au coin des lèvres. Mais ses yeux noirs, durs comme de l'onyx, trahissaient une violence prête à éclater à tout moment. Il se pencha doucement, comme pour murmurer un secret :

— Petite, tu penses m'avoir échappé, mais ici, tu es chez moi. Ici, je suis Dieu.

— Tu ne me fais plus peur, Mamoun le terrible !

Mamoun n'avait toujours pas lâché le bras de Noor.

— Tu es devenue bien insolente depuis ton passage en France ? Est-ce l'éducation que je t'ai offerte à El Afak qui t'a donné des ailes ? Viens avec moi.

Mamoun n'avait pas changé. Toujours ce même regard arrogant, ce même rire gras qui résonnait dans les recoins de l'esprit de Noor. Elle se souvenait des lettres envoyées à la mère d'Antoine. Elle savait que tout remontait à cet homme : ses menaces, ses extorsions, ses mariages forcés.

Il la tira par le bras jusque sous une tente contigüe et montra du doigt un siège en rotin.

— Assieds-toi.

Elle avait voulu le retrouver, mais elle semblait aujourd'hui toujours subir son autorité, pourtant elle se croyait grande fille, mature et forte.

— Ne me brusque pas, Mamoun, je suis enceinte.

— Même si tu es enceinte, je te traiterai comme bon me semble, tu es encore ma propriété. Je regrette juste que ce salopard qui t'a mise enceinte ne soit pas moi.

— Tu es toujours le monstre que j'ai connu, puisque tu te dénigres toi-même.

Mamoun le terrible resta planté debout devant Noor, sa grosse bedaine frôlant les nattes de la jeune et jolie magrébine. Il prit le temps de dévisager le corps toujours harmonieux.

— De me parler ainsi, pour ta punition, je te baiserais bien, là, derrière cette tenture, mais tu ne me fais même pas envie, tu es restée la fille que tu étais, une rebelle encore plus entêtée qu'une chamelle.

— Tu dis cela parce que tu ne peux plus, Mamoun.

Il voulut la frapper, mais elle se releva vivement, esquivant le geste maladroit du trop vieux et trop gros Mamoun. Essoufflé, il s'assit en face d'elle sur un coffre de rotin.

— Pourquoi as-tu voulu me retrouver aujourd'hui ?

— Pour que tu arrêtes ton machiavélisme, pour que tu laisses maman tranquille ainsi que la mère de mon amie Noriane, tes deux femmes sont à bout.

Mamoun le terrible se pencha en arrière pour préparer son rire grossier, afin de laisser le ventre respirer derrière son sarcasme :

— Ah, ah, ah ! Mais tes mamans chéries exécutent tout ce que je leur demande, tu le sais bien.

— C'est fini, entends-tu, c'est fini.

— Peut-être que mon corps m'empêche de te gifler, mais mon or et la force de mon organisation peuvent mille fois plus. Un geste de moi et tu pars en enfer.

— Il m'a fallu un mois et demi pour retrouver ta trace au fond de ton souk, et plus de deux ans pour confondre tes crimes. Les flics ne mettront maintenant que quelques heures.

Mamoun le terrible se pencha à nouveau en arrière, caressa son gros ventre.

— Ah, ah, ah ! Cela fait vingt ans qu'ils font semblant de me chercher, t'inquiète pas pour moi.

Son rire arrogant le quitta brusquement.

— Fiche le camp et ne t'avise pas à me chercher à nouveau une quelconque querelle. Je me répète : un geste de moi et tu rejoins l'enfer au nom d'Allah.

Noor quitta son ancien bourreau, non sans lui avoir crié depuis l'allée du souk :

— Cette fois-ci, tu ne t'en tireras pas ainsi, j'ai des preuves de tes magouilles et des ordres que tu donnes à ton organisation mafieuse pour asservir les femmes que tu maries et sur le dos desquelles tu t'enrichis.

Noor retraversa le souk en ruminant sa rencontre avec Mamoun. Cette entrevue voulue par elle n'avait pas donné grand-chose. Il s'avérait que Mamoun le terrible ne se laisserait pas manier aussi facilement malgré son impotence et sa vieillesse.

Elle entra dans la résidence de l'hippodrome, hésita à frapper à la porte de l'appartement du premier étage de l'immeuble, l'appartement de sa copine Noriane, puis grimpa quatorze marches plus haut. Elle pénétra dans le logement de sa mère et de son beau-père.

Elle ferma les yeux, et les souvenirs, aussi vifs qu'un éclair, la frappèrent. Elle était là, dans cette chambre sombre, avec les rideaux tirés, les bruits de pas de Mamoun résonnant dans le couloir. Elle se revoyait, quinze ans, tremblante, sa mère dans l'autre pièce, impuissante.

— Bonjour maman. J'ai rencontré Mamoun, il ne veut rien entendre, il se croit toujours au-dessus des lois. As-tu bien gardé la copie de cette sacrée lettre de Mamoun ? As-tu toujours les résultats du prélèvement ADN que j'ai effectué au laboratoire judiciaire de Dijon ?

— Oui, bien sûr, ma fille, mais que comptes-tu en faire ?

— Cela fait plus de deux ans que je cours les postes de police, les labos et les greffes de tribunaux en France, deux ans qu'un détective privé marocain suit pas à pas faits et gestes de ton sale mari. J'ai aujourd'hui suffisamment de preuves pour le coincer. Ce dernier courrier machiavélique, qu'il a envoyé à Antoine en début d'été, va définitivement le trahir.

— C'est pour cela que tu m'as quittée pour rejoindre la France il y a bientôt trois ans ?

— Pas vraiment, maman.

Noor se précipita dans ses bras, l'entoura de toutes ses forces, puis des larmes si rares coulèrent au bord de ses yeux sombres.

— Tu comprendras bientôt. Je t'aime, maman, tu m'as manqué.

Elle se détacha de sa mère.

— Où sont passés Adeline et Adel ?

302

— Adel est à l'appartement de l'étage en dessous vers sa sœur Noriane. Et Adeline a dit qu'elle partait pour la journée, qu'elle rentrerait tard ce soir.

— Je descends, je reviens dans un quart d'heure pour le repas.

Elle dévala les quelques marches, se présenta à la porte où s'affichait cette inscription : Mamoun et Jalila Mésime d'El Afak.

— Quand je pense que cet orgueilleux mafieux a voulu ajouter d'El Afak à son nom pour montrer un statut social au niveau d'un presque émir, songeait Noor.

Elle frappa puis entra sans attendre la réponse. Jalila Mésime vint au-devant de l'amie de sa fille. Noriane suivait, sauta au cou de sa voisine et amie d'enfance, comme si elle ne l'avait pas vue depuis des années. Pourtant, depuis début août, Noor était revenue au pays et descendait chaque jour pour discuter avec Noriane ; il fallait bien rattraper le temps perdu.

Noriane en perdait la tête de ne plus savoir où donner de la tête, entre son frère Adel revenu, un frère qu'elle avait si peu connu, et son amie conscrite qui l'avait quittée un beau matin de Nouvel An, voilà bientôt trois ans. Noriane attrapa par le bras son amie de toujours :

— Tu viens dans ma chambre, on a encore plein de choses à se dire.

— J'ai promis à maman de rentrer pour manger avec elle. Monte donc tout à l'heure chez moi, j'ai beaucoup de choses à te raconter. Et puis il faut bien que tu me rendes ton frère Adel, c'est mon chéri à moi, tout de même.

Adel aidait sa mère en cuisine. Il entendit la remarque de Noor et intervint dans la conversation :

— Oui, mais nous deux, nous passons toutes nos nuits ensemble, laisse-moi donc une journée avec ma sœur que je n'ai pas connue et qui m'a tellement manqué.

— Et puis moi, intervint Jalila debout à côté de son fils, je ne t'ai donc pas manqué ?

Adel se jeta dans ses bras.

— Bien sûr que si, petite maman. Et quand je pense à toutes les souffrances que tu as endurées !

Noor quitta son petit monde et gagna l'étage supérieur. Elle lorgna l'étiquette sur la porte, cette erreur voulue par son triste beau-père : Mamoun et Anja d'El Afak.

Elle entra, embrassa une nouvelle fois sa mère, s'installa assise en tailleur sur des coussins rouges brodés d'or à même le sol. Elle contemplait Anja qui achevait un couscous maison, ce fameux mets qu'elle avait si bien copié. Elle imaginait les souffrances endurées par sa maman, mais aussi par la maman de son amie Noriane. Anja et Jalila, deux femmes divorcées, l'une tombant dans les bras du pervers suite à une déception amoureuse, l'autre arrachée de France, contrainte et forcée à l'époque par le terrible Mamoun.

— Maman, pourquoi as-tu accepté de rester avec lui toutes ces années ? Pourquoi n'es-tu pas partie ?

Anja baissa les yeux :

— Parce que je voulais te protéger, Noor. Je savais que si je m'en allais, il s'en prendrait encore plus à toi. Et je n'ai pas eu la force de me battre.

— Qu'avais-tu trouvé de si bien chez lui, pour avoir voulu te remarier avec ce mafieux ?

— Je ne savais pas qui il était. Je suis bêtement tombée dans ses griffes.

Noor soupira.

— Quand je pense que par sa fourberie, il a réussi à désunir le mariage d'Antoine et de Jalila en France, forçant cette brave femme à divorcer et à l'épouser, lui, ce sale pervers.

Noor se releva, s'approcha de la casserole posée sur la gazinière, s'empara de la cuillère en bois, remua nonchalamment la viande et les légumes.

— Tu ne le sais peut-être pas, mais Mamoun faisait chanter madame Jacquet, la grand-mère de Noriane. Elle devait lui envoyer de l'argent de France régulièrement, sous peine de... de... non... je n'ose pas le dire.

— Quoi ? demanda sa mère, brusquement devenue pâle.

— Sous peine d'égorger sa petite-fille, et tu sais comme moi qu'il en était capable, lança Noor dans un semblant de cri qui s'étouffa dans sa gorge.

Anja s'affaissa sur un coussin, le regard vide.

« Quand je pense combien Antoine se posait de questions de savoir sa mère lui réclamer si souvent de l'argent », songeait Noor, tout en continuant de remuer nerveusement le couscous.

La jolie magrébine soupira à nouveau, des larmes roulant sur ses joues. Elle ressassait le souvenir de son départ du Maroc, trois ans en arrière : « Ah ! Pauvre maman... Et tu ne sais pas tout : Mamoun le terrible a inventé un machiavélisme mille fois plus sordide. »

L'odeur du couscous envahissait l'appartement depuis trop longtemps, alors Noor et Anja prirent chacune une écuelle. Le repas fut silencieux, entouré d'un malaise compréhensible.

L'après-midi, Noor, Adel et Noriane visitèrent le palais de la Bahia. Son style mauresque, son éblouissante architecture, ses couleurs, sa vaste étendue. Adel, pourtant marocain, mais tellement français, fut surpris par tant de lustre. En fin de journée, ils déambulèrent dans le jardin Majorelle. Que de couleurs ! que de verdure ! que de splendeur ! Les trois amis n'eurent pas le temps de parcourir les allées du musée de l'histoire des Berbères et ils rejoignirent la résidence de l'hippodrome.

— On reviendra, avait suggéré Noor.

Alors qu'elle trottait devant Adel et Noriane, elle se tourna vers eux en fronçant les sourcils.

— Adeline nous a fait faux bond toute la journée. L'un de vous deux sait-il où elle est partie ?

— Aucune idée, répondit Noriane.

—C'est étrange, ajouta Adel, Adeline ne nous a rien dit de précis. Elle est partie tôt ce matin, mais… elle avait l'air nerveuse… ou amoureuse ?

Noor s'approcha d'Adel, déposa un baiser sur ses lèvres, glissa sa main dans la sienne.

— Pourquoi tu dis ça ?

— Je ne sais plus si c'est encore ma copine, j'en doute fortement. Depuis quelques jours, elle n'est quasiment plus avec nous.

— Et puis, elle se balade encore bien souvent avec deux de mes potes, ajouta Noriane.

— Elle est bizarre, Adeline, je crois que je l'ai trop dévergondée, là-bas, du côté de Pontarlier.

Puis la pétulante Noor éclata de rire et ajouta :

— Donc, tu ne veux plus la marier ? ironisa-t-elle.

— En aurais-tu donc douté ? Tu sais bien que l'on a laissé croire toute cette histoire à mon père pour qu'il pète un plomb.

— Quand je pense qu'il ne nous appelle pas, c'est qu'il a vraiment pété un plomb !

— Heureusement que ma grand-mère à Besançon nous donne des nouvelles de Franche-Comté, intervint Noriane.

— Ce qui m'étonne, ajouta Noor, c'est qu'il parait qu'il est tout gentil maintenant. Ses employés se reprennent à espérer, Antoine regagne leur confiance, il a renoué avec Arsène, il parait même qu'il cause à nouveau au père Ferret. Ce brave Antoine est sûrement tombé amoureux d'une skieuse parisienne ou quelque chose comme ça là-bas dans les neiges du Haut-Doubs !

Noor lâcha la main de son chéri.

— Faut que je te dise, Adel, ce soir, j'ai invité ta sœur à venir chez moi. Comme au bon vieux temps, nous allons papoter dans ma chambre. On reste entre filles, tu n'y es pas admis, sourit-elle.

Adel montra le plat de ses mains à hauteur de ses épaules :

— OK. Quand je pense que je n'aurai peut-être même pas Adeline avec moi pour la soirée, ça craint. Pas grave, je resterai près de maman, elle m'a tellement manqué.

En effet, Adeline ne serait pas là pour la soirée, trop occupée à s'amuser avec les deux vieux amis de Noriane. Alors qu'ils étaient installés tous trois dans une banquette d'un bar au centre de Marrakech, songeuse, elle dévisageait tour à tour ses nouveaux amis marocains. Elle était là, satisfaite d'être à leurs côtés, tout comme elle avait été joyeuse auprès de Noor et d'Adel, si heureuse avec Antoine.

Elle tordit inopinément la bouche, abîmant son joli minois en se remémorant ses récentes frasques. Tout cela lui parut bien décevant, pas du tout conforme à son tempérament, pas vraiment la jeune fille bien sous tous rapports. Elle se revoyait aidant son père à la comptabilité, déambulant dans les allées de l'agence bancaire de Pontarlier. Puis, elle se retournait à nouveau sur ce passé récent, voyant ce grand lit dans la chambre d'Houtaud, ce trop petit lit dans le studio d'Adel où elle appréciait les câlins entre ses deux amants. C'était Noor, la sauvageonne, qui avait osé lui montrer une autre voie, ce côté libertin, et tout compte fait, cela ne lui avait pas déplu.

La vie à Marrakech la comblait, alors elle avait demandé et obtenu un congé sabbatique jusqu'en janvier prochain auprès de son employeur.

Après un repas léger, Noor et Noriane s'installèrent sur le lit dans cette petite chambre sans air conditionné, juste un simple ventilateur pour atténuer la chaleur inhabituelle en cette saison.

— Tu crois que tu seras encore là pour Noël et Nouvel An ?

— Je ne sais pas encore, c'est suivant l'évolution de l'enquête concernant notre crapule. D'ailleurs, en parlant de crapule, comment se fait-il qu'il m'ait violée, moi et jamais toi ? Tu n'as peut-être jamais osé me l'avouer ?

— Je n'ai pas d'explications, mais c'est la vérité. Probablement que je ne suis pas assez belle pour lui, ironisa Noriane.

Noor enveloppa la main de son amie dans ses mains.

— Il faut que je t'avoue quelque chose. Si je suis partie en France il y a trois ans, ce fut sous la contrainte. Notre monstrueux beau-père m'a obligé à rencontrer Antoine, à le séduire, tout ça pour laisser croire, avec le temps, que mon père couchait avec moi. Il avait décidé de le confondre face à ce soi-disant inceste. Pourtant, je ne suis pas sa fille, mais Mamoun a trafiqué les papiers pour le laisser croire. Une fois en France, j'ai dû lui obéir à distance, sinon il égorgerait sans hésiter ma mère. Il l'aurait fait, parce qu'en ce qui concerne les crimes, ça, il sait …

Noor marqua un temps d'arrêt, fixa Noriane dans les yeux, des yeux magiques, bleus teintés d'une couleur magrébine, quelque chose d'indéfinissable, on aurait dit la plus belle des sultanes, enveloppée ce soir-là d'une longue robe bleue piquetée d'étoiles écarlates.

— Ce qui m'étonne, ajouta-t-elle, c'est pourquoi il ne s'est pas servi de toi, cela aurait été plus simple pour lui, puisque tu es la vraie fille d'Antoine ?

— Peut-être a-t-il voulu respecter la Charria et la loi sur l'inceste. Par ailleurs, il savait que je n'étais pas à la hauteur. Il n'y a qu'une fille comme toi, Noor, pour parvenir à convaincre un si beau célibataire comme Antoine. Et puis, tu m'as montré sa photo l'autre jour, c'est vrai que c'est un joli mec.

— Tu comprends pourquoi je suis tombée amoureuse de lui ! Du coup, les trois ans de galère que m'avaient promis Mamoun le terrible se sont vite transformés en pur plaisir. Puisque je n'étais pas la fille d'Antoine, pourquoi me priver ?

Noriane posa son regard d'or sombre sur les yeux de son amie d'enfance :

— J'admire ton enthousiasme, ta joie de vivre, comment peux-tu être aussi enjouée dans ta vie, après tous ces malheurs de ces années passées, ces, ces… ?

— C'est vrai que j'aurais pu sombrer dans la mélancolie, ne jamais me remettre d'une telle situation, mais…

Noor plongea sa tête chevelue dans ses mains, comme pour mieux dénicher l'erreur, puis se redressa face à son amie :

— Je crois, mais bien inconsciemment, que j'ai voulu très vite masquer cette douleur émotionnelle. Et puis, comme je me suis sentie dépossédée de mon autonomie, j'ai voulu reprendre, à ma manière, le contrôle de ma sexualité et de mon corps. Je pense que je cherche une validation auprès des autres par ce comportement provocateur. C'est tout cela qui fait de moi une fille enjouée.

Elle caressa son ventre, puis ajouta :

— Je crois qu'Adel et moi, on s'aime pour de bon. Même que je suis peut-être enceinte.

Puis elle éclata de rire, comme si c'était un jeu :

— Mais Adel ne le sait pas !

— Que tu es enceinte ou que tu es amoureuse ?

— Ben… que je suis enceinte ! De toute façon, ce n'est pas encore sûr.

Son rire n'en finissait pas :

— Par contre, je l'aime… ça, j'en suis certaine.

— Et Adeline dans tout ça ?

— C'est fini entre nous. Adeline a préféré prendre ses distances, elle ne veut pas d'un ménage à trois, elle ne l'a jamais voulu. Si elle couche encore un peu avec Adel, et avec lui seul, c'est parce que…

Noor poursuivit, toujours à sa joie :

— Parce que je lui ai inculqué de drôles d'habitudes sexuelles. Depuis que nous avons tenté l'expérience à trois, même si ça craint pour elle, la belle Adeline aime désormais tous les beaux garçons. Elle a voulu Antoine, puis son fils Adel, bientôt elle sortira avec d'autres garçons, peut-être tes jolis potes. Ah ! Comme l'amour libre se contrefiche de la fidélité ! Par ailleurs, j'aime ton frère comme une folle, mais je n'ai pas envie de me marier.

— Si ce que tu dis est vrai, dommage ! J'apprécierais tellement de devenir ta belle-sœur.

— Nous sommes amies depuis notre enfance et nous le resterons. Et puis, peut-être que je finirai par me caser et vraiment me marier avec Adel.

Noor soupira, quitta son légendaire sourire et poursuivit :

— C'est vrai que j'ai su me fabriquer un masque de fille enthousiaste, mais pour devenir certainement une fille trop dévergondée. J'ai une vie amoureuse brouillonne. Je crois que j'ai fait trop de mal, sans le vouloir, à Antoine et à Adeline. Par contre, j'espère de tout mon cœur que je saurai garder Adel, je sais qu'il m'aime.

Elle montra un sourire amer :

— Pour en revenir au monstre, le dénouement de son invraisemblable entourloupe est proche. Il vieillit et il commence à faire des erreurs. D'habitude, les sbires de sa triste mafia s'occupent tout à la fois du sale boulot et des basses tâches. Mais cet été, il a voulu rédiger lui-même un faux courrier administratif où il promettait une action en justice à Antoine pour séquestration et inceste envers ma personne. Comme ses arguments judiciaires ne tenaient pas la route, il savait qu'il n'irait pas jusque-là. Il a donc téléphoné récemment à Antoine pour lui réclamer un maximum de pognon. Du coup, Antoine est en passe de vendre son entreprise pour payer. Il ne mérite pas ça.

— Surtout que son fils Adel, qui a gardé des contacts avec ses anciens collègues en France, reconnait qu'Antoine a mis pas mal d'eau dans son vin.

— Oui, c'est pourquoi je l'appelle dès demain matin et je lui raconte tout, et pour qu'il ne vende surtout pas son affaire. Mamoun ne doit plus lui faire peur puisque je crois savoir que ce salaud sera bientôt sous les verrous.

Le lendemain, Noor tint sa promesse, elle appela Antoine.

Le ciel lui était tombé sur la tête lorsqu'il avait reçu le coup de fil de Mamoun le terrible, quelques semaines plus tôt. Mais après cette conversation avec Noor, les nuages se dissipaient et il entrevoyait à nouveau l'avenir sous des cieux nouveaux.

Il savait donc qu'il n'avait plus besoin de vendre son affaire, et à défaut de femmes à ses côtés, il allait encore plus s'acharner à son travail et renouer avec les bringues de fin de semaine au hangar, d'autant que Noor lui réservait une énorme surprise, un joli cadeau de Noël : elle allait bientôt revenir en Franche-comté avec Adel, Adeline, mais aussi avec Jalila, sa femme, et surtout sa fille Noriane qu'il n'avait quasiment pas connue.

Et Noor avait ajouté :

— T'inquiète, Antoine, Jalila est une femme intègre. Elle fut victime d'une machination lorsqu'elle te quitta sans plus donner de nouvelles il y a bientôt vingt ans. Et puis, tu n'as jamais couché avec ta fille, et Adel ne couche pas avec sa sœur, puisque je ne suis pas ta fille.

Et Noor réexpliqua en détail toute cette vérité venue du Maroc.

Du fond de son lit en août dernier, au plus profond de sa dépression, Antoine avait reçu un électrochoc venu du lointain de son inconscience. Il est vrai, parfois, que lorsque l'on traverse les pires moments de son existence, un déclic inconnu permet à l'individu de rebondir au-delà de son caractère profond. Alors Antoine était sorti de sa coquille pour endosser un costume neuf qu'il n'aurait jamais dû quitter. Il allait retrouver, non seulement le bonheur de vivre, mais remplir son âme de compassion et d'amour.

C'est pour cela qu'Antoine avait retrouvé à l'époque un certain bonheur, c'est pour cela qu'il se promettait alors d'être un homme droit, c'est pour cela qu'il déclara dans un large sourire à l'autre bout du combiné :

— Sais-tu que le père d'Adeline est devenu mon grand copain ? J'ai réussi à le convaincre que sa fille était quelqu'un de bien, que ci... que ça... je lui ai dit que sa fille resterait l'amour de sa vie, qu'elle le méritait, qu'au fond d'elle, Adeline n'avait jamais apprécié ces relations sexuelles débridées.

Antoine soupira et poursuivit d'une voie toujours enthousiaste :

— Bref, j'ai su le convaincre par plein d'arguments qui valent ce qu'ils valent, et je lui ai dit aussi qu'Adeline allait certainement revenir très bientôt vers lui, son père, et qu'elle trouverait un beau et brave paysan franc-comtois à marier. Depuis, nous sommes les meilleurs amis du monde, et il attend avec impatience que sa fille revienne à Pontarlier pour l'embrasser. Tu vois, quand tu

m'expliques que le retour d'Adeline, c'est pour bientôt,
j'avais tout juste.

24

En ce jour d'Épiphanie, Antoine et sa mère, le papa d'Adeline ainsi qu'Arsène attendaient dans le hall de débarquement de l'aéroport de Genève. Margaux, la jeune et blonde secrétaire du directeur de la scierie de La Rivière-Drugeon, accompagnait Arsène, un bras entourant les reins de son récent chéri. Les rois mages du XXIe siècles venus d'Orient ou d'Occident, on ne savait plus trop, à savoir Noor, Adeline et Adel, allaient bientôt atterrir.

Puisque l'affaire de la mafia locale à Marrakech avec ses meurtres, ses escroqueries financières, ses tricheries administratives, avait trouvé sa conclusion par l'arrestation du parrain Mamoun Mésime, dit Mamoun le terrible, Noor avait décidé de rentrer en Franche-Comté avec toute la famille de son amie Noriane. La jolie et bonne magrébine aux quatre longues nattes noires était fière de sa réussite, de son enquête discrète, fastidieuse, interminable, mais aboutie, tout aussi fière des moyens employés pour avoir séduit le bel Antoine. À la base, Mamoun l'y avait obligée sous peine de trucider sa mère, mais elle reconnaissait volontiers que ce ne fut pas une corvée, bien au contraire. Cette fille amoureuse de l'esthétique, n'avait pas craché sur le beau morceau qu'était et qu'avait le bel Antoine.

Les rois mages se laissaient désirer, et l'avion « Air Maroc » se posa enfin sur la piste avec une grosse demi-heure de retard. À l'approche des francs-comtois, la petite troupe marocaine souriante chantait un couplet de la chanson de Sheila : « Comme les rois mages en Galilée, suivons... suivons l'Étoile du berger... » L'étoile était la douce Franche-Comté, le berger, maitre des lieux, le bel et nouvel Antoine.

Jalila se jeta dans les bras de son amour retrouvé, son cher Antoine. Leur fille Noriane glissa son visage en larmes entre la poitrine de sa maman et le torse de son papa. Tout le monde se congratulait, tous pleuraient de joie. Non... pas tous : Raphaël, les yeux plus ronds que la lune sans étoiles, se concentrait sur sa fille. Certes, Adeline ne portait pas de voile, mais tenait amoureusement par la main un beau mâle marocain sorti du conte des mille-et-une nuits et serrait avec passion, dans son autre main, les doigts bronzés d'un superbe sultan magrébin descendu du plus beau des harems de Constantinople.

FIN

Amathay-Vésigneux, novembre 2023
Champagnole, janvier 2025

REMERCIEMENTS ET DEDICACES

Je tiens à exprimer ma profonde gratitude à Véronique, ma correctrice.

Je dédie ce roman à Patricia et mes filles.

À toutes celles et ceux qui, un jour, se sont trouvés face aux méandres de l'amour, à ses élans passionnés et à ses tourments silencieux. Aux âmes éprises de liberté, en quête d'un équilibre fragile entre désir et attachement, entre élan du cœur et poids des conventions.

Que cette histoire soit une lueur d'espoir pour ceux qui croient qu'aimer autrement est possible, qu'une union libre et consentie peut être une réponse aux contradictions du cœur, malgré les incertitudes qu'elle engendre. Car l'amour, sous toutes ses formes, ne devrait jamais être une cage, mais un espace où chacun trouve sa place sans crainte ni contrainte.

Enfin, une pensée pour ceux qui ont croisé le chemin de la suffisance, de la jalousie et de la médisance, ces ombres sournoises qui gangrènent les relations et étouffent les plus belles promesses. Puisse l'amour, sincère et assumé, toujours l'emporter sur les jugements et les convenances.

317

DU MEME AUTEUR :

Un chemin trop fragile (BOD)……... 2018

Joujou (Librinova)… 2019

Le Sang de l'Hermitage (Librinova) 2022

Il Joue Elle joue (Librinova)… 2023

Cloche d'Or (BOD)… 2023

Des nouvelles de l'Amour (BOD)… 2024

La Jalousie des mots (BOD)………. 2024

J'irai chez le père noël (Coollibri)… 2024

www.Jackcoulet.com

Jackycoulet@gmail.com